국어시간에 소설쓰기 2

국어시간에 소설 쓰기 ②

김은형 지음

Humanist

머리말

소설 쓰기는 아주 쉽습니다
시는 상징과 함축을 알아야 하고, 또 운율을 살려야 하기 때문에 쓰기가 쉽지 않습니다. 그리고 수필은 사실을 바탕으로 하되 깨달음과 성찰이 있어야 하기에 결코 만만한 글이 아닙니다. 하지만 소설은 '허구'로 쓸 수 있다는 매력이 있습니다. 자신이 체험한 일에 상상력을 버무려 허구라는 요술방망이로 살짝 두드려 주면……, 새로운 이야기가 탄생합니다.

소설 쓰기는 재미있습니다
소설의 생명은 흥미입니다. 재미없는 소설은 아무도 읽지 않습니다. 우리의 세포에는 '재미있는 이야기 유전자'가 있습니다. 인류는 수십만 년 동안 이야기를 즐겨 왔습니다. 입에서 입으로 전해 온 옛날이야기(구비 문학)는 기록 문학으로 정착되었고, 이제는 연극, 영화, 드라마, 뮤지컬 등 모든 예술의 바탕이 되고 있습니다. 유행가나 상품 광고까지도 이야기가 없이는 존재할 수 없습니다.

소설 쓰기는 성장을 돕습니다
학생들이 쓰는 모든 소설은 성장 소설입니다. 성장 소설이란 성인이 되기 위해 평범한 청소년이 겪어야만 하는 도전과 시련을 다룬 이야기입니다. 청소년들은 포경 수술을 하거나, 이성에 눈을 뜨거나, 친구와 싸움을 하거나, 담배를 피우거나, 가출을 하면서 세상과 전쟁을 합니다. 슬퍼하고, 다치고, 고꾸라지기도 하지만 이러한 갈등과 고통은 미숙한 자아를 성숙한 자아로 성장시켜 줍니다.

소설 쓰기는 언어 능력을 키워 줍니다

소설 쓰기는 '인물, 사건, 배경, 주제, 구성, 문체' 등 도저히 이해되지 않던 문학 지식을 깔끔하게 이해시켜 줍니다. '서사, 묘사, 대화'를 쓰는 법은 물론이고, '맞춤법, 띄어쓰기, 문단 쓰기'는 덤으로 따라옵니다. 다른 사람의 작품을 분석하고 평가할 줄 알게 되고, 자신이 말하고자 하는 바를 정확히 정리하는 능력도 생깁니다. 맞춤법도 모르고, 겨우 두세 줄밖에 글을 쓰지 못하던 아이들이 그럴듯한 소설을 써 내는 기적이 자주 일어난답니다.

소설 쓰기는 정신적 치유를 도와줍니다

소설 쓰기가 창의적인 능력을 향상시켜 주는 것은 기본입니다. 그보다 더 중요한 것은 자신을 둘러싼 세계와의 갈등을 이해하고, 자신이 저지른 실수와 잘못을 성찰하게 만들어 주며, 그동안 받았던 상처와 고통도 치유해 준다는 사실입니다. 친구를 못살게 굴고 심하게 때렸던 잘못을 반성하게 하고, 거짓말과 낭비벽을 돌아보게도 하고, 암으로 돌아가신 엄마에 대한 그리움을 쏟아 내게도 합니다. 소설 속에는 다른 곳에서 표현하지 못했던 마음속 말들을 쏟아 낼 수 있습니다. 바로 이 과정이 진정한 치유의 과정이랍니다.

소설 쓰기는 세상을 창조하는 일입니다

소설 읽기가 '사람과 세상을 이해'하는 공부라면, 소설 쓰기는 '사람과 세상을 창조'하는 일입니다. 마치 신처럼, 등장인물을 마음껏 조정할 수 있게 되는 것이지요. 이렇게 신이 되어 세상을 창조하다 보면 나쁜 놈을 혼내 주고, 잘못된 일을 바로잡는 힘이 생긴답니다. 그래서 자신의 삶의 문제를 해결하는 능력은 물론이고, 논리적인 힘과 창조적인 힘이 당연히 따라옵니다.

《국어시간에 소설쓰기 1, 2》는 앞에서 말한 교육적 효과를 지닌 소설 쓰기를 선생님과 학생들이 교실에서 쉽고 재미있게 할 수 있도록 돕는 책입니다. 1권 첫 번째 장에서는 소설 쓰기의 의미와 효과, 방법에 대해 설명하였고, 두 번째 장에서는 소설의 여러 가지 구성 요소들이 잘 드러난 학생 소설을 읽고 직접 소설을 써 보도록 안내합니다. 2권의 세 번째 장은 학생들의 삶과 밀접한 여러 가지 주제가 담긴 학생 소설을 읽고 그런 주제로 소설을 써 보도록 안내하였습니다. 친구들이 쓴 소설들을 분석하다 보면, '나는 더 멋진 소설을 쓸 수 있어!' 하는 자신감이 생길 것입니다. 마지막 장은 소설 쓰기에서 한 걸음 더 나아가 영상 소설로도 만들어 보고, 소설을 희곡으로 바꿔 연극 공연도 해 보도록 하였습니다.

이 책이 '쉽고 재미있는 소설 쓰기 수업'을 하는 데 도움이 되기를 바랍니다. 더 나아가 우리 학생들이 전 세계 어느 분야에서 일하든 재미있고 창조적인 지도자로 성장하는 데 보탬이 되기를 희망합니다.

2013년 3월

김은형

차례

머리말   4

3장 쉽고 재미있는 소설 쓰기 _주제를 중심으로

1 사랑

사랑을 위한 거짓말 _전승환	16
저녁노을이 질 무렵 _최지호	24
짝사랑 _임승현	33
사랑을 알 때까지 _김민욱	39
• 읽고 쓰고 톡톡!	47
• 김 선생님의 소설 톡톡!	49

2 친구

공부벌레 _고다빈	54
따뜻했던 겨울 _김준희	59
기나긴 하루 _이인재	73
떡볶이의 마술 _김보민	81

• 읽고 쓰고 톡톡!					86
• 김 선생님의 소설 톡톡!				88

3 가족

어리석은 형 _강성구				94
컴퓨터 쟁탈전 _문규영				101
그리운 잔소리 _이다운				107
사랑해요 할아버지 _추찬우			113
• 읽고 쓰고 톡톡!					121
• 김 선생님의 소설 톡톡!				123

4 일탈

과식 _박수용					128
흰 막대와 회색 연기 _김찬영			135
철없는 아이 _남윤형				143
엄마의 선물 _이승민				149
• 읽고 쓰고 톡톡!					162
• 김 선생님의 소설 톡톡!				164

5 추억

뽑기 _김은섭	170
추억의 스티커 _심영은	180
딱지에 미친 날들 _박기범	186
꼬마 여행기 _김경룡	202
• 읽고 쓰고 톡톡!	212
• 김 선생님의 소설 톡톡!	214

6 판타지

유령 친구 _김장열	220
빨간 펜의 진실은 없다 _배수연	228
악몽 _박교수	233
솜사탕 향기 맡으러 간 길고 긴 여행 _강수민	242
• 읽고 쓰고 톡톡!	250
• 김 선생님의 소설 톡톡!	252

4장 종합 예술로 확장하기

1 영상 소설 만들기

불꽃 사건 _정혜린	260
벚꽃 가득한 등굣길 _한도우	269
빨간 펜의 진실은 없다 _배수연	278
2000원의 가치 _박중현	286
• 읽고 쓰고 톡톡!	300
• 김 선생님의 소설 톡톡!	302

2 연극 만들기

2000원의 가치 _박재현	306

3장

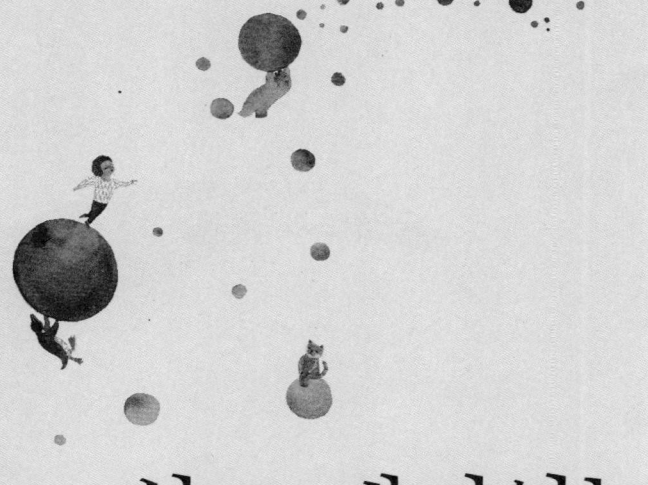

쉽고 재미있는
소설 쓰기_주제를 중심으로

1 사랑

'사랑'은 인간 삶의 가장 근원적인 문제입니다. 사랑의 범위나 성격은 매우 넓고 다양합니다. 어린아이의 사랑에서 성인의 사랑, 정신적 사랑에서 육체적 사랑, 이성에 대한 사랑에서 가족애, 우정, 약자를 배려하는 사회적 사랑까지 포함할 수 있습니다. 소설은 인간의 삶을 다루는 예술이므로 "모든 소설은 애정 소설"이라는 주장도 있습니다.

그러나 좁은 의미의 애정 소설은 '남녀 간의 사랑'을 다루며, 사랑하는 남녀 사이에 나타나는 장애와 갈등, 그리고 극복을 위한 노력의 과정이 소설의 핵심을 이룹니다.

사랑의 표현 방식은 시대나 나이, 사회적 조건에 따라서 달라집니다. 〈춘향전〉은 조선 시대 신분 계층을 뛰어넘은 사랑 이야기이고, 주요섭의 〈사랑손님과 어머니〉는 결혼한 여성의 사랑을 인정하지 않던 봉건적 시대의 이야기입니다. 황순원의 〈소나기〉는 어린 소년 소녀의 순수한 사랑을 다룹니다.

사춘기는 제2의 탄생기라고 합니다. 엄마 배 속에서 태어나는 생물학적 탄생에 이어 한 인간으로 독립하려는 정신적 탄생을 이루는 시기이기 때문입니다. 또한 '이성'에 대한 발견과 '성적 자기 정체성'을 찾는 시기이기도 합니다. 사랑은 개인의 성격이나 조건, 상황에 따라 다른 모습으로 나타납니다. 연약하고 의존적일 수도 있고, 독립적이거나 균형을 갖춘 형태일 수도 있습니다. 사랑은 호기심, 친밀함, 열망, 갈증, 갈등, 다툼, 불안, 상심, 그리움, 외로움, 좌절감 등 복잡한 감정들을 동반합니다. 그리고 살아 있는 유기체(생명체)처럼 생성과 성장, 소멸의 과정을 거칩니다. 그래서 사랑을 둘러싼 온갖 시련과 갈등은 소설의 가장 중요한 소재이자 주제입니다.

네 편의 학생 소설을 읽고 '사랑'에 관한 소설을 써 봅시다.
사랑을 위한 거짓말 | 저녁노을이 질 무렵 | 짝사랑 | 사랑을 알 때까지

사랑을 위한 거짓말

전승환

아침 햇살이 빛나고 있다.
"빨리 학교에 가 볼까."
지용이는 거울을 보며 중얼거렸다. 지용이가 서두르는 이유는 따로 있었다. 바로 민영이 때문이다. 민영이는 작년(1학년 때)부터 사귄 여자 친구다. 지용이는 민영이를 사귄 후 명랑해지기 시작했다.

첫 시간은 국어였다. 전교에서 가장 무서운 선생님의 수업이지만, 지용이는 계속 민영이한테만 눈길을 주었다.
"권지용, 나와."
국어 선생님이 체념한 표정으로 말했다.
"넌 어떻게 해야 수업 시간에 집중할래?"
"……."
"도저히 안 되겠다. 너희 둘을 국어 시간만이라도 갈라놓아야겠다."

그날 종례 시간에 담임 선생님께서 시험 성적표를 나누어 주시며 말씀하셨다.

"권지용, 너는 잘하던 애가 왜 이렇게 엉망이 됐는지 모르겠다. 아무튼 수학, 영어 시간도 민영이는 A반, 너는 B반으로 가라."

"네? 알겠습니다……."

시무룩한 표정으로 지용이가 말했다. 종례 시간 후 민영이가 지용이에게 투덜거렸다.

"수업 중에 자꾸 나만 보고 있으면 어떻게 해? 선생님들께 꾸중 듣고, 성적도 자꾸 떨어지잖아."

"이렇게 될 줄 몰랐지. 국어 시간엔 미안했어."

"앞으로 학교에서는 조심 좀 하자."

"알았어."

민영이의 힘든 표정을 보자 지용이는 어쩔 줄 몰랐다.

며칠 후, 학교가 끝나고 지용이는 친한 친구들과 집으로 가고 있었다. 울적한 마음에 지용이가 친구들에게 물었다.

"요즘 민영이가 나한테 너무 쌀쌀맞은 것 같아. 안 그러냐?"

대성이가 말했다.

"나는 모르겠는데."

"나도."

승현이도 말했다.

"알았다, 알았어. 너희들에게 물어본 내가 잘못이지."

지용이는 집에 와서도 침대에 누워 곰곰이 생각해 봤다.

'요즘 민영이가 나한테 왜 그럴까? 내가 무슨 잘못이라도 했나? 특별히 그런 건 없는 것 같은데……'

지용이는 불안한 마음을 억눌렀다.

'에이, 모르겠다. 학원 가기 전까지 잠이나 자자.'

하지만 학원에서도 지용이는 수업이 귀에 들어오지 않았다. 학원이 끝나고 집으로 터벅터벅 돌아오는 중에 낯익은 목소리가 들렸다. 민영이었다. 반가운 마음에 민영이를 부르려 했지만 그럴 수가 없었다. 자신의 가장 친한 친구인 승현이가 민영이의 손을 잡고 걸어가고 있는 게 아닌가. 지용이는 몰래 둘의 뒤를 따라갔다. 승현이가 민영이를 집까지 바래다주고 골목을 돌아 나오자 기다렸던 지용이가 승현이 앞에 나타났다.

"최승현, 너 이 자식!"

지용이가 있는 힘껏 주먹을 날렸다. 승현이는 얼굴을 감싸고 털썩 주저앉았다. 그러고는 일어서서 말했다.

"난 아무 짓도 하지 않았어."

지용이는 분노에 찬 목소리로 외쳤다.

"너 어떻게 그럴 수가 있어?"

하지만 승현이는 아무렇지도 않은 얼굴로 말을 던졌다.

"민영이가 너를 이제 좋아하지 않는 것 같더라."

"뭐라고? 이 자식이!"

지용이는 다시 주먹으로 승현이를 후려쳤다. 승현이는 싸우려 하지 않았다. 입가에 묻은 피를 닦으면서 이렇게 말할 뿐이었다.

"앞으로 민영이 앞에 나타나지 마라."

그러고는 돌아서서 걸어갔다. 집으로 돌아가는 승현이의 뒷모습을 보면서 한동안 지용이는 멍하니 서 있었다.

그 후 지용이는 학교에 가는 일이 즐겁지 않았다. 학교로 향하는 발걸음이 마치 무거운 족쇄를 찬 듯 무겁기만 했다.

교실에 들어서니 민영이가 와 있었다. 두 사람 사이에는 정적만 흘렀다. 지용이가 먼저 말을 꺼냈다.

"아, 안녕."

민영이는 아무 대답도 하지 않았다. 친구들이 하나둘씩 교실에 들어왔다. 그렇게 둘은 아무 말도 하지 못한 채 수업을 마쳤다. 이제 지용이는 승현이를 빼고 친구 세 명하고만 하교를 했다. 그런데 집에 가는 도중에 민영이와 승현이가 길가에 앉아서 얘기하고 있는 것을 보았다.

"아니, 저것들이!"

지용이는 민영이와 승현이가 일부러 그러는 것 같아 분노가 치밀었다.

"지용아, 참아."

대성이가 말렸다.

"이거 놔!"

지용이가 뿌리치고 두 사람을 향해 걸어갔다.

"니들 나 보라고 이런 짓 하는 거지?"

지용이가 눈을 부릅뜨고 말했다. 하지만 승현이는 대꾸도 없이 민영이의 어깨에 팔을 올렸다.
"야!"
지용이가 승현이의 멱살을 잡았다.
"지용아, 그냥 가자. 그런다고 해결될 일이 아니잖아."
승리가 억지로 지용이의 팔을 잡아끌었다.

여름방학식을 하는 날이었다.
'방학 동안 저것들 안 보게 되니 다행이다.'
지용이는 씁쓸한 표정으로 피식 웃으며 생각했다. 늘 전교 5등 안에 들었던 그였지만 민영이와 사귀면서는 공부도 하지 않고 온종일 정신이 나간 채로 살았다. 잘 다니던 학원도 엄마가 애원을 해야 가는 정도였다.
'내가 왜 그랬을까? 정신 차려, 권지용! 너 이런 애 아니었잖아? 엄마 속이나 썩이고 공부도 하지 않고 이게 뭐 하는 짓이야.'
지용인 괴로워하면서 생각했다.
'이러다가는 정말 나는, 나는······.'
그때 낯선 번호로 문자가 한 통 왔다.
'지용아, 잠깐 시간 좀 내줄 수 있어? 꼭 해야 할 말이 있어. 공원에서 기다릴게.'
지용이는 곰곰이 생각했다.
'이 번호가 누구지? 많이 본 번호인데······. 승현이? 최승현! 이

자식이 문자를 보내?'

지용이는 그 사건 이후로 승현이의 번호를 핸드폰에서 지워 버린 상태였다.

"어디 한번 기다려 보시지."

책을 꺼내 들면서 지용이가 중얼거렸다. 하지만 편지 5분도 안 돼 책을 손에서 놓았다. 지용이의 발걸음은 어느새 공원으로 향하고 있었다.

"지용아, 잘 지냈어?"

승현이가 먼저 말을 건넸다. 지용이가 싸늘히 대답했다.

"용건만 말해."

"이거……."

승현이가 흰 봉투를 내밀었다.

"지용아, 민영이가 너 때문에 많이 힘들어 해. 자기랑 사귀고 나서부터 네 성적이랑 친구 관계가 나빠진 것 같다고 하면서 괴로워하더라. 평소의 네 모습으로 돌려놓겠다며, 나한테 자기랑 사귀는 척해 달라고 부탁한 거였어."

승현이가 머뭇거리다 다시 말을 이었다.

"이제는 옛날의 네 모습으로 돌아오고 있는 거 같아서……. 그럼 간다."

지용이는 그 말을 듣고 방망이로 한 대 얻어맞은 듯이 멍하게 서 있었다. 그런 줄도 모르고 승현이를 증오했던 게 너무도 부끄럽게 느껴졌다. 집에 돌아와 민영이의 편지를 읽어 보았다.

지용아, 안녕.

이 편지를 읽을 때쯤이면 너도 내 마음을 이해할 수 있게 될지도 모르겠다. 너나 나나 많이 괴로웠지. 하지만 어쩔 수 없었어. 나 때문에 네가 망가져 가고 있는데 그걸 가만히 보고 있을 순 없잖아. 극단적인 방법이지만 이게 원래의 네 모습으로 돌아가게 할 수 있는 유일한 길이라 생각했어. 미안해, 지용아.

민영이가

다음 날 지용이는 엄마의 심부름을 가는 도중에 민영이를 만났다. 민영이는 여전히 차가웠다.

"편지 고마워."

지용이가 머뭇거리다 말했다.

"학교생활에 소홀해지고 내가 잘못되었다는 것을 알았어."

"나보다 승현이가 달라진 네 모습 보고 더 가슴 아파했어."

민영이의 말에 승현이의 얼굴이 지용이의 뇌리에 스쳐 갔다. 민영이도 고맙지만 자기를 걱정해 준 승현이 생각에 지용이는 눈물을 글썽거렸다.

"내 마음은 옛날과 똑같아. 그러니까 승현이와 화해해."

민영이가 웃으며 말했다. 지용이는 민영이를 바래다주고는 승현이네 집으로 갔다.

"최승현! 이 자식아!"

지용이가 큰 소리로 부르자, 승현이가 창문을 열고 밖을 내다

보았다.
"미안해, 정말 미안해. 그리고 고맙다."
승현이가 활짝 웃었다.
지용이는 민영이의 사랑과 승현이의 우정을 다시 찾은 기쁨에 가슴이 벅차올랐다.

저녁노을이 질 무렵

최지호

오늘은 왠지 우울한 날이었다. 장마철의 칙칙한 하늘과 닮아 있던 내 마음은 오늘 나온 성적표로 인해 더욱 칙칙해져 갔다.
  울적한 마음에 태어나서 처음으로 가출이란 것을 감행했다. 거창하게 가출이란 단어를 붙일 필요도 없이 그저 조용히 집을 나온 것일 뿐이다. 평소와 별다를 것도 없는데, 왜 이러는지 나 스스로도 알 수가 없었다. 이유가 있다면 필시 처참하게 수직 하강한 성적 때문이리라. 공부는 왜 해야 하는 것일까. 사실, 하고 싶지 않다. 그저 포기하고 싶은 마음뿐이다. 그럼에도 포기할 수 없는 것은, 내게는 벅찬 부모님의 기대 때문일까.
  '투둑 — 투둑 —'
  이런저런 생각을 하다 보니 먹구름이 끼어 있던 하늘에서 굵은 빗방울이 떨어져 내리기 시작하였다. 비를 피하기 위해 건물을 찾아 발걸음 닿는 대로 걷다 보니 어느새 도착한 곳은 학교였다. 피식, 자조적인 웃음이 나왔다. 그토록 하기 싫은 공부를 해야 하는 곳, 가출의 직접적인 원인이 된 성적표의 출처가 바로 학교 아닌가? 하지만 달리 갈 곳도 없다. 허탈한 마음이 들었다.

그러고 보면 학교는 언제부터인가 나도 모르게 생활의 일부분이 되어 있었다. 모두가 하교하고 선생님들마저도 퇴근해 버린, 아무도 없는 교사(校舍)를 돌아다니다 보니 지난 2년간의 추억들이 새록새록 떠오르기 시작했다.

좋은 친구들, 좋은 선생님, 천방지축이었던 나 자신……. 생각해 보면 학교에서 공부만 한 것 같지는 않다. 아무도 없는 빈 학교를 둘러보며 추억을 떠올리자니 평소답지 않게 감상적인 상태가 된 것 같아 기분이 묘했다. 쏟아지는 비 대문인지, 성적표 때문인지 나답지 않게 센티멘털해졌다.

교실, 교무실, 도서실을 거쳐 음악실을 지나갈 때 안에서 음악 소리가 들려왔다. 분명 학생들은 전부 하교했을 시간이고, 조금 전에 지나친 교무실 역시 아무도 없었는데……. 의아한 마음에 창문으로 음악실을 들여다보니 누군가 피아노 앞에 앉아 있었다. 아니, 정확히 말하자면 교복 입은 누군가가 피아노를 연주하고 있었다.

누군지 모를 '그'의 손끝에서 흘러나오는 선율은 현란하지도 진중하지도 않았지만 너무나 아름다웠다. 피아노의 건반 하나하나가 내는 음이 조화로워서 듣는 이의 마음마저도 편안해졌다. 포근하고 따뜻한 그 선율은 마치 나의 절망스러운 마음을 들여다보고 다 괜찮다고 위로해 주는 듯했다. 왈칵 눈물이 쏟아졌다. 그저 어디에서라도 위로받고 싶었던 내 마음의 착각일지도 모르지만,

그것만으로도 좋았다.

이어지는 피아노 선율에 감동을 하다 문득 정신을 차렸다. 마음을 빼앗겼다는 사실에 약간 부끄러워지면서 동시에 연주자의 정체에 대해 호기심이 생겼다. 나는 갖가지 추론을 해 보았다. 예고 준비생? 우리 학교에 그런 학생이 있었나? 중학교 입학 이후 피아노와 자연스레 멀어진 나로서는 도저히 알 수 없었다.

그렇게 이렇다 할 해답을 추론해 내지 못하고 호기심만 커져 가고 있을 무렵, 흘러나오던 피아노 선율이 멈추고 발소리가 들려왔다. 어떻게 행동해야 할지 머리가 백지장처럼 하얘져 그저 그 자리에 붙박이처럼 서 있을 수밖에 없었다.

의도한 것은 아니었지만 몰래 연주를 들은 것에 그는 화를 낼까, 당황해 할까. 그럼 나는 사과를 해야 할까, 아니면 그냥 모른 척 지나가는 것이 나을까.

'드르륵'

마침내 문이 열리고 그가 나왔다.

"……."

"……."

그는 나를 발견하고 잠시 멈칫했지만 아무 말도 하지 않고 그저 싱긋 웃고 지나칠 뿐이었다. 한 걸음, 한 걸음 멀어지는 그를 보며 오히려 다급해진 쪽은 나였다.

"저, 저기요!"

이름도 모른 채 급한 마음에 부르자, 그는 가던 걸음을 멈추고 돌아보았다. 왜 그러냐고 묻는 듯한 눈빛에 당황했지만, 그래도 나는 묻고 말았다.

"가끔씩 와서 피아노 연주 듣고 가도 되죠?"

원래 말재주가 없는 나이기에, 다분히 퉁명스럽게 들렸을 것이다. 그러나 그는 예의 그 미소를 짓고 고개를 한 번 끄덕이고는 다시 발걸음을 돌려 학교를 빠져나갔다. 그저 고개를 한 번 끄덕여 준 것뿐이지만, 분명 허락의 뜻을 담고 있는 행동에 나도 모르게 입꼬리가 올라갔다. 내일도 모레도 그의 연주를 들을 수 있다는 생각에 왠지 모를 미소가 지어졌다.

불현듯 잊고 있었던 내 처지 ─ 수직 하강한 성적표와 학원, 가출 따위가 생각났다. 나는 정신을 차리고 허겁지겁 집으로 뛰어갔다. 집에 도착하면 엄마의 잔소리가 기다릴 거라 생각했지만 엄마 역시 내 심정을 이해해 주신 듯, 그저 비 맞았으니 감기 걸리지 않게 씻고 쉬라는 말씀만을 할 뿐이었다.

시간을 보니 어느새 저녁 일곱 시가 훌쩍 넘어 있었다. 학교에서 그렇게 오래 있었는지 몰랐다. 평소 같았더라면 쏟아졌을 성적에 대한 훈계와 잔소리를 피해 간 데다 엄마 역시도 나를 이해해 준 것 같아서 모든 걱정거리가 사라진 기분이었다. 모든 일이 잘 해결된 것조차도 그 덕분인 듯한 느낌이 들었다.

다음 날, 등굣길에서부터 나도 모르게 지어지는 미소를 주체할 수 없었다. 늘어선 가로수 잎의 푸르른 싱그러움이 왠지 더욱 아름답게 느껴졌다. 평소에는 지루하기 그지없었던 수업도 즐겁기만 했으며, 하루 종일 나도 모르게 웃고 있었다. 시간이 너무나도 느리게 흘러가는 듯 조급한 마음이 들었고, 그의 연주를 방과 후에 들을 수 있다는 생각에 설렘 역시 커지고 있었다. 수업이 끝나고 종례까지 마치자 내 발걸음은 너무도 가볍게 음악실을 향해 가고 있었다.

만약 그가 연주하러 오지 않으면 어떻게 할까, 어제의 일을 잊어버렸다면 어떻게 해야 할까 하는 불안한 마음이 없는 건 아니었지만, 발걸음은 그저 음악실을 향해 나아갈 뿐이었다.

음악실이 가까워질수록 들려오는 피아노 선율에 귀를 기울이며 혹시라도 연주에 방해가 될까 발걸음을 낮춰 조심히 한 발 한 발 내디뎠다. 음악실 문 앞에 서자 어제와 같이 아름다운 선율이 흘러나왔고, 그가 피아노를 연주하고 있다는 사실이 분명해지면서 안도감이 밀려왔다. 심호흡을 몇 번 한 후에야 나는 음악실 문을 열고 들어갈 수 있었다.

'드르륵'

문이 열리는 소리는 어제와 같았지만, 내 마음만큼은 너무나 달랐다. 어제의 불안감과 두려움은 지금 설렘과 기대감으로 가득 차 있었다.

그는 연주를 멈추지 않고 그저 나를 한 번 바라보고는 연주에 집중했다. 그에게 부담이 될까 봐 너무 가깝지 않은 자리에 조심히 앉았다. 책상 앞에 앉아 조용히 연주를 듣고 있으니 마치 그의 가르침을 받고 있는 학생이나 하나뿐인 관객이 된 것 같아 나도 모르게 기쁜 마음이 들었다.

그 후로 이런 날들이 반복됐다. 그는 피아노를 연주하고, 나는 가만히 앉아 연주를 감상하는 시간……. 일상의 그 작은 변화가 얼마나 내 마음에 큰 영향을 미쳤는지는 아무도 모를 것이다. 방과 후에 듣는 그의 연주 때문에 학교생활이 행복했으며, 매사에 낙천적으로 변해 가고 있었다.

그렇게 한 달쯤이 지나 그의 연주를 듣고 하교하는 생활이 익숙해질 무렵, 우리는 조금씩 말을 트기 시작했고, 함께 하교하는 일이 잦아졌다. 함께하는 시간이 늘어났지만 나누는 대화는 많지 않았다. 그는 원래 말수가 적고 조용한 성격인 듯했다. 그에 대해 아는 것이 많지 않은 나로서는 그저 그렇게 짐작할 뿐이었다. 이름과 학년, 반 정도만 들었고 나머지 대화들은 음악에 대한 그의 얘기로 채워졌다. 처음 그와 통성명을 하던 날이 아직도 선명하게 기억난다.

"저, 이름이 뭐예요? 난 류서연. 매일 연주 듣고 가는데 아직 이름도 모르고 있네요."

"난 이진성이야. 3학년 2반이고."

"아, 선배였구나. 난 2학년 7반."

이름을 주고받을 뿐인데도 왠지 긴장되어 반말과 존댓말이 뒤섞인 어색한 자기소개를 하고 말았다. 이진성, 이진성이라. 굉장히 포근한 이름이다.

그렇게 한 달쯤 더 지났을 무렵, 평소처럼 하늘이 저녁노을로 아름답게 수놓일 무렵에 그와 함께 하교를 하고 있었다. 그는 처음 만났을 때처럼 싱긋 웃어 주었다. 그런데 그 웃음이 지금까지와는 미묘하게 달라 이상하게 느껴졌다. 평소의 그 같지 않았다.

갑자기 불안한 마음이 밀려왔다. 그가 어디론가 훌쩍 떠나 버릴 것만 같다는 생각에 나도 모르게 그의 손을 잡았다. 늘 아름답게 피아노를 연주하던 그의 손을. 아무리 나 자신을 진정시키려 해도 불안한 마음은 어찌할 수가 없었지만, 그가 처음 만났을 때와 같이 싱긋거리며 미소 지어 주었기에 나 역시도 웃으며 그에게 인사를 해 주었다. 마지막일지도 모른다는 생각이 들었지만 그의 미소가 너무도 맑아서 붙잡고 물어볼 수도 없었다. 마치 그를 배웅하듯 불어오는 바람에 은행잎들이 하나둘 발치로 내려앉았다.

다음 날이었다. 여느 때처럼 수업과 종례가 끝나자마자 음악실로 달려갔다. 하지만 음악실에는 아무도 없었다. 연주 소리가 들려오지 않아 짐작은 했지만 눈으로 직접 확인하고 나니 왠지 모를 허탈감이 들었다. '무슨 사정이 있는 걸까.' '지금까지 한 번도 연주를 빼먹은 적이 없는데…….' '어제의 불안감이 괜히 들었던 게 아니었구나.' 늘 그가 앉아 있던 자리, 피아노 앞에 앉아 피아노를 한번 매만져 보았다.

연주를 듣지 못한 것에, 아니 앞으로 듣지 못할 것이란 사실에 미련이 남아 저녁노을이 물들 때까지 그를 기다렸다. 하지만 그는 오지 않았다. 저녁노을마저 져 버릴 무렵 나는 떨어지지 않는 발걸음을 재촉하였다.

　학교 담을 따라 걷다 보면 좁은 골목길에 주택이 여러 채 있었다. 가로등이 듬성듬성 켜져 있어 환하지도 그렇다고 어둡지도 않았다. 그날 내 시선을 잡아끈 것은 가로등 옆에 자리 잡은 가로수였다.

　그를 처음 만났을 때만 해도 싱그러운 녹색이었는데 어느새 하나둘 단풍이 들어 가고 있었다. 그러고 보니 어제도 은행잎이 떨어졌었지. 하루밖에 지나지 않은 일인데도 왠지 모르게 그리워져 나도 모르게 은행잎 하나를 주워 들었다.

　집 앞에 다다르자 대문에 걸려 있는 우편함에 하얀 편지봉투가 눈에 띄었다. 보내는 이의 이름은 없고 '루서연'이라는 이름만 적혀 있었다. 무덤덤하게 봉투를 뜯어 편지를 꺼내 보았다. 깨끗한 편지지 위에 적힌 단정한 글씨가 그와 닮은 것 같아 미소가 지어졌다.

　편지를 읽는 동안 눈물 한 방울이 볼을 타고 흘러내렸다. 그는 음악을 본격적으로 배우기 위해서 영국으로 유학을 간다고 전했다. 이제 다시는 그의 연주를 들을 수 없을 것이란 생각에 가슴이 먹먹해져 왔다.

　그가 없는 일상에 익숙해질 무렵, 왠지 모를 향수에 음악실을 찾았다. 빛이 바래 가는 하늘을 바라보며 늘 그가 있던 피아노에 엎드려 눈을 감는다. 그의 연주 소리가 들려오는 듯하다.

　그는 나와의 이별을 아쉬워했을까? 너무나 짧았던 첫사랑이기에, 그는 몇 년이나 내 기억 속에 살아 있었다. 이슬비가 옷에 스며들 듯 소리 없이 다가와 아련한 추억을 물들여 놓고 갔다. 누구나 다 가졌을 법한 첫사랑이지만, 나에겐 너무도 짧아 더 아름답게 간직할 수 있는 건지도 모르겠다.

그의 연주가, 그가 만들어 내는 선율이 내 귀를 간질이는 것 같다. 아득하게 멀어져 가는 소리에 살며시 눈을 뜬다. 창가로 들어오는 빛에 하얀 피아노 건반이 반짝이자 그의 해맑은 웃음이 떠오른다. 그가 내 옆에 없기에, 나 또한 그의 곁에 없기에 서로에게 더 그리운 존재가 된 건 아닐까. 그는 나의 추억 속에 소중하고 아름다운 모습으로 남아 있다.

저녁노을이 예쁘게 질 무렵, 그가 더 그리워진다.

짝사랑

임승현

가을 하늘은 높아지고 산들은 옷을 갈아입기 시작했다. 가을이라서 그런가? 마음 한쪽이 이상하게 텅 빈 것 같기만 하다. 요즈음은 자꾸만 인생이 재미없다는 생각이 든다. 공부는 왜 해야 하고 학교에는 왜 가야 하는지 불만스러울 뿐이다. 사춘기라서 그럴까? 엄마와 싸우는 일도 잦아졌다. 그러면 안 되는데 하면서도, 나도 모르게 화를 내고 있다.

그날 아침도 학교에 늦겠다고 깨우는 엄마에게 온갖 짜증을 다 내곤 집을 나왔다. 뒤돌아 반성하는 것이 버릇이 되어 버린 것일까? 학교에서도 집중이 될 리가 없다. 따분하게 1교시를 끝내고 화장실로 가다가 못 보던 아이를 봤다. 머리는 양 갈래로 곱게 땋고 따스한 스웨터에 모범생처럼 조끼까지 입고 있다. 게다가 얼굴은 또 왜 그리 예쁜지……. 그 순간 내 귓가에 아름다운 종소리가 울려 퍼지고 있었다.

'그렇다! 난 사랑에 빠지고 만 것이다!'

그 후 나는 스토커처럼 그 아이를 졸졸 따라다녔다. 내 몸은 이미 내 것이 아니었다. 난 친구마다 붙들고 그 아이에 대한 얘기를 늘어놓았다.
"야, 걔 엄청 예쁘지 않니?"
그러나 친구들의 반응은 시큰둥.
"이지우? 난 별로인데?"
"이런, 우리 은수 군 눈 너무 낮다!"
녀석들은 나를 놀리고 있었다. 내가 보기엔 녀석들이 아직 뭘 모르고 있었다. 그러던 중 그 애가 다니는 공부방을 알아냈다. 난 엄마에게 달려갔다.
"엄마, 나 이제부터 공부할 거니까, 공부방 끊어 줘."
영문도 모른 채 엄마는 공부 소리에 기뻐했다.
"우리 아들이 웬일이야?"
활기를 찾은 내 모습은 사랑의 힘이 얼마나 대단한지 보여 주는 대표적인 예가 됐다.
오랜만에 하늘을 올려다보았다.
'세상에, 하늘이 저렇게 높을 수가!'
생각하기에 달렸다고 하더니, 세상의 모든 것이 새롭게 보이기만 했다.
'나무들이 이렇게 싱그러울 수가!'

드디어 공부방에 입학. 그 아이와 함께 공부하게 되었다. 난 생전 안 하던 내 몸 꾸미기에도 착수를 했다. 머리에 바를 왁스를 산다든가, 새 옷을 구입한다든가 해 가며 하루하루 행복한 나날을 보내고 있었다. 이젠 그 애하고 제법 인사도 하고 지내게 되었으니 얼마나 많이 발전했는가?

"오, 이은수! 인사도 하고 지내?"

친구들이 감탄했다.

"그럼. 이 형님은 한 번 찍으면 절대로 포기 안 하는 일편단심형이거든."

수련회를 가는 날, 가는 버스 안에서 친구들과 들뜬 기분으로 수다를 떨었다. 드디어 도착. 짐 정리를 끝내고 점심을 먹고 레크리에이션에 참여했다. 저기 멀리서 지우가 날 보며 싱긋 웃는다.

'아, 정말 행복하다.'

저녁에는 장기 자랑을 했다. 나도 나가서 노래 실력을 발휘했다. 물론 애절한 발라드였다. 아이들의 반응이 뜨거웠다. 그런데 문제는 내 다음 차례에서 일어났다. 내 다음으로 진철이가 노래를 불렀는데, 진철이는 노래를 부르다가 갑자기 지우에게 공개적인 프로포즈를 하는 게 아닌가?

"이지우, 너 내가 좋아한다!"

갑작스런 진철이의 선포에 나는 가슴이 무너지는, 아니 녹아서 흘러내리는 것 같았다. 내 심장은 이미 그 기능을 상실했고, 내 머리는 하얀 백지장이 되었다. 팔다리는 후들거리고 눈에는 초점이 없어진 지 오래였다.

같은 반인 진철이가 그런 생각을 하고 있을 줄은 상상도 못했다. 누군가를 좋아한다는 게 행복하지만 또 고통스럽고 고통스럽다는 것을 나는 알았다. 짝사랑이란 것이 얼마나 답답하고 속이 타는 것인지 깨달은 것이다.

난 용기가 없는 놈이었다. 아니다. 난 확실히 겁쟁이다. 나는 수련회를 시무룩하게 끝낼 수밖에 없었다. 그렇게 돌아온 뒤 나는 고민 끝에 한 가지 결심을 했다.

'더 이상 비겁하게 도망가지는 않을 것이다. 절대 지우를 뺏기지 않겠다.'

그 후 나는 사랑이라는 말보다 '집착'이란 말이 더 잘 어울리게 되어 버렸다. 나는 지우에게 편지를 썼다.

지우야! 나는 진철이보다 몇 배 더 널 좋아해!
네가 아직 결정 내리지 못한 걸 알고 있어.
내 진심을 네가 알아주었으면 좋겠다.

길게 쓰면 지루해 할까 봐 내 맘을 줄이고 또 줄인 것이다. 편지를 전해 주고 집에 와서 하루 종일 기도를 드렸다. 하지만 평소에 기도 같은 것에 충실하지 않은 나를 신이 알아줄 리가 없었다. 지우에게 답장은 없었다. 난 차인 것이다.

어느덧 겨울의 차가운 바람이 불기 시작했고 예쁘기만 했던 산과 나무는 나를 비웃기라도 하듯이 앙상해져만 가고 있었다. 그러나 내 마음은 더 추운 남극이었다. 지우를 잊는 것은 생각보다 쉽지 않았다.

 방학이 다가왔다. 방학은 내게 새로운 반성과 계획을 하게 해 주는 중요한 시간이었다.

 난 이제 어엿한 중학생이 되었다. 마음도 몸도 훌쩍 커 버렸다. 그렇게 하루하루를 지내고 있던 어느 날, 학교가 끝나고 집으로 가고 있는데 뒤에서 누군가가 날 불렀다.

 "이은수!"

 지우였다. 그 애를 보자 짝사랑의 추억이 떠올라 가슴이 너무 아프고 쓰라렸다.

 "어?"

 나는 어정쩡하게 대답했다.

 "공부 잘하고 있지?"

 지우는 웃으면서 말했다.

 "물론이지. 잘 지내지? 너 전학 갔다며? 여기는 웬일이야?"

 애써 태연한 척 말하려고 노력했다.

 "응, 아는 애 좀 만나려고. 또 보자."

 "그래, 잘 가……."

 하지만 나는 그대로 헤어질 수가 없었다. 나는 다시 한 번 지우를 큰소리로 불렀다.

 "지우야! 나 너를……."

 그때 지우가 내 말을 막았다.

"나 지금 진철이랑 사귀고 있어. 너한테는 아직도 미안해……."
"그래? 나도 사귀는 사람 있는데……."
나도 모르게 거짓말을 하고 말았다.
"진짜? 잘 돼라!"
그렇게 지우랑 헤어졌고, 돌아서서 오면서 난 자책감에 눈물을 흘렸다.
"젠장! 난 왜 이런 거지? 충분히 잊었다고 생각했는데 말이야. 이은수, 넌 왜 그 모양이냐?"
짝사랑은 이래서 무서운 건가 보다. 절대 잊을 수 없는, 절대 도망갈 수 없는, 절대 벗어날 수 없는……. 그렇다! 아직도 난 지우를 포기하지 못하고 있었다. 앞으로도 바보처럼 못 잊을 수도 있다. 하지만 내가 더 성장한다면, 새롭게 좋아하는 사람이 생길 수도 있을 거라고, 그러면 충분히 잊을 수 있을 거라고 애써 나를 위로했다. 그리고 슬프게 내리는 첫눈에 지우를 함께 떠나보내야겠다고 결심하며 입술을 꼭 깨물었다.

사랑을 알 때까지

김민욱

학교 수업이 끝나고 집으로 가는 길이었다.
"야, 준호! 우리 오늘 미팅 있는데 너도 끼워 줄까? 짜샤, 다 너를 위한 거야. 우리 형님들 따라와라!"
친구가 지껄였다.
"야, 니네 뭐야? 그리고 웬 미팅? 난 그런 거 몰라. 얼른 집에 가 봐야 해."
"짜샤, 튕기지 말고 따라와! 괜히 좋으면서 수줍음 타기는!"
"싫다니까 왜 이래?"
"후회 안 하지?"
"그으래."
"알았다. 잘 있어라, 바보."
'흥! 미팅? 그게 뭐라고. 여자가 뭐가 좋다고 그러는지. 쯧쯧.'
다른 사람들의 말에 의하면, 나는 조금 늦되는 아이다. 막내이기 때문에 응석받이로 자라난 까닭도 있고, 부모님 말씀으로는 내가 유전적으로 성장이 더딘 편이라고 했다. 중학교 2학년이 끝나 갈 무렵, 다른 아이들은 모두 사춘기를 겪고 있었다. 목소리가 컬컬해지고, 코밑 솜털에 검은빛이 돌기 시작했으며, 갑자기 말수가 줄어들고 무게를 잡기도 하였다. 또 저희들끼리 야한 사진을 보고는 딸딸이니 뭐니 낄낄거리기도 했다. 그러는 한편 빵집이나 공원에서 여자 친구를 만나는 일에 정성을 들이는 아이도 있었다.

하지만 나는 도무지 그런 아이들을 이해할 수 없었다.

'도대체 무슨 재미가 있어 계집애들을 만나는 걸까? 계집애들이 뭐길래? 아이, 참나!'

그때 나는 여자애들은 보기도 싫고 옆에 있기도 싫었다. 여자애들은 말처럼 뛰어다니며 시끄럽게 굴거나 남자애들에게 치대곤 했다. 안 그러면 너무 잘난 척하거나 예민하게 굴거나……. 어쨌든 남자애들 못지않게 여자애들도 이상하게 굴기는 마찬가지였다.

어제도 어떤 여자애가 내 옆에 와서 자꾸 찝쩍거려서 면박을 주었더니 심통이 나서 나만 보면 눈을 치뜨곤 한다. 나에게 여자는 '괴물'이었다. 그러니까 빵집이나 공원에서 여자 친구를 만나는 따위의 일은 '미친 짓'으로밖에 보이지 않았다. 오늘도 나는 '만남공원'을 지나다가 서로 부둥켜 안고 이상한 짓을 하고 있는 치들을 보고,

"정신병자들!"

하고 소리를 꽥 지르고는 도망치듯이 뛰어왔다.

그날도 수업이 끝나고 아이들은 제각기 자기 집이나 학원으로

갔다. 난 곧장 집으로 가서 학원 가방을 챙겨 들고 다시 나왔다. 시간을 보니 늦을 것 같았다. 난 막 뛰었다.

'쿵' 서두르다가 머리가 그만 벽에 부딪쳤다. 그 길은 두 사람이 어깨를 스치면서 지나갈 만한 좁은 골목길이었는데, 주의를 하지 않은 탓이다.

"아, 배고프다! 빨리 가서 밥 먹어야지!"

나는 학원을 가지 않는 날에는 일주일에 두 번 정도는 수업을 마치고 학교 도서관에 남아 공부를 하다가 하늘이 햇님을 꿀꺽 삼키면 집에 왔다. 그날도 늦게야 학교를 나왔는데 웬일인지 와야 할 버스가 오지 않았다.

"에이, 그냥 걸어서 가자. 좀 늦으면 어때?"

집에 거의 도착하였을 때는 꽤 늦은 시간이었다. 난 가벼운 발걸음으로 골목길로 들어섰는데,

"저……."

하고 뒤편에서 무슨 소리가 들렸다. 아무 거리낌 없이 소리 나는 쪽으로 고개를 돌렸다. 낯익은 얼굴이었다. 옷차림을 보니 치마를 입고 흰 남방을 입고 있는…… 여자 교복이었다. 난 당황했다. 그래서 뒷걸음질을 쳤는데 그 계집애가 내게 다가와 무엇인가를 손에 얹어 주고는 얼굴이 빨개지면서 막 뛰어갔다. 난 엉겁결에 받은 것을 보았다. 그것은 예쁜 꽃무늬 포장지로 싼 것이었다.

난 어쩔 줄 몰라 하다가 누가 볼까 창피해서 주위를 둘러보고

아무도 없는 것을 확인하고는 선물 꾸러미를 가방 속에 넣고 쏜살같이 뛰었다.
"헉, 헉."
땀이 줄줄 흘러내렸다. 부엌에 들어가 물 한 사발을 꿀꺽 들이켜고 호흡을 가다듬었다. 그리고 장롱에서 이불을 꺼내어 뒤집어쓰고 그 선물 꾸러미를 열어 보았다. 선물 꾸러미 안에는 하트 모양의 초콜릿과 사탕이 들어 있었다.
'이얏! 쿵!'
난 얼른 초콜릿과 사탕을 방바닥에 내동댕이쳤다. 그리고 그 초콜릿과 사탕을 쓰레기통에 버리려고 일어서는 순간 눈에 딱 띄는 게 있었다. 예쁘고 귀여운, 이상한 모양으로 복잡하게 접은 흰 쪽지. 바로 편지였다.
"에잇! 이까짓 거 그냥 버리자!"
그러나 궁금해서 그냥 버리기가 아쉬웠다.
"뭐 어때? 한 번 보고 버려도 손해 볼 건 없잖아?"
접힌 편지를 똑바로 펴서 처음부터 쭉 읽어 보았다.
덜덜덜. 그 편지가 내 손에서 떨어졌다.
"세, 세상에……."
난 너무 황당했다.
"이런 젠장!"
정말 어처구니가 없었다.
"추신 한마디가……."

그 추신 한마디가 문제였다.

'오빠를 좋아합니다.'

내 얼굴은 벌써 맛이 간 상태였고 눈이 뒤집혔다.

"이…… 이 망할 계집애."

난 너무도 화가 나서 그 편지를 들고 밖에 나갔다. 그리고 그 편지를 '빡빡' 찢은 후 태워 버렸다. 나의 화는 이 정도로 그치지 않았다. 너무나 화가 나서 머리가 빠개질 정도였다.

"아~악!"

난 소리를 질렀다. 목이 터져라 소리를 지르고 나서 잠시 쉬었다. 소리를 지르고 나니 약간은 마음이 진정된 것 같았다. 그래도 '아직'이었다. 뛰어나가 동네 한 바퀴라도 돌아야 풀릴 것 같았다. 하지만 시간이 너무 늦어서 그냥 잠자리에 들었다.

그런데 잠을 자려고 하니 자꾸만 그 생각이 났다. 이불 속에서 나는 또다시 얼굴이 벌개지고 말았다. 할 수 없이 일어나서 세수를 하고 다시 잠자리에 들었다. 하지만 결국 밤새도록 잠을 설치고 말았다.

사실 그 계집아이는 못생기지도 촌스럽지도 않았으며 멍청하지도 않았다. 하지만 그 애의 이해할 수 없는 행동이 나의 눈에는 우스꽝스럽고 바보스럽게만 보였다. 이번 사건으로 난 여자를 더욱 증오하게 되었다. 쓸데없는 짓에 그렇게 신경 쓰게 하다니.

다음 날 나는 결국 지각을 했다.

"헉, 헉. 아직 수업 시작은 안 했겠지?"

그러나…….

"야, 준호! 너 이리 와서 손들어. 지각을 했으면 당연히 벌을 받아야지!"

기분이 좋지 않게 시작한 하루는 종일 별로였다. 수업이 끝난 후 난 투덜거리면서 버스 정류장에서 힘없이 앉아 버스를 기다렸다. 그러나 버스는 5분이 지나고 10분이 지나도 오지 않았다. 이상하게 생각한 나는 그 옆에 계시는 아저씨에게 여쭈어 보았다.

"아저씨, 왜 버스가 안 오지요?"

"자네 모르나? 이 코스 다니던 버스 파업했다지 아마?"

오늘은 완전히 엎친 데 덮친 날이다. 난 투덜거리며 걸어서 집으로 갔다. 골목길을 지나갈 무렵, 검은 그림자 하나가 내 앞에서 있었다. 그 그림자는 치마를 입고 있었다. 바로 그 계집애였다. 그 계집애는 웃는 얼굴로 내게 다가왔다. 난 소름이 '쫙' 끼쳤다. 난 과감하게 그 계집애 어깨에 손을 갖다 댔다. 그러자 그 계집애의 얼굴이 금세 빨개졌다. 난 소리를 질렀다.

"야, 너 뭐하는 애야. 다시는 이런 장난 하지 마. 알았어, 이 고릴라야? 그럼 알아듣는 걸로 알겠어. 잘 가, 고릴라!"

나는 그 계집애에게 최대한 모욕을 주고자 했다. 난 오늘 기분이 나빴고, 오늘 생물 시간에 배운 원숭이가 생각나서 그렇게 말한 거였다. 그 계집아이는 얼굴이 굳어 있다가 끝내 울음을 터트리며 손에 쥐고 있던 조그만 물건을 내던지고는 막 뛰어갔다. 그 계집애가 뛰어가면서 내 어깨를 스칠 때 그 계집애의 얼굴에 모욕, 경멸, 배신 등의 표정이 스치고 지나갔다. 하지만 난 그런 것에 신경을 쓰지 않았다. 다만 오직 복수했다는 마음에 무조건 기분이 좋았다.

추운 겨울이 지나고 따뜻한 봄이 왔다. 이제 3학년이 되었다. 난 더욱 공부를 열심히 했다. 그러던 어느 날 내가 변한 것을 알았다. 처음에는 별로 이상하게 생각 안 했는데, 목이 잠기더니 아무리 소리를 질러도 도무지 큰 소리가 나지 않았다. 오히려 허스키한 목소리만 흘러나왔다.

그것뿐만이 아니었다. 몸에 털이 많이 나기 시작했고, 정말 중요한 부분에는 더 시커먼 털이 수북이 쌓여 가는 것이 아닌가? 목에는 복숭아씨가 더 튀어나오고, 나의 턱은 사각턱에 가까워졌다. 하지만 가장 신기하고 놀라운 것은 이젠 더 이상 여자가 싫지 않게 되었다는 점이다.

여자를 봐도 피하고 싶다는 생각이 없고, 더 이상 여자가 증오스럽지도 않았다. 이젠 오히려 여자들이 그리워졌다. 그러나 간절한 마음뿐, 행동으로 뭔가를 할 형편은 아니었다. 여름방학이 되자 중·고등학교 대비를 위한 공부를 미리 하고 있었다.

어느 날 친구에게 전화가 왔다. 친구는 오늘이 동창회라고 하면서 '제비 노래방'으로 오라고 했다. 나는 혼자서 공부하는 것도 지루하던 차에 호출이 즐거웠다.

"야호! 드디어 친구들과 만날 수 있겠구나! 빨리 가야지."

난 기쁘고 들뜬 마음으로 노래방으로 막 뛰어갔다. 골목길을 접어들었을 때 나는 문득 멈춰 섰다. 작년 이맘때쯤 있었던 일이 떠올랐다. 난 잠시 머물러 생각에 잠겼다. 그런데 앞쪽에서 검은 그림자가 다가오고 있었다. 그리고 그 검은 그림자가 내 앞에 섰다. 그런데 세상에, 옛날 내가 '고릴라'라고 놀렸던 바로 그 소녀였다. 그 순간 비로소 난 알았다. 그 소녀의 얼굴은 '고릴라'가 아니라 '너무도 아름답고 예쁜 소녀'였다는 걸 말이다. 갑자기 내 가슴이 뛰기 시작하였고, 그 소녀에게 이름을 물어보고 싶고 말도 하고 싶었다. 난 용기를 내어 그 소녀에게 다가갔다.

"저어……."

난 그 소녀에게 옛날 일을 사과도 할 겸 말을 걸려고 하였다.

"흥!"

그 순간 그 소녀는 싸늘한 표정을 짓더니, 고개를 획 돌렸다. 그리고 소녀는 내 어깨를 차갑게 스치고 지나갔다.

읽고 쓰고 톡톡!

1. 각 소설의 줄거리를 써 봅시다.

	줄거리
사랑을 위한 거짓말	
저녁노을이 질 무렵	
짝사랑	
사랑을 알 때까지	

2. 각 소설의 문학성을 평가하고, 그렇게 평가한 이유를 적어 봅시다.

	문학성	이유
사랑을 위한 거짓말	☆☆☆☆☆	
저녁노을이 질 무렵	☆☆☆☆☆	
짝사랑	☆☆☆☆☆	
사랑을 알 때까지	☆☆☆☆☆	

3. '사랑'에 관한 소설 줄거리를 만들어 봅시다.

김 선생님의 소설 톡톡!

〈사랑을 위한 거짓말〉, 〈저녁노을이 질 무렵〉, 〈짝사랑〉, 〈사랑을 알 때까지〉 네 편의 소설은 이성에 대한 사랑 이야기입니다.

〈사랑을 위한 거짓말〉은 사랑의 '집착'을 다룬 소설입니다. 민영이를 좋아하는 지용이는 머리에 온통 민영이 생각뿐입니다. 수업에도 집중을 하지 못해 선생님께 꾸지람을 듣습니다. 이를 걱정한 민영이는 마음이 변한 척하며 지용이를 멀리합니다. 민영이와 승현이를 바라보는 지용이는 질투와 분노에 사로잡힙니다. 하지만 승현이의 고백을 통해 다시 우정과 사랑을 확인합니다.
이 소설은 사랑에 빠진 사람의 특징을 아주 잘 표현했습니다. 사랑에 빠진 사람의 뇌에는 도파민이라는 호르몬이 많이 분비된다고 합니다. 예를 들면, 보통 때는 뇌 속에 하나의 전구가 켜진 상태라면, 사랑을 하면 서른 개의 전구를 켠 것처럼 호르몬 분비가 왕성해 각성 상태가 된다는 것입니다. 그래서 사랑에 빠진 사람은 오로지 사랑하는 대상에만 집착하는 경향이 나타나게 된다는 것입니다. 이 소설은 '사랑을 할 때 나타나는 특징과 갈등'을 아주 잘 포착한 재미있는 소설입니다.

〈저녁노을이 질 무렵〉은 사춘기 소녀의 낭만적인 사랑 이야기입니다. 서연은 왠지 모를 울적함과 외로움에 방황하다 학교 음악실에서 아름다운 피아노 연주를 하던 진성을 만나 사랑을 싹 틔웁니다. 그러나 얼마 지나지 않아 진성은 영국으로 유학을 떠납니다.

'저녁노을이 질 무렵'은 사랑이 더욱 그리워지는 애틋한 시간입니다. 아름다운 피아노 선율, 멋지고 따뜻한 남자, 유학으로 인한 조용한 이별……. 아름답고 서정적인 사랑의 분위기를 잘 표현했습니다. 하지만 약간은 현실감이 떨어진다는 문제가 있습니다. 사랑도 사람의 만남과 소통의 과정이므로 구체적인 사건과 갈등이 있어야 합니다. 그렇지 않은 경우 사랑을 낭만적인 '관념'으로 표현하기 쉽습니다. 그런 경우 소설의 생명이라고 할 사실성과 현실성이 결여되기 쉽습니다.

〈짝사랑〉은 가슴 아픈 사랑 이야기입니다. 사랑은 어느 날 갑자기 우연히 찾아옵니다. 따분한 나날을 보내던 나는 양 갈래 머리를 곱게 땋은 예쁜 소녀를 만나고 귓가에 아름다운 종소리가 나는 경험을 합니다. 사랑에 빠진 것입니다. 그 후 '나'는 스토커처럼 소녀의 뒤를 졸졸 따라다닙니다. 하지만 더 이상은 가까워지지 못한 채 그렇게 가슴 아픈 사랑으로 끝나고 맙니다.

이 소설은 자신의 경험을 바탕으로 썼기 때문에 매우 사실적으로 느껴집니다. '인생이 무의미하고 허전하던 소년'은 사랑을 하면서 세상을 다른 눈으로 바라보게 됩니다. '세상에, 하늘이 저렇게 높을 수가!' '나무들이 이렇게 싱그러울 수가!' 하고 감탄합니다. 바로 사랑에 눈뜬 사람만이 느낄 수 있는 감정입니다. 그러나 소통할 수 없는 사랑에 절망감을 느낄 때는 '남극보다 더 추운' 감정으로 곤두박질칩니다. 사랑으로 인한 인간의 내면 변화를 이보다 더 문학적으로 표현할 수 있을까 싶을 정도로 생생하고 매력적으로 쓴 소설입니다.

〈사랑을 알 때까지〉는 사랑을 깨닫는 과정을 재미있고 유쾌하게 그린 성장 소설입니다. '나'는 조금 늦되는 소년입니다. 친구들이 이성에 눈뜨며 관심을 갖는 데 비해 아직 사랑에 대해 전혀 알지 못합니다. 그래서 어렵게 사랑을 고백하는 여학생을 놀리고 비웃습니다. 그러나 중학교 3학년이 되고 비로소 이성에 대한 관심을 갖게 됩니다. 자신을 좋아했던 여학생을 다시 발견하고 다가가려 하지만, 이미 늦어 버린 뒤입니다.

이 소설은 이중의 주제를 담고 있습니다. 표면적 주제는 '사랑에 관한 깨달음'이지만, '사람은 누구나 자신이 지금 알고 있는 것이 세상의 전부라고 착각하기 쉬운 존재이다.'라는 생각을 담고 있기도 합니다. 자신이 모르는 세계가 있다는 것을 깨닫는 것, 그것이 바로 '성장'입니다.

헤르만 헤세는 〈데미안〉에서 "새는 알에서 깨어 나온다. 알은 세계다."라고 썼습니다. 알이라는 세계에서 더 크고 새로운 세계로 나오기 위해서는 자신을 둘러싼 알이라는 껍데기를 깨는 아픔을 겪어야만 하듯이 성장이란 자신이 그동안 알고 있던 것들을 부정해야만 얻을 수 있는 것입니다. 사랑을 소재로 성장의 과정을 아주 잘 그린 재미있는 소설입니다.

2 친구

사람은 두 번 태어난다고 합니다. 제1의 탄생이 생물학적 탄생이라면, 제2의 탄생은 내가 아닌 또 다른 자아를 만나는 사회적 탄생입니다. 사람은 혼자 살아갈 수 없기 때문에 자신과 소통할 벗을 찾습니다. 친구는 가장 먼저 맺는 사회적 관계이며 사춘기에 가장 영향을 많이 주고받습니다. 그래서 청소년기에는 친구를 둘러싼 우정과 연대, 갈등과 좌절의 이야기가 유난히 많습니다.

청소년기는 자아 정체성을 확립하는 시기이기 때문에 혼란, 불안, 외로움을 많이 느낍니다. 친구는 객관화된 자신의 또 다른 자아로서 동질감을 느끼며 불안과 외로움을 달래 줄 수 있는 존재입니다. 부모나 교사는 도덕적 판단이 지배하여 명령과 지시만 하는 일방적 관계일 가능성이 높은 데 비해, 친구는 인정과 수용과 위로를 하는 대등한 관계이기 때문입니다. 인디언들은 친구를 '내 슬픔을 등에 지고 가는 자'라고 부른다고 합니다. 헤르만 헤세의 〈데미안〉이나 황순원의 〈학〉과 같은 소설들은 인간의 근원적인 존재의 문제나 현실의 이념과 장애를 뛰어넘는 우정을 다룹니다.

중학생 창작 소설에도 '친구'와의 갈등을 다룬 작품이 가장 많습니다. 모든 갈등은 가장 가까운 사람, 가장 기대를 많이 거는 사람에게서 나타나기 쉬운데, 친구 관계 역시 그렇습니다. 특히 요즘처럼 청소년들이 학교와 학원이라는 공간에 갇혀 버리고 공부와 성적에 따라 분리와 소외를 겪는 현실에서는 그에 따른 갈등이 자주 발생할 수밖에 없습니다. 그래서 학생 소설에서 친구와의 갈등을 나타내는 '범생이, 공부벌레, 문제아, 학교 폭력, 왕따······' 같은 단어들이 자주 등장하곤 합니다.

친구를 둘러싼 우정과 갈등은 학생 소설의 가장 중요한 소재이자 주제입니다.

네 편의 학생 소설을 읽고 '친구'에 관한 소설을 써 봅시다.
공부벌레 | 따뜻했던 겨울 | 기나긴 하루 | 떡볶이의 마술

공부벌레

고다빈

 이제 중학교 1학년 생활을 마쳤다. 중학교에 입학했을 때의 추억들이 떠오른다. '좋은 추억, 나쁜 추억.' 나는 수필 공모전에 내가 숨겨 왔던 지난 1학년의 일을 다 털어놓기로 했다. 어차피 누군가에게 털어놓지 않고는 못 배길 일이니까 말이다.

 처음 우리 학교에 배정을 받았을 때 나는 절망에 빠졌다. 왜 그 많은 학교 중에서 교복도 촌스럽고 남자들만 다니는 중학교에 가야 하는가 하고 말이다. 이렇게 실의에 빠져 있는데 두 아이가 눈에 들어왔다. 한 명은 말 그대로 엄청난 공부벌레인 김현진이고, 또 다른 한 명은 엄청나게 떠들어서 시선을 한 몸에 받는 김진규였다. 나머지 아이들은 모두 평범의 극치를 달리고 있었다.
 월요일, 첫 시간. 다짜고짜 수업에 들어가시는 선생님을 보자 정말 난감했다. 왜 저리도 융통성이 없는지, 우리나라 중학교 선생님은 다 저런지……. 재미없는 앞날을 생각하며 고민에 빠져 있을 때 김현진이 보였다. 수업을 받기 싫어서 거의 애원하고 있는 여느 아이들의 눈빛과는 달리 김현진은 미친 듯이 필기를 하며, 초롱초롱한 눈빛으로 선생님을 쳐다보고 있는 게 아닌가? 어찌 인간이 저럴 수 있는지 정말로 신기했다. 선생님이 "이것 좀 풀어 볼 사람?" 하고 묻기도 전에 벌써 손을 들고 있는 녀석을 보니 치가 떨렸다.

다른 아이들의 눈에도 그런 태도가 꼴사납게 보였는지 2교시가 끝나고부터 아이들이 김현진을 건드리기 시작했다. 하지만 처음에 만나 장난을 거는 정도였다. 정말로 심각한 일은 그날 6교시에 설문 조사를 했을 때 터졌다. 설문 조사에 자신의 '취미'를 적는 난이 있었는데, 김현진의 짝이었던 김진규가 — 왜 하필 김진규가 김현진의 짝이 되었는지는 모르겠지만 — 김현진의 설문지를 힐끗 보더니, 그것을 빼앗아 들고는 큰 소리로 외쳤다.

"야, 얘는 취미가 공부래."

이 한마디에 온 교실은 웃음바다가 되었고, 뭐 저런 놈이 있냐고 아이들끼리 수군수군거렸다. 그때 김현진이 작지만 우리 반 전체에 다 들리는 나직한 목소리로 말했다.

"내 취미가 뭐든 니네가 뭔 상관인데?"

그러자 교실은 물을 끼얹은 듯이 조용해졌다. 그러자 김진규가 분위기를 띄우기 위해 또 한마디를 했다.

"그래서 어떻게 하라고! 이 공부벌레야!"

그래서 다시 웃음바다가 되었다. 김현진은 아무 말도 하지 않고 고개를 숙이고 있을 뿐이었다.

그 일 이후 김현진의 별명은 '공부벌레'가 되고 말았다. 사실 김현진이 공부를 제대로 하려고 했다면 먼저 다른 아이들과 친하게 지냈어야 했다. 하지만 현진이는 아이들과 친하게 지내는 데는 전혀 관심이 없었다. 게다가 다른 아이들이 발표할 기회도 주지 않고, 자기 혼자서 모든 발표를 독점했다. 자연히 아이들은 공부벌레를 더욱 싫어하게 되었다. 특히 김진규가 주도적이었다.

어느 수요일, 점수 비중이 높은 과학 수행평가를 하는 날이었다. 모두 수행평가 준비에 여념이 없을 때 김진규가 나에게 싱긋 웃어 보이더니 공부벌레의 책상으로 다가가서는 서랍 속에 있는 노트 한 권을 빼 오는 것이었다.

과학 수행평가를 할 시간이 다가왔다. 선생님은 지난 시간에 필기를 했던 방법으로 힘의 비례 관계를 정리하라는 문제를 내셨다. 나는 그제야 김진규가 했던 행동이 무엇을 의미하는지 깨달았다. 동시에 미친 듯이 공책을 찾고 있는 공부벌레가 내 눈에 들어왔다. 공부벌레에게 김진규가 공책을 훔쳐 갔다는 사실을 말해야 했지만 김진규가 곤란해질 것 같아서 차마 말할 수 없었다.

그날 공부벌레는 수행평가를 망쳤다. 수업이 끝나고 공부벌레가 서럽게 울 때, 마치 내가 공책을 훔친 것처럼 미안한 생각이 들었다. 그래서 그날 이후로 나는 공부벌레와 조금이라도 친하게 지내려고 애를 썼다.

공부벌레와 친하게 지내니 좋은 점이 많았지만 나쁜 점도 있었다. 공부벌레 덕에 조별 점수가 좋았지만 공부벌레와 함께 아이들에게 왕따가 될 위험도 있었다. 다른 아이들에게(공부벌레의 도움을 받은) 나의 숙제를 보여 주는 것으로 왕따는 면할 수 있었다. 무엇보다 김진규와도 친하게 지낼 수 있다는 점이 좋았다. 이것이 후에 얼마나 도움이 되었는지 모른다.

그런데 어느 날 나는 공부벌레가 하는 말을 듣고 깜짝 놀랄 만한 사실을 알게 되었다.

"난 김진규에게 복수를 할 거야!"

김진규가 공책을 훔친 사실을 알아챈 것 같았다. 며칠이 지나고 나는 그 일을 잊어버렸다.

중간고사를 보는 날. 우리를 잡아 고사를 지내려는 게 아닐까 싶을 정도로 시험은 어려웠다. 그러나 공부벌레는 전 과목을 다 맞아 엄청난 공부 실력을 과시하였다. 중간고사 사흘 째 되던 날, 우리는 피로에 휩싸여 있었다.

그런데 그 운명적인 사건이 일어났다. 김진규가 쉬는 시간에 답을 책상에다 옮겨 적고 있는 것을 공부벌레가 목격한 것이다. 컨닝을 한 것도 끔찍한 일이지만, 그것을 지우라는 충고도 없이 곧바로 선생님에게 일러바친 공부벌레도 정말 끔찍했다.

결과는 너무 처참했다. 김진규는 필기시험이 영점 처리되어 과학 점수가 겨우 25점밖에 안 되었다. 김진규는 시험이 끝나자마자 소리를 질렀다.

"야, 공부벌레! 너 이리 나와. 뒷골목에서 보자!"

그러자 공부벌레도 지지 않고 고함을 질렀다.

"그래, 너 따위는 전혀 두렵지 않아!"

시험이 끝난 후 둘은 뒷골목에서 만났다. 나는 어떻게 해야 할지 몰라 구경만 하고 있었다. 공부벌레가 소리쳤다.

"너 때문에 내 수행평가를 망쳤잖아!"

"니가 혼자 잘난 척을 해서 우리 반 애들은 너 때문에 아무도 가산점을 받지 못했어. 네가 짜증 나게 하니까 그랬지!"

김진규가 맞받으며 소리를 쳤다. 김진규가 먼저 공부벌레에게 한 방 날렸다. 그러나 공부벌레도 지지 않고 달려들었다. 한 10분쯤 흘렀을까? 공부벌레는 코피를 흘리고 있었고, 김진규는 다리를 절고 있었다. 둘 다 지쳐서 더 싸울 수 없어 헉헉대고 있을 때 내가 끼어들어 말리기 시작했다.

"야, 그러지 말고 이성적으로 생각을 해 봐! 둘 다 잘못했잖아. 그러니까 서로 화해하고 끝내."

처음에는 둘 다 내 말을 들으려고 하지 않는 눈치였지만, 시간이 흐르면서 점차 나의 진심을 받아들였다. 얼마나 시간이 흘렀을까? 누가 먼저인지 말을 꺼냈다.

"야, 우리 이제 화해하자."

"아냐, 솔직히 내가 더 잘못했어."

이렇게 말하며 둘이 악수를 했을 때는 훈훈한 기운이 흘렀다.

지금 공부벌레와 김진규는 부러울 정도로 친하게 지내고 있다. 서로의 차이를 인정하고, 도와주면서 우정을 나누는 이 관계가 영원히 지속되기를 나는 희망한다.

따뜻했던 겨울

김준희

 나는 달력을 보다 깜짝 놀랐다. 엄마의 생신이 한 달 남짓 남았기 때문이다. 용돈을 얼마 받지 않는 데다 그마저도 차비와 간식비로 다 써 버려 내 수중에는 돈이 하나도 없었다. 힘들게 일하시는 엄마에게 차마 용돈을 올려 달라는 말을 할 수가 없다. 하지만 작년에 용돈을 아껴 모아 구두를 사 드렸을 때 기뻐하시던 모습이 기억나 이번에도 꼭 선물을 사 드리고 싶었다. 더군다나 자식이라곤 나 하나뿐이고, 아빠도 안 계시기 때문에 내가 아니면 엄마에게 선물을 사 줄 사람이 없어서 더욱 그랬다. 혼자 고민을 하다가 학교에 가서 친구들에게 물어보았다.
 "얘들아, 돈 벌 수 있는 방법이 없을까?"
 "그니까 돈 좀 아꼈어야지, 멍청아!"
 사정도 모르는 한 친구가 면박을 주었다.
 "그러니까 방법을 알려 달라고!"
 나는 애가 타서 말했다. 우리가 이렇게 티격태격하고 있을 때 훈이가 말했다.

"야, 그럼 아르바이트해 봐. 일하기는 힘들지만 돈은 좀 벌 수 있대."

"아르바이트? 어떻게 구하는 건데?"

"그냥 주위에 피자집이나 치킨집 같은 데 돌아다니면서 물어 봐. 전단지 아르바이트 같은 건 있을 거야."

"야! 그럼 니네들도 나랑 같이 가자."

"안 돼! 나 학원 가야 돼."

"나도."

"나도 오늘 학원 가."

모두들 시간이 안 된다며 피했다.

내가 가장 싫어하는 수학 시간이었다. 나는 오로지 아르바이트를 해서 돈을 벌어야 한다는 생각에 정신이 팔려 있었다.

'아……. 쪽 팔릴 텐데 그냥 하지 말까? 안 돼, 엄마를 위해 꼭 선물을 사야 돼!'

'위험하진 않을까?'

'한 시간에 2000원은 벌겠지?'

이런저런 생각을 하고 있을 때 칠판지우개가 머리를 스치고 날아갔다. 안도의 숨을 쉴 틈도 없이,

"너 나와!"

하는 선생님의 고함 소리가 들렸다. 나는 앞으로 나갔다.

"니가 뭘 잘못했는지 알아 몰라?"

"알아요……."

나는 잘못을 인정했다.
"몇 번이야?"
"13번이요."
선생님은 수첩에 번호와 이름을 적으셨다. 휴……. 오늘 소중한 수행평가 점수가 1점 또 깎였다. 왜 그랬을까? 난 때늦은 후회를 했다.

학교가 끝나고 배가 고파서 집으로 뛰어갔다. 집에는 아무도 없었지만 식탁에는 만두 접시와 엄마의 쪽지가 함께 있었다.

'준성아, 만두 잘 먹고 공부 열심히 하고 있어라.'

만두를 허겁지겁 먹다가 갑자기 아르바이트가 다시 생각나서, 방으로 들어가 주변 음식점 홍보 책자를 찾아냈다.

'음……, 오늘은 '피자에하늘'이랑 '셋셋치킨'에 갔다 와야겠다.'

계획을 세우고는 거울을 보고 연습을 했다.

"흐흠, 안녕하세요. 아르바이트 구하러 왔는데요……."

아, 이건 아니야. 기어들어 가는 목소리로는 안 돼. 다시 목소리를 바꾸어 봤다.

"저기요, 아르바이트를 구하러 왔는데요……."

하지만 역시 어색하다. 에이, 모르겠다. 그냥 가 보자. 나는 집을 나서서 '피자에하늘'로 향했다. 문 앞에서 몇 번을 망설이다 용기를 내어 안으로 들어갔다.

"어서 오세요. 저기 앉으세요."

종업원 누나가 친절하게 안내를 했다.

"저……, 그게 아니라 아르바이트를 구하러 왔는데요……."
나는 더듬거리며 말했다.
"그거라면 이미 하고 있는 사람이 있다."
주인 아주머니가 나오며 한마디로 거절한다.
"아, 네. 그럼 안녕히 계세요."
나는 후다닥 뛰어나왔다. 얼굴이 후끈 달아올랐다. 나는 힘없이 '셋셋치킨'으로 갔다.
"어서 오렴."
주인 아저씨가 반갑게 맞았다.
"안녕하세요. 저……, 아르바이트 구하러 왔는데요."
그러자 아저씨의 얼굴에서 웃음이 일시에 사라졌다.
"뭐야, 가뜩이나 장사 안 돼 죽겠는데."
"죄송합니다……."
나는 터벅터벅 걸어 나왔다.
"힘들 거라 생각했지만 이렇게까지 어려울 줄이야!"
다른 곳에 또 가 보려다 날이 어두워져서 그냥 집으로 들어갔다. 집에서 낮에 작성했던 가게 명단을 꺼내 두 집에 가위표를 하고 가방에 넣었다. 학교 숙제가 생각나서 숙제를 하고 있는데 문 여는 소리가 들려 나가 보니 엄마가 오셨다.
"다녀오셨어요!"
"그래, 오늘 공부 열심히 했니?"
"네."

"배고프지? 아유, 엄마가 오늘도 일을 못 끝내서 그만 저녁이 늦었구나. 밥할 시간이 없는데, 오늘 치킨 먹을래? 음……, 시켜 먹던 데가 어디지? 셋셋치킨인가?"

엄마는 음식점 홍보 책자를 찾았다. 나는 얼른 엄마를 가로막았다.

"아, 엄마! 그냥 밥 먹어요."

"왜? 너 치킨 좋아하잖아."

엄마가 말했다.

"그냥 오늘은 엄마가 해 주시는 밥이 먹고 싶어요."

"그래? 그러면 좀 기다릴래? 엄마가 맛있는 계란찜 해 줄게."

엄마는 영문도 모른 채 나를 기특하게 여기시는 것 같았다. 엄마와 함께 밥을 먹은 뒤 방에 들어와 숙제를 했다.

다음 날은 개교기념일이어서 아침부터 아르바이트를 구하러 다닐 수 있었다. 먼저 시내에 있는 '피자 원두막'에 갔다.

'여기는 유명한 데니까 아르바이트를 할 수 있겠지?'

내심 기대를 하고 들어갔지만 역시 퇴짜를 당했다. 하루 종일 명단에 있는 집들을 찾아다녔지만 "애들은 못 믿겠다", "가서 공부나 해라", "나가라" 등의 얘기만 듣고 결국 아르바이트를 구하지 못했다.

명단에 가위표를 하며 포기하고 집에 오려는데 전봇대에 '아르바이트생 구함 〈삼거리 시장 안 교존치킨〉'이라는 종이가 붙어 있는 게 아닌가? 얼른 그것을 떼어 주머니에 넣고는 삼거리 시장으로 뛰어갔다. '교존치킨'이라는 집을 찾아 안으로 들어갔다. 안에는 할아버지 한 분이 계셨다.

"안녕하세요? 아르바이트생 구하신다고 해서요. 여기 그 종이요."

나는 종이를 드렸다. 할아버지는 나를 한참 쳐다보시더니 물으셨다.

"한창 공부해야 할 시기에 왜 돈을 벌려고 하지?"

나는 뜻밖의 질문에 당황했지만 사실대로 말을 했다.

"엄마 생신 선물을 사 드리려고요. 엄마에겐 저밖에 없어서 제가 선물을 드리지 않으면 생신 선물을 받을 수가 없어요······."

"음······, 하지만 미성년자를 쓰고 싶지는 않은데······."

할아버지는 망설이고 계셨다.

"할아버지, 제발요. 이번 한 번만 도와주세요."

나는 빌었다.

"어허, 그래. 그럼 한번 믿어 보지. 내일 네 시까지 이리로 오렴. 돈은 시간당 2500원이다"

"할아버지, 정말 고맙습니다!"

나는 소리쳤다.

"게으름 피우지 말고 열심히 해야 해."

"네, 정말 열심히 할게요, 할아버지! 그럼 안녕히 계세요."

나는 정중하게 인사를 하고 집으로 왔다. 집에 오자마자 너무 피곤해서 뻗어 버리고 말았다.

다음 날 학교에 가서 친구들에게 자랑을 하고 있었는데, 정수가 와서 아르바이트에 대해 물어봤다. 정수는 질이 좋지 않은 아이라고 알고 있었고, 나하고는 친하지도 않아서 별로 말하고 싶지 않았지만, 때릴까 봐 얘기를 해 주었다.

아르바이트에 대한 기대에 들떠서 수업을 제대로 들을 수가 없었다. 학교가 끝난 뒤 집에 가서 옷을 갈아입고는 '교존치킨'으로 향했다.

"안녕하세요. 아르바이트하러 왔어요."

"어, 왔구나. 여기 전단지랑 테이프다. 한 시간 돌리고 와라."

"네, 다녀오겠습니다."

"열심히 해라."

나는 먼저 시장 뒤에 있는 '이 좋은 세상' 아파트에 들어갔다. 15층짜리 아파트여서 엘리베이터를 타고 올라가 전단지를 붙이며 1층까지 내려왔다. 처음에는 방법을 잘 몰라서 시간이 많이 걸렸지만 내려올수록 요령을 터득해 쉽게 할 수 있었다.

내려오다 사람을 만나면 쪽팔려서 전단지를 점퍼 안에 넣고 다시 올라가는 척을 했다. 그렇게 1층까지 내려왔을 때는 정말 힘이 들어 계단에 앉아 5분 정도 쉬었다. 시계를 보니 20분 정도가 남았다. 시장으로 가는 골목길 집들에 전단지를 붙이면서 가니, 딱 시간이 맞아서 가게로 들어갔다.

"다녀왔습니다."

"힘들지? 여기 콜라 한 잔 마셔라."

할아버지가 친근하게 대해 주셨다.
"네, 감사합니다."
콜라를 마시고 있는데 할아버지가 주머니에서 3000원을 꺼내 주셨다.
"오늘은 처음이니까 특별히 500원 더 주는 거야. 다음부터는 이런 거 없어."
"네, 감사합니다. 그럼 안녕히 계세요."
"그래, 내일도 똑같은 시간에 와라."
나는 돈을 주머니에 넣고 집으로 갔다. 돌아가는 골목길에 정수와 그의 친구들이 앉아 있었다. 무시하고 지나가려는데 정수가 나를 불렀다.
"야, 박준성! 이리 와 봐. 너 아르바이트하고 오냐?"
"응……."
"야, 오늘 얼마 벌었냐?"
"…… 3000원."
정수는 미소를 짓더니 손을 내밀었다.
"야, 그 돈 가지고 와."
"안 돼. 엄마 생신 선물 사 드려야 돼……."
"야, 너 죽고 싶냐? 좋은 말로 할 때 가져와라."
"정수야, 나 이번 한 번만 봐주면 안 돼?"
나는 비굴할 정도로 빌었다.
"이게 그렇게 말을 해도 못 알아먹네. 자식아, 너는 살 만한 놈이 돈을 그렇게 밝히냐? 야! 애 돈 좀 가져와라."
 정수의 친구들이 다가오더니 내 손을 잡고 주머니에서 1000원을 가져갔다. 내가 몸을 계속 비틀고 흔들자 그중 한 명이 배를 발로 찼다. 나는 너무 아파 쭈그려 앉았다. 그들은 가 버렸다. 정수가 가다가 돌아보며 말했다.
 "야, 박준성! 내일은 더 많이 벌어 와라. 나 돈 많이 필요하거든."
 화가 났지만 아무것도 할 수 없었다. 나는 집으로 터벅터벅 걸어왔다. 정수 패거리보다 아무것도 할 수 없었던 내가 더 미웠다. 집에 돌아와 깜빡 잠이 든 사이에 엄마가 오셨다.
 "준성아, 엄마 왔다."
 "다녀오셨어요……."
 "잤니?"
 "네."
 나는 억지로 대답했다.
 "공부 좀 하지 그랬어."
 속도 모르는 엄마는 공부 얘기다.
 "이제 할게요."
 "밥 먹었어?"
 "아니요. 배 안 고파요."
 "뭐 먹었니?"
 "아니요. 그냥 배가 안 고파요……."

나는 그렇게 말하고 방으로 들어와 책상에 앉아 아까 있었던 일에 대해 생각을 하다 잠이 들었다. 아침에 일어나 보니 책상에 쪽지가 있었다.

'준성아, 요즘 무슨 일 있니? 혼자 힘들어 하지 말고 엄마한테 얘기하렴. 엄마는 일이 바빠서 일찍 나간다.'

쪽지를 읽고는 눈물이 핑 돌았다. 엄마가 나를 얼마나 사랑하시는지 다시 한 번 깨달았기 때문에 다시 힘을 내어 열심히 돈을 벌기로 했다. 등교를 하는데 정수가 지나갔다. 모르는 척했지만 정수는 나를 보고 웃고 있었다. 기분이 좋지 않았.

학교에 가서는 오랜만에 열심히 공부를 했다. 그리고 애써 친구들과 많이 얘기하고 즐겁게 보내려고 했다. 학교가 끝나자마자 나는 곧바로 '교존치킨'으로 갔다.

"안녕하세요."
"오늘은 일찍 왔구나."

할아버지가 반갑게 맞이해 주셨다.

"오늘부턴 두 시간씩 해도 되나요?"

내가 물었다.

"왜? 돈이 더 필요해?"
"네……."

할아버지는 그러라고 하셨다. 나는 전단지를 들고 나갔다.

"다녀오겠습니다."

먼저 얼마 전 새로 지은 '타팔리스' 아파트에 가기로 했다. 그런데 입구에 들어가려는 순간 경비 아저씨가 나를 불렀다.

"어이, 학생!"

"네? 저요?"

"그래, 너 어딜 들어가?"

"저, 전단지 돌리려고요……."

"나가! 여기 주민들이 싫어해."

"네?"

"아, 빨리 나가라고!"

아저씨가 신경질적인 목소리로 소리쳤다.

"네……."

나는 아파트 밖에서 잠시 기다렸다. 경비 아저씨가 텔레비전을 보고 있는 것을 확인한 후 몰래 다시 단지 안으로 들어갔다. 그러나 산 넘어 또 산이었다. 아파트 문은 비밀번호를 누르거나 카드를 꽂아야만 들어갈 수 있었다. 나는 문 앞에서 조마조마해 하며 사람이 오기를 기다렸다. 그렇게 한 10분이 지났을 때 어떤 꼬마가 와서 카드를 꽂고 문을 열었다. 그 꼬마 아이가 나를 이상하게 쳐다봐서 그냥 엘리베이터를 타지 않고 계단으로 걸어 올라갔다. 그렇게 아파트 세 개 동을 모두 도니 두 시간이 되어 치킨 집으로 갔다.

"다녀왔습니다."

"그래, 오늘도 열심히 했지? 자, 여기 5000원이다."

"안녕히 계세요."

"내일도 일찍 올 수 있으면 와라."

"네."

집에 오는 길에 어제 일이 생각나 먼 길로 돌아갔다. 집에 와서는 몹시 피곤해서 곯아떨어졌다. 그렇게 하루하루가 지나가고 드디어 엄마의 생일 전날이 되었다. 나는 여느 날처럼 전단지를 다 돌리고 치킨 집으로 왔다.

"다녀왔습니다."

"그래, 수고했다. 오늘이 마지막 날이지?"

"네."

"지금까지 수고했다. 자, 여기 5000원. 지금까지 꽤 모았을 테지? 어머니에게 근사한 선물 사 드려라."

할아버지가 다정하게 말씀하셨다.

"네."

"하지만 선물보다 너의 진심이 더 큰 선물이란 걸 잊지 말아라."

다음 날, 나는 생신 선물을 사기 위해 백화점으로 갈 계획이었다. 그런데 종례 시간에 정수에 대한 뜻밖의 얘기를 들었다. 그날 정수가 학교에 오지 않아서 내심 다행이라고 생각하고 있었는데, 선생님께서 정수네 엄마가 병원에 입원하셨다고 말씀해 주셨다.

"정수가 많이 어렵다. 정수 어머니가 병원에 너무 오래 입원해 계셔서 입원비가 모자라 치료를 받지 못하신다고 하는구나. 누구에게나 엄마는 소중한 존재지. 우리가 좀 도와주었으면 한다. 오늘 병원에 같이 갈 사람은 나에게 말해라. 같이 가자."

그제야 정수가 남의 돈을 빼앗았던 이유를 알 것 같았다. 그리고 내 돈이 생각났다.

'정수 엄마를 도와줘야 하나?'

하지만 고개를 흔들었다.

'아니지, 내가 어떻게 번 돈인데…….'

종례 후, 예정대로 엄마 선물을 사러 백화점으로 갔다. 여기저기 돌아다니며 선물을 고르고 있는데 자꾸만 아까 있었던 일이 생각났다.

'만약 우리 엄마가 아파서 입원을 하게 된다면? 그리고 입원비가 없다면?'

나는 가슴이 아팠다. 아무도 도와줄 사람이 없다면 우리 엄마는 죽고 말 것이 아닌가?

'아, 정수를 도와줄까?'

하지만 나는 다시 고개를 저었다.

'아니지, 정수는 고생해서 번 내 돈을 뺏어 갔던 앤데…….'

그렇게 갈등을 하다 결국 선물을 사지 못하고 집으로 왔다. 집에 와서도 고민은 끝나지 않았다. 아무리 잊으려고 해도 그 생각이 머릿속을 떠나지 않았다. 결국 나는 정수를 도와주기로 결심했다. 돈 봉투를 들고 병원 앞으로 갔다. 한숨을 한 번 쉬고 안으로 들어갔다. 안에는 담임 선생님과 친구들이 정수와 얘기를 나누고 있었다.

"어, 준성아! 웬일이니?"

선생님은 예고 없이 뒤늦게 나타난 나를 보고 반가워하셨다.
"어, 준성······."
정수가 나에게 어색하게 인사했다.
"정수 어머니 입원비가 부족하다고 해서, 제가 아르바이트한 돈을 가져왔어요."
나는 돈이 든 흰 봉투를 선생님께 내밀었다.
"그래? 준성이가 그렇게 훌륭한 생각을 하다니, 정말 고맙구나!"
선생님이 내 손을 잡았다.
"네 돈만으로는 부족하겠지만, 여럿이 모으면 확실히 도움이 될 거다. 다른 친구들도 도와주기로 했단다."
나는 돈을 주고 인사를 하고 병원을 나왔다. 아깝다는 생각도 들었지만, 한편으로는 뿌듯했다. 집에 가는 길에 약간 남긴 돈으로 장갑과 작은 케이크를 하나 샀다. 장갑을 포장하고 편지를 썼다. 엄마한테 더 좋은 선물을 드리고 싶어 아르바이트를 했는데, 친구 어머니 입원비로 줄 수밖에 없어서 죄송하다는 편지였다. 장갑과 케이크, 그리고 편지를 식탁 위에 올려놓고 나는 엄마가 오시기를 기다리다 잠이 들었다.

기나긴 하루

이인재

"일어나!"

오늘도 엄마의 호통 소리가 들린다. 난 따뜻한 이부자리에서 나오기 싫어 한참을 더 누워 있다가 일어난다. 준비를 끝내고 나가면서 시간을 보니 아슬아슬하게 지각을 면할 수 있을 것 같다. 하지만 학교 가기가 싫다. 또 어떤 일이 기다리고 있을지 생각도 하기 싫다.

오늘도 어김없이 운동장을 가로지른다. 땅을 보며 힘없이 걷던 내 눈에 갑자기 별이 보인다. 아이들이 아침부터 축구를 하나 보다. 머리에 공을 차 놓고는 미안해 하지도 않고 공을 가져오라고 한다.

'아유, 저걸 그냥!'

속으로만 그럴 뿐, 공을 주우러 간다. 나는 공을 가져다 그 아이 손에 올려놓는다. 공을 주고 뒤돌아 오면서 생각해 보니 방금 축구하던 아이들이 1학년인 것 같다. 지금이라도 가서 혼낼까 하는 생각도 해 보았지만 그렇게 하면 더 바보같이 보일까 봐 그냥 교실로 향했다.

 안 그래도 아슬아슬하게 딱 맞춰 나왔는데 공에 맞는 바람에 지각을 해 버렸다. 방과 후 학교에 남는 벌을 받아야 한다. 그래도 이런 벌을 주시는 담임 선생님이 좋다. 그나저나 오늘 하루도 꽤나 길 것 같다.

 1교시 시작종이 울리고 수업을 받기 위해 자리에 앉았다. 수업을 듣는 둥 마는 둥 하고 나니 2교시다. 가만히 앉아서 선생님 말씀 듣는 척하고 나니 3교시다. 요령 피우면서 들키지 않을 정도로 잤다가 일어났다가를 반복하며 시간을 보냈다. 4교시엔 체육을 하러 나갔다.

 오늘은 특별히 선생님이 자유 시간을 주셨다. 공을 가지고 노는데 운동을 잘하는 아이들이 다가와 같이 놀자고 한다.

 '이놈들이 웬일이냐?'라고 생각하며 따라갔다. 평소에는 나를 운동도 못하는 약골이라며 놀리던 아이들이었기 때문이다. 그런데 역시나……. 나를 술래로 삼아 놓고 자기들끼리 패스를 하면서 논다.

 '그럼 그렇지. 내가 너희들 축에 들어갈 수나 있겠니…….'

 그렇게 놀림감이 되다가 교실로 돌아오니 어느덧 점심시간이 되었다. 친구들이랑 줄지어 식당으로 향했다. 나와 같이 나온 친구들은 이미 저 앞에서 배식을 받고 있는데, 난 아직 맨 뒷줄이다. 오늘은 4교시가 체육 시간이라서 일찍 먹을 수 있었는데, 형들이 자꾸만 들어왔다. 다른 아이들은 자기 설 곳을 잘 찾아서 배식을 빨리 받았지만, 난 멍청히 형들 틈에 끼어 이러지도 저러지도 못하고 있다. 내가 생각해도 한심하다.

겨우겨우 끼니를 챙기고 교실로 돌아와 머리나 식힐까 하던 차에 옆 반 아이가 나를 찾는다.

"야, 말뚝박기하자!"

별로 하고 싶지가 않다.

"지금 좀 바쁜데. 다음에 하면 안 될까?"

해 봐야 고달프게 이용만 당할 게 뻔하다.

"야! 따라와."

옆 반 아이의 강요에 못 이겨 따라 나가서 말뚝박기를 했다.

"야, 바짝 긴장해. 간다!"

"허리 부숴질 거다, 조심해라!"

점심시간이 끝나고 5, 6교시 내내 엎어져 있었다. 그렇다, 나는 계속 말뚝만 한 것이다. 공격자와 수비자가 바뀔 때에도 난 계속 엎드려 있어야 했다. 옆 반 아이들이 자기들끼리만 놀고, 나는 생고생만 시킨 것이다. 하지만 아무 말도 할 수가 없다. 참 바보스럽지 않은가? 그래도 못하겠는 걸 어쩌랴.

수업을 마치고 집에 가는데 담임 선생님이 찾으신다.

"1교시부터 계속 수업은 안 듣고 딴짓했다면서?"

"아니요, 오늘 계속 몸이 안 좋……."

"야, 기석아. 너 그래 가지고 내년에 원서 어떻게 낼래? 너 하고 싶은 거 하려면 지금 열심히 해야 될 거 아니야? 부모님이 얼마나 걱정하시겠니? 그러면서도 학원 간다고 돈이나 축내고 말이야. 너 때문에 우리나라가 통일이 안 되는 거야. 우리 열심히 하자. 알았지?"

"네……."

나 때문에 통일이 안 된다고 말씀하시니 억울하면서도 더 기가 죽었다.

난 원래 이런 아이가 아니었다. 선생님께 불려 가 꾸중을 듣기는커녕 칭찬만 한 바구니씩 받던 아이였는데……. 중학교에 오면서 모든 게 뒤틀렸다. 부푼 기대감을 안고 입학한 첫날. 아이들은 기대를 가득 품고 수업이 시작되기를 기다리고 있었다.

입학 첫날 1교시는 국어 시간이었다. 국어 선생님은 가장 예쁘고 젊으셨다. 그래서 그날부터 국어 선생님을 마음에 담게 되었다. 선생님이 너무 좋아 수업에 집중할 수 없었고, 다른 수업에서도 그 선생님 생각에 다른 선생님 말씀은 귀에 들어오지 않았다. 하지만 국어 선생님이 떠나시고 난 뒤, 좋아한다는 말 한번 못한 내가 너무나 밉고 싫어서 입을 꾹 잠근 채 실의에 빠져 살았다.

누가 그랬던가 습관은 무섭다고……. 자신감이 많진 않았어도 보통 아이들처럼 지냈던 내가 지금은 말도 못하고, 얼굴도 들지 못한다. 나를 이렇게 만든 국어 선생님이 미울 정도다.

자신감이 없어진 나를 보고 엄마가 왜 그러냐고 물으셔서 모두 이야기를 해 드렸다. 엄마는 그 정도는 아무것도 아니라며, 내 노력으로 얼마든지 고칠 수 있다고 하셨다. 하지만 이미 이렇게 돼 버린 상태를 쉽게 고치기는 힘들었다.

이런저런 생각을 하며 힘없이 걸어가다 우리 반 아이와 부딪치는 바람에 넘어지고 말았다. 얼마 전에 전학을 와서 이름도 아직 잘 모르는 아이였다. 하지만 분명 일부러 그런 것이 틀림없다.

전학 온 첫날도 그랬다. 기분이 나쁜지 씩씩대면서 걷던 그 아이가 화장실에 갔다 나오던 나와 부딪쳤다. 그러자 그 아이는 몹시 화를 내며 내게 소리를 질러 댔다. 하마터면 맞을 뻔했다. 힘은 왜 그리도 세던지. 부딪쳐서 내가 나가떨어졌기에 망정이지 버텼다면 때릴 기세였다. 그 이후부터 녀석은 가끔씩 나를 슬쩍슬쩍 건드린다. 도대체 괴로워 살 수가 없다.

집에 돌아와 가방만 던져 놓고 바로 학원으로 향했다. 학원은 다섯 시부터 시작인데, 평소에는 떙가떙가 놀다가 학원 시간에 늦기 일쑤였지만 오늘은 선생님과 상담도 해야 하고 기분도 꿀꿀해서 바로 집을 나섰다.

"야, 이기석!"

뒤를 돌아보니 친구 정훈이다. 나처럼 소심하지만 좋은 녀석이다. 무엇보다도 정훈이랑 있을 때는 내가 대장 노릇을 할 수 있다. 그래서 정훈이가 좋은가 보다.

"오늘은 일찍 왔네. 이기석이 웬일이래?"

"그냥. 오늘 엄마 잔소리가 좀 일찍 끝났어."

잘못한 것이 있어서 상담받는다는 소리는 죽어도 하기 싫어 그냥 둘러대었다.

"근데 정훈아. 오늘 숙제 있었냐?"

"어."

"했지?"

"당연하지, 내가 누군데."

"잘됐네. 좀 보여 줘야겠다, 이따가. 근데 숙제가 뭐냐?"

"우리나라 체육의 역사."

"체육의 역사? 뭐 그랬던 것도 같다……. 아 맞다! 어제 옆 반 주영석한테 체육복 빌려 줬는데……."

"우리 반 주영석? 어제 종일 체육복이 교실에 나뒹굴어서 선생님이 갖다 버렸는데……. 그게 니 거냐, 파란색에 줄무늬?"

"맙소사, 넌 내 친구라면서 내 체육복도 모르냐? 챙겼어야지!"

"야, 넌 내 거 아냐? 같은 반도 아닌데 나야 잘 모르지."

"아유, 하여튼 제대로 하는 게 없어요."

'으악, 아까운 내 체육복!'

큰 맘 먹고 용돈 털어서 산 꽤 비싼 건데……. 하지만 어쩔 수 없다. 옷은 집에 또 있으니까 뭐……. 옆 반 주영석은 나보다 힘도 세고 키도 크다. 아무리 못마땅해도 말 한마디 못하는 이유가 바로 그것이다.

오늘 학원 수업은 예체능 필기 시간이다.

"에, 체육은 어렵지 않아요. 여러분이 조금만 집중하면 충분히 알……."

역시 집중할 수 없다. 체육복을 생각하면 가슴속에 밀려오는 아쉬움과 좌절감을 감당할 수 없다.
　학원 수업이 끝나고 생각했다.
　'그래, 주영석을 만나면 체육복 값을 물어내라고 해야지.'
　그러고 나왔는데 거짓말처럼 진짜 주영석을 만났다. 하지만 "그대 앞에만 서~면 나는 왜 작아지는가~." 김수희의 〈애모〉만이 귓가에 들린다.
　'헉, 어떡하지? 에라 모르겠다.'
　"저, 저."
　"왜?"
　"내 체……."
　"뭐?"
　"내 체육복 물어내라고."
　나는 간신히 말했다.
　"내가 언제 니 거 입었었나?"
　딴청이다.
　"어제 빌렸잖아."
　"그랬나, 모르겠는데?"
　'아유, 저 나쁜 놈. 저 태연하고 가증스러운 표정 좀 봐.'
　그러나 나는 더 이상 따지지 못하고 포기해 버린다.
　"그러냐? 니가 아닌가 부다."
　그 순간 주영석은 나를 완전히 바보 취급하는 말을 했다.
　"바보, 남자가 뱃도 없나? 생각해 보니까 내가 쓴 거 같다. 안 물어 줘도 되지? 이런 등신!"

"뭐?"

여태껏 나를 놀린 아이는 수도 없이 많았어도 이렇게 내 자존심을 무참하게 짓누르는 아이는 없었다.

"왜, 치게? 쳐 봐, 겁쟁아!"

주영석은 나를 완전히 깔보고 있었다. 그래서 나는 쳤다. 그것도 세게, 온 힘을 다해 쳤다. 근데, 근데, 근데 내가 맞고 있다. 온갖 욕을 얻어먹으며 길 한복판에서 맞을 때의 민망함이란……. 이대로 어떻게 부모님과 선생님을 마주할지…….

도대체 언제쯤 이 지루한 오늘이 끝나는 건지 궁금하기만 하다. 어떻게 살아야 하나, 집으로 가는 내 발걸음은 무겁기만 하다.

떡볶이의 마술

김보민

오늘 아침에도 어김없이 엄마의 고함 소리가 울려 퍼졌다.
"일어나! 일어나라!"
엄마가 이불을 확 들치는 바람에 기분이 상한 채 일어났다. 며칠 전에 엄마한테 그렇게 깨우면 기분 나쁘다고 분명히 말씀드렸는데도 도대체 바뀌는 것이 없다. 나는 심통이 나서 쿵쾅거리며 목욕탕으로 들어갔다. 잠시 멍하게 앉아 있으니 엄마가 또 소리치신다.
"빨리 하고 와서 밥 먹어!"
나는 대답할 기운도 없었다. 어제 늦게까지 컴퓨터를 한 탓일까? 통 입맛도 없다. 세수를 대충 끝내고 힘없이 거울 앞에 앉았다. 드라이 소리에 묻혀 잘 들리지도 않는데 엄마는 부엌 쪽에서 계속 잔소리를 하신다.
"예, 예, 가요. 간다고요……."
하지만 밥 먹을 시간이 없었다. 등 뒤에서 계속 한 숟가락이라도 먹고 가야 한다고 하시는데 시간에 쫓기는 나는 염치없이 손을 내밀었다.

"엄마 600원만. 커피 우유 사 먹게."

잔소리를 해 대면서도 엄마는 만 원을 손에 쥐어 주셨다.

"굶고 다니면 안 돼. 뭐라도 사 먹고 교통 카드도 충전해."

인사도 하는 둥 마는 둥 하고 집을 나왔다. 하지만 엘리베이터 버튼을 누르고 기다리는 동안, 이내 후회를 하기 시작했다. 내가 봐도 나는 너무 철이 없고 한심하다.

그날 방과 후, 친구들과 함께 인근 여고 앞에 맛있다고 소문난 떡볶이 집으로 몰려갔다. 그런데 거기에서 우리 반 은주가 아르바이트를 하고 있었다. 은주는 정신없이 바빠서 우리가 온 것도 몰랐다. 은주가 이런 데서 일을 하다니, 뜻밖이었다.

은주는 학교에 오면 매일 잠만 자는 아이다. 시간마다 잠자는 은주가 한심해 보여서 난 그 애를 거들떠보지도 않았다. 벌써 한 학기가 끝나 가는데도 대화 한 번 나누어 본 적이 없다. 그냥 모든 걸 포기한 애, 또는 원래 잠이 많은 애라고 생각했을 뿐이다. 선생님께 매일 지적을 당하는데도 전혀 고치지 않아 처음에는 왜 저러나 싶다가 그마저도 생각을 안 하게 만드는 아이였다.

한번은 조별로 게임을 하는 시간이 있었다. 그때도 은주가 책상에 엎드려 잠만 자고 있어 나는 은주를 무시했다. 우리 반은 모두 30명인데, 6조로 5명씩 팀을 나누었다. 아무도 은주를 끼워 주지 않아 은주만 외톨이로 남아 있었다. 우리 조에 한 명이 부족했지만 나는 극구 은주와 한 팀이 되기 싫다고 거절했다.

그런데 그렇게 게으르고 무책임해 보이던 은주가 떡볶이 집에서 정신없이 일하고 있다는 것이 놀라웠다. 함께 갔던 친구들이 은주에게 쑥스럽게 주문을 했다. 그러나 은주는 우리를 전혀 모르는 것처럼 능숙히 주문을 받고 음식을 가져다만 주었다. 처음으로 나는 그 아이의 얼굴을 자세히 보았다. 분식집은 오늘따라 우리 또래 아이들로 빈자리 하나 없이 북적거렸고, 은주는 주문을 받고 음식을 가져다주느라 정신이 하나도 없어 보였다.

나는 이상하게도 은주에게 온 신경이 쓰여, 그렇게 좋아하는 떡볶이도 제대로 먹지 못했다. 그리고 친구들의 신나는 수다에도 끼어들지 못했다. 잠시 은주가 주방으로 간 사이 옆에 앉았던 현지가 은주 얘기를 꺼냈다.

"은주 엄청 불쌍한 애야……."

은주는 할머니와 할아버지, 그리고 두 명의 동생과 살고 있다고 했다. 엄마는 아주 어릴 때 집을 나갔고, 아버지도 어디 계신지 모른다고 했다. 할아버지는 술을 자주 마시는데 은주와 동생들을 때리는 날이 많단다. 할머니가 폐지와 빈 병을 주워 생계를 꾸려 왔는데, 이제는 다리가 아프셔서 그마저도 못하고 집에 계시는 날이 많다는 이야기도 들었다. 나는 순간, 갑자기 가슴속 깊은 곳에서 무엇인가가 울컥 치밀어 오르는 것을 느꼈다.

'나와 같은 나이인데도 은주는 힘들게 살고 있다. 아르바이트 때문에 고단해서 학교에서 잠을 잘 수밖에 없었구나.'

그 생각을 하자 마음이 아팠다. 그리고 나 자신이 부끄러워 얼굴이 붉게 달아올라 후끈거렸다.

그날 이후로 나는 은주에게 관심을 가졌다. 조별로 과제가 있을 때는 은주를 억지로 우리 조에 끼워 넣었다. 과제를 해 올 시간이 없는 은주를 도와주고 싶어서 은주 몫까지 해 주기도 했다.

그러던 중 우연히 은주가 체육에 특별한 재능이 있다는 것을 알았다. 은주는 남학생들보다도 훨씬 체육에 뛰어났다. 나는 체육에는 소질이 없었기에 체육 시간에 은주에게 도움을 청하기도 했다. 반 아이들과 별로 대화가 없었던 은주였지만, 그때만큼은 싱긋 웃으며 친절하게 가르쳐 주었다.

나중에 은주의 바로 아래 동생이 내 동생과 같은 학교, 같은 학년이라는 것을 알게 되었다. 게다가 내 동생도 은주 동생을 아주 잘 알고 있었다. 은주 동생 역시 학교에서는 꽤나 말썽꾸러기로 이름난 아이였다. 동생 말로는 매일 싸우고 말썽을 피우지만, 다른 아이들이 먼저 싸움을 걸고 괴롭히기 때문이라고 했다. 그 아이 역시 매일 준비물을 못 가져오고, 친구들과도 잘 어울리지 못해 겉돈다고 했다. 나는 동생에게 부탁했다.

"네가 그 친구에게 준비물도 빌려 주고 운동도 같이하는 좋은 친구가 되어 줘라."

동생도 알았다며 나의 말을 잘 따라 주었다.

은주를 알아 가면서 나는 어느 순간 내 집, 내 가족이 다시 보이기 시작했다. 철이 났다고 해야 할까? 오늘 아침엔 일어나면서 조금은 어색하지만 다정하게 엄마를 불렀다.

"엄마……."

애교 있는 웃음까지 지어 보이니 엄마는 다소 의아해 하셨다.

"왜? 우리 딸?"

엄마도 기분이 좋은지 부드럽게 대답하셨다.

"그냥……, 엄마가 좋아서……."

나는 마치 사랑을 고백하는 연인처럼 말했다. 그러자 엄마는 나에게 달려들어 꼬옥 안아 주시면서 말씀하셨다.

"엄마도 우리 딸이 제일 예뻐……. 사랑해!"

쑥스럽게 꺼낸 말 한마디, 웃음 한 조각에 엄마의 반응은 뜨거웠다. 이렇게 나에게 애정이 많은 엄마한테 지금까지 왜 매일 짜증만 부렸을까? 많은 생각이 들었다.

길을 가다 보면 가끔 엄마랑 딸이 오손도손 얘기하면서 손을 맞잡고 걸어가는 모습을 보곤 한다. 그럴 때면 할머니가 하셨던 말씀이 생각난다. 딸은 이다음에 크면 엄마랑 친구 같은 사이가 된다고 하셨던 그 말씀. 내가 보기에 할머니랑 엄마도 참 좋은 친구 같다. 나도 나이가 들면 엄마에게 친구 같은 딸이 되고 싶다.

은주를 제대로 알게 된 그날, 나는 맛있는 떡볶이를 먹지는 못했지만 정말 좋은 교훈을 얻은 것 같다. 떡볶이가 마술을 부린 걸까? 하루 종일 쉴 틈 없이 바쁜 일과 탓에 좋아하는 드라마도 끝까지 다 보지 못하고 피곤에 지쳐 소파에서 잠이 드신 엄마에게 이불을 덮어 드리며, "엄마, 정말 사랑해요." 하고 나도 모르게 사랑 고백을 하고 있는 걸 보면 말이다.

읽고 쓰고 톡톡!

1. 각 소설의 줄거리를 써 봅시다.

	줄거리
공부벌레	
따뜻했던 겨울	
기나긴 하루	
떡볶이의 마술	

2. 각 소설의 흥미성을 평가하고, 그렇게 평가한 이유를 적어 봅시다.

	흥미성	이유
공부벌레	☆☆☆☆☆	
따뜻했던 겨울	☆☆☆☆☆	
기나긴 하루	☆☆☆☆☆	
떡볶이의 마술	☆☆☆☆☆	

3. '친구'에 관한 소설 줄거리를 만들어 봅시다.

김 선생님의 소설 톡톡!

〈공부벌레〉, 〈따뜻했던 겨울〉, 〈기나긴 하루〉, 〈떡볶이의 마술〉 네 편의 소설은 친구에 대한 서로 다른 이야기입니다.

〈공부벌레〉는 친구 사이에서 벌어지는 갈등, 경쟁과 질투에 관한 이야기입니다. 김현진은 공부밖에 모르는 인물입니다. 그래서 공부만 열심히 할 뿐 친구들과 소통하는 일에는 소홀합니다. 이런 친구들을 질투하고 나아가 무시하는 경우도 있게 마련인데 바로 김진규가 그렇습니다. 김진규는 공부는 하지 않고 엄청나게 떠들고 제멋대로 행동하는 인물입니다. 김진규는 김현진에게 '공부벌레'라는 별명을 붙여 주고, 공책까지 훔쳐 김현진의 수행평가를 망칩니다. 김현진은 다시 김진규가 커닝하는 것을 고발해 김진규의 필기시험을 망칩니다. 결국 두 사람은 코피가 터지도록 싸우며 점수를 받지 못한 책임을 묻습니다.

이 소설은 우리나라의 비참한 교육 현실을 고발하는 듯합니다. 성적 중심의 경쟁 교육이 어떻게 학생들의 인성을 망치는가를 돋보기로 관찰하듯이 보여 주고 있으니까요.

아쉬운 점은 결말의 화해가 '나'의 중재로 너무 쉽게 이루어진 것입니다. 결말에서 반드시 갈등의 해소를 이루어야 한다는 생각 때문이겠지만, 소설은 반드시 어떤 결말을 보여 주어야만 하는 것은 아닙니다. 현실을 있는 그대로 보여 주기만 해도 문제가 무엇인지 깨닫게 해 주니까요.

〈따뜻했던 겨울〉의 '나', 준성은 참으로 순수하고 따뜻한 소년입니다. 고생하시는 엄마에게 생일 선물을 사 드리려고 어렵게 아르바이트 자리를 찾아 일을 해서 돈을 모읍니다. 반면에 같은 반 친구 정수는 불량한 친구들과 어울려 준성의 돈을 빼앗아 갑니다. 그런데 정수 엄마의 병원비가 부족하다는 말을 들은 준성이는 자신이 번 돈을 내놓습니다.

어찌 생각하면 현실성이 떨어지는 내용으로 보입니다. 독자들은 '에이, 그런 애가 어디 있어?' 하고 생각할 수도 있습니다. 소설은 허구이지만, 사실성과 진실성을 바탕으로 해야 하기 때문입니다. 그러나 소설이 오로지 현실에 있는 일만을 그대로 옮겨 와야 하는 것은 아닙니다. 현실에서는 실현하기 어렵지만 작가가 바라는 이상적인 생각을 담을 수도 있습니다.

이 소설에서는 청소년들이 비행을 저지르는 배경을 살짝 드러내고 있기도 합니다. 사실 어떤 범죄적 행동은 성격이나 유전적 요인에서 비롯되기도 하지만 '가난과 소외'라는 사회적 원인이 깔려 있는 경우가 많습니다. 준성을 평범하지 않은 특별한 인물로 그려 준성이 정수에게 치료비를 주는 부분도 크게 어색하지 않습니다. 준성은 '고생하는 엄마에 대한 사랑, 일자리를 구하는 끈기, 열심히 일하는 모습' 등으로 이미 수준 높은 도덕성을 가지고 있습니다. 그래서 이 소설은 진실하고 이상적인 주제를 달성합니다.

〈기나긴 하루〉는 소년의 내면 갈등을 다룬 일종의 심리 소설입니다. 주인공 '나'(이기석)는 소심하고 자신감이 없으며, 아무 일에도 의욕을 느끼지 못합니다. 친구들이 무시하고 함부로 대하고, 불이익을 받아도 대응도 방어도 하지 못합니다. 그리고 어떤 탈출구도, 변화의 계기도 찾지 못한 채 이야기가 끝납니다. 비극적인 결말이지요.

이 소설에 나오는 주인공과 같은 친구들이 우리 주변에 드물지 않게 있습니다. 아무도 그들의 친구가 되어 주지 않습니다. 이러한 상황이 지속되면 매우 심각한 정신적 문제에 부딪히기도 합니다. 심하면 '청소년 우울증'으로 발전하기도 하는데, 아무 의욕이 없고 초조하고 집중력이 떨어지는 증상이 생깁니다. 식욕도 없으며 자신을 비판하며 절망감과 공허감에 사로잡히고, 에너지가 떨어져 일상생활이나 친구에 대한 흥미도 잃어버립니다. 이런 친구들에게는 도움이 절실합니다. 소설의 마지막에 등장하는 "도대체 언제쯤 이 지루한 오늘이 끝나는 건지 아직도 나는 궁금하다. 어떻게 살아야 하나, 집으로 가는 내 발걸음은 무겁기만 하다."라는 절망의 표현이 바로 '도움의 절실함'을 호소하는 문장입니다. 학생 소설에서는 보기 드문 '내적 갈등'을 그린 작품입니다.

〈떡볶이의 마술〉은 어려운 친구를 통해 자신을 돌아보고 깨달음을 얻는 성장 소설입니다. '나'는 가족의 울타리 속에서 편안하게 살지만 늘 짜증만 부립니다. 하지만 친구들과 떡볶이 집에 갔다가 그곳에서 열심히 일하는 같은 반 은주를 보고 놀랍니다. 은주를 수업 시간에 늘 잠만 자는 한심한 친구로만 생각했는데, 불우한 환경에서도 열심히 일하며 살아가는 친구임을 알았기 때문입니다. 그 후 '나'는 은주에게 관심을 갖게 되고 동생에게도 은주 동생에게 관심을 가져 줄 것을 부탁합니다. 그리고 비로소 가족에 대해 고마움을 느끼는 철든 소녀가 됩니다.

'나'는 소설이 전개되면서 친구 은주로 인해 성격이 변하는 입체적 인물입니다. 눈에 보이는 현상만으로 사람을 판단해서는 안 된다는 것, 어려움을 극복하기 위해 노력하는 사람이 아름답다는 것, 그리고 주어진 조건에 행복해 하고 감사할 줄 알아야 한다는 것 등 여러 가지 생각을 담고 있는 소설입니다.

³가족

가족은 사람이 탄생해서 맺는 최초의 관계이자, 가장 오래 삶을 나누고 마지막 죽음에 이르기까지 함께하는 소중한 관계입니다. 가족끼리 화목하고 푼온하게 살아가는 일은 모든 사람의 꿈이자 희망입니다. 그러나 그러한 가족의 행복과 사랑이 저절로 이루어지지만은 않습니다. 가족은 함께 살아가면서 많은 시간을 같이하므로 더 큰 갈등과 사건에 부딪힐 수밖에 없습니다.

가족 간의 갈등은 형제나 자매 간, 부부 간, 부모와 자녀 간에 발생하며, 그 내용도 경제 문제나 질병, 죽음과 같은 외적인 문제들에서 성격 차이까지 매우 다양합니다. 현대 산업 사회의 가족 문제는 핵가족을 넘어서서 가족의 붕괴라는 말이 어울릴 만큼 심각한 사회 문제가 되고 있습니다. 그리고 전통적인 가족이 아닌 새로운 형태의 대안 가족이 주목받기도 합니다.

가족을 소재로 쓴 소설을 가족 소설이라고 하는데, 넓은 의미에서는 가족의 문제를 다루지 않은 소설은 없다고 해야 할 것입니다. 그러나 좁은 의미의 가족 소설은 가족 간의 갈등을 다룬 소설이라고 할 수 있습니다. 가족을 소재로 쓸 수 있는 이야기는 참으로 무궁무진합니다.

네 편의 학생 소설을 읽고 '가족'에 관한 소설을 써 봅시다.

어리석은 형 | 컴퓨터 쟁탈전 | 그리운 잔소리 | 사랑해요 할아버지

어리석은 형

강성구

형은 나를 왜 그렇게도 귀찮게 하는 것일까? 하루에도 수십 번 나에게 심부름을 시켜 먹지 않으면 성에 차지를 않나 보다. 형은 아주 조그만 일도 모두 나에게 시킨다. 아침에 눈을 뜰 때부터 잠이 들 때까지 나를 괴롭히는 형! 그 잔심부름을 다 해 주지 않으면 있는 욕 없는 욕을 막 퍼붓는다.

형은 진짜 나를 짜증 나게 한다.

하루는 형의 심부름에 질려서 사촌 누나 집에 놀러 가 며칠 동안 오지 않고 눌러 있었다. 그러다가 돌아올 때, 혹시 형의 기분이 상했을까 봐 형이 좋아하는 과자를 사 가지고 집에 들어갔다. 설마 그 문제로 형이 나를 괴롭히지 않겠지 하는 기대를 안고 말이다.

그러나 과자를 다 먹을 때까지는 잘해 주던 형이 다 먹고 나니까 이렇게 말하는 게 아닌가.

"니가 이제까지 나한테 과자 한 번이래도 사 준 적 있냐? 너 심부름하기 싫으니까 잔머리 쓴 거 다 알아! 한 번만 더 잔머리 굴리기만 해 봐! 절대 가만 안 둘 거야. 알았어?"
 나는 형의 기에 눌려 변명도 못하고,
 "어."
하고 대답했다. 하지만 억울하고 분했다. 형한테 덤벼서 이길 수 있는 것도 아니고, 내가 어떻게 해 볼 수 있는 상황이 아니기 때문에 그냥 가만히 참을 수밖에 없는 게 슬프기만 했다.
 또 어느 날은 아침에 형이 학교 갈 때까지 밖에 나가 서 있기도 했다. 왜냐하면 아침마다 넥타이를 매 달라고 하는 게 싫어서 밖에서 형이 나올 때까지 기다린 것이다. 형이 학교에 갈 시간이 지난 후, 나는 '아싸!' 하는 마음으로 집에 들어갔다.
 그날 나는 형이 오면 어떻게 할지도 모른다는 생각에 피해 있기로 했다. 그날은 형이 7교시가 있는 날이어서 집에 좀 늦게 오는 줄 알았다. 집에 도착해서 형이 오기 전에 조금 누워서 쉬려고 할 때였다. 형의 시끄러운 발소리가 들렸다. 피할 데가 없었다.
 '큰일 났구나!' 하는 생각이 들었다.
 우리 집 창문에는 쇠철망이 있어서 나갈 길이라고는 아무 데도 없었다. 형이 가까이 올수록 내 가슴이 더 쿵쾅쿵쾅 뛰었다. 나는 급히 장롱 속에 숨었다. 그때였다. 형이 문을 열고 들어왔다.
 '내가 장롱 속에 있다는 것을 모르겠지?'
하고 가만히 웅크리고 있었다. 얼마나 지났을까? 방금 전까지만 해도 형 소리가 났는데 너무 조용했다. 그래서 나는 장롱 문을 열고 살그머니 나왔다. 그런데 형은 작은방에서 자고 있었다.

형은 조그만 소리가 나도 깨기 때문에 내가 나오는 소리를 듣지 않길 바라며 조용히 움직이려고 안간힘을 다 썼다. 하지만 결국 내가 움직이는 소리에 형은 잠이 깨고 말았다. 형은 나를 보자마자 주먹을 꽉 쥐고 때리려고 하였다. 맞지 않으려고 문을 열고 나가려는데, 눈치를 챈 형이 내 옷을 잡고 놓지 않았다. 그 바람에 옷이 찢어졌다. 그러면서도 나는 있는 힘을 다해 밖으로 나가려고 버둥댔다. 형은 나를 협박했다.

"너, 엄마가 뭐라고 해도 들어오지 마! 들어오면 나한테 죽을 정도로 맞을 줄 알어. 들어오려면 각오하고 들어와! 자고 싶으면 영등포역에 가서 자던가."

집을 나온 나는 추위에 떨면서 어떡하면 형에게 맞지 않고 따뜻한 집으로 무사히 다시 들어갈까 궁리를 했다. 하지만 아무리 생각을 해도 좋은 방법은 떠오르지 않았다. 나는 어쩔 수 없이 형한테 잘못했다고 빌기로 결심했다.

하지만 형은 무릎을 꿇고, "형님, 잘못했습니다. 다시는 안 그러겠습니다."라고 빌어야만 봐준다는 것이 아닌가?

자존심이 상해서 그러기 싫었지만, 추워서 더 이상은 견딜 수가 없었다. 결국 나는 무릎을 꿇고 빌 수밖에 없었다.

그 후에는 더욱 형이 뭐라고 해도 가만히 있을 수밖에 없었다. 형이 시키는 모든 일을 다 했다. 하루는 형이 이런 말을 했다.

"다른 동생들은 뭐든지 시키면 다 해 준다던데."

그 말을 듣고 어이가 없어서 이렇게 대꾸했다.

"솔직히 형같이 이렇게 구는 형은 세상에 아무도 없을 거야. 왜 형이 있는지 모르겠어. 차라리 누나나 동생이 있었으면 얼마나 좋아!"

그러나 내가 말하는 뜻을 형은 전혀 알아듣는 기미가 없었다. 그래도 잘해 보려고 이렇게 덧붙였다.

"형, 나랑 잘 지내 보자. 이제 싸우지 않고, 욕하지 말고, 잘 지내 보자."

"야! 내가 미쳤냐, 너랑 잘 지내게? 너 같은 동생 있는 게 좋겠냐? 싫어! 차라리 외동이 낫지. 동생 있는 내가 불쌍한 것 같다."

형한테 잘 지내자고 좋은 뜻에서 사정을 했음에도 그런 얘기를 들으니까 기분이 더 나빠졌다. 솔직히 내가 형보다 힘이 조금만 더 세도 이렇게 맞고 살지는 않을 텐데……. 나는 문득 형이 죽었으면 좋겠다는 생각이 들었다.

그날도 형은 집에서 텔레비전을 보고 있었다. 형이 채널을 돌리라고 시켰지만, 나는 시험 기간이어서 그 말을 무시하고 영어 공부를 하고 있었다. 공부를 좀 하려고 해도 우유 달라, 물을 떠 와라, 청소해라 등등 형의 심부름에 나는 집에서 공부를 할 수가 없었다. 책을 펴려고 하면 형은 나한테,

"야! 과자 한 봉지하고, 라면 한 개 사 와."

하고 소리 질렀다. 그래서 사 가지고 오면 형은 또,

"야, 라면 끓일 물 올려놔!"

한다. 그러면 결국은 내가 라면을 끓여다 바친다.

매일 이렇게 안 시키면 허전하다고 하는 우리 형. 내가 없으면 신발이고 교복이고 누가 챙겨 줄까? 과자를 누구에게 사 오라고 시킬 것인지, 과연 누구를 괴롭히고 사는 즐거움을 누릴지 궁금하다. 내가 잠깐만 사촌 누나 집에 놀러 갔다 와도 형은 짜증을 냈다.

"너 때문에 사 먹지도 못했잖아! 시킬 애가 없으니까 진짜 허전하더라. 이제부터 거기 가기만 해! 죽을 각오하고 집에 와!"

도저히 나를 가만 놔두지 않는 형을 보고 있으면, 진짜 한 대 갈기고 싶어진다.

하루는 형이 내가 자고 있는 동안 슈퍼에 가서 라면을 사 가지고 왔다.

처음에는 나를 깨워 시킬 줄 알았는데 그게 아니었다. 형은 나를 깨우지 않고 혼자 라면을 끓여 먹으려고 하는 것이었다. 웬일로 나를 안 깨우는지 놀라왔다. 형이 라면을 잘 끓이는지 못 끓이는지 보려고 나는 자는 척하면서 형의 모습을 엿보았다.

형은 가스레인지에 물을 올려놓고 끓을 때까지 방에서 텔레비전을 보고 있었다. 그런데 가스레인지 불 옆에 키친타월과 플라스틱 기름병을 너무 가까이 놓아두었다. 갑자기 키친타월로 불이 붙었고, 바로 기름병으로 옮겨 붙으면서 타기 시작했다. 불이 난 것이다. 연기가 나고 불이 여기저기 옮겨 붙기 시작하자 형은 겁이 났는지 나를 깨웠다. 일어나 형이 하는 짓을 보고 있자니 어리석기 짝이 없었다. 형은 당황해서 플라스틱 바가지를 불에 던지고 수건을 흔들어 대고 있었다. 불은 점점 더 세게 타올랐다. 가스불을 꺼야 하는데 이미 불을 끌 수가 없었다.

형은 갑자기 못하겠다며 나를 혼자 놔두고 밖으로 뛰어나갔다. 나는 어떻게 불을 꺼야 할지 몰라 눈물이 나오기 시작했다. 내 힘으로는 어쩔 수가 없었기 때문에 밖으로 나가 이웃집 문을 두드렸다. 앞집 아저씨가 나왔다.

"아저씨, 불이 났어요. 빨리 도와주세요."

나는 소리쳤다. 아저씨는 마침 갖고 있던 소화기를 가지고 달려오셔서 쉽게 불을 꺼 주셨다. 형이 엄마한테 혼날까 봐 불낸 것을 열심히 치웠지만, 검은 자국은 없어지지 않았다.

여덟 시쯤 엄마가 들어오셨다. 온통 검게 타고 그을린 부엌을 보시더니 놀라서 집이 왜 이 모양이냐고 소리를 지르셨다. 나는 솔직하게 말하면 형이 엄마에게 맞을까 봐 용기가 안 났다.

엄마는 매를 가지고 오시더니 빨리 말하지 않으면 더 혼난다고 하셔서 어쩔 수 없이 사실대로 말할 수밖에 없었다. 그때 아버지가 들어오셨다. 아버지께서 알면 더 혼날 텐데 형은 왜 안 들어올까? 형이 안 들어오니까 밖에 나가서 기다려 보기로 했다. 얼마나 기다렸을까? 형의 모습이 나타났다.

'이제 형이 혼나겠구나.'

하는 마음에 안됐다는 생각도 들었다.

"형! 이제 들어가면 무지 혼나겠다. 각오하고 들어가야 할걸!"

나는 안타까워서 말했을 뿐인데 형은,

"뒤질래? 네가 일렀지? 엄마 아빠 다 없을 때 봐! 너 진짜 뒤질 줄 알어, 병신! 그걸 왜 말하냐? 너 남자 맞냐?"

형은 결국 집에 들어가서 아버지께 회초리를 맞았다.

"형이 돼 가지고, 지가 불을 내고, 그래 동생만 놔두고 도망을 쳐? 이 어리석고 비겁한 놈 같으니! 만약 동생이 이웃집 도움으로 불을 끄지 않고 너처럼 도망갔다면 어떻게 했을 뻔했니? 우리 집은 다 타서 없어지고 우리는 알거지가 되었을 거야, 이 어리석은 놈아!"

형은 워낙 비겁한 행동을 했기 때문에 아무런 말도 없이 아픈 걸 꾹 참고 가만히 있을 뿐이었다. 엄마와 나는 불이 난 부엌을 깨끗이 치우고, 형과 아버지는 벽지를 새로 사 와 도배를 했다. 차라리 내가 라면을 끓여 줄걸 하는 후회가 되었다.

하지만 그 일이 있은 후, 나는 형에게 용기를 내어 솔직하게 말할 수 있게 되었다.

"형이 할 수 있는 일은 형이 해."

형은 그런다고 했지만 잘 실천할 수 있을지는 모르겠다.

컴퓨터 쟁탈전

문규영

나는 학교가 끝나자마자 집으로 달려갔다. 컴퓨터 때문이다. 누나가 먼저 올까 봐 빠른 속도로 달려갔지만 이미 누나가 컴퓨터를 하고 있었다. 순간 기분이 나빠졌다. 짜증이 나고 화가 났다.

"누나! 나 좀 하자고! 만날 누나만 하잖아. 양보 좀 해!"

하지만 이미 차지한 컴퓨터를 양보할 누나가 아니다.

"싫어! 나 할 거야."

나는 누나가 정말 싫었다. 얄미워서 때려 주고 싶었다. 어쩔 수 없이 그날은 포기했다. 하지만 내일은 절대로 양보하지 않겠다고 생각했다.

다음 날 나는 일찍 학교에 갔다. 하지만 학교에 가서도 집에서 컴퓨터를 할 수 있는 방법만 생각하였다. 수업은 귀에 들어오지 않았다. 방법은 누나보다 먼저 집에 가는 수밖에 없었다. 아무리 생각해도 그 외에는 방법이 생각나지 않아 답답했다.

'컴퓨터를 하려고 이렇게까지 해야 되나?'

하고 회의를 품기도 했지만 컴퓨터를 하고 싶다는 생각에 사로잡힌 나는 다른 생각을 하지 못했다.

'딩동 댕동'

나는 종례가 끝나기 무섭게 집을 향해 달려갔다.

"다녀왔습니다! 헥헥."

숨이 가빠서 죽을 것 같았다.

"민호야, 왜 그렇게 힘들어 하니? 누가 쫓아오니?"

엄마가 말씀하셨다.

"아니요, 할 일이 있어서 그래요."

내 입에서는 "아, 좋아라." 하는 말이 저절로 나왔다. 누나가 없었기 때문이다. 나는 바로 컴퓨터를 켰다. 그런 나를 보고 아버지가 말씀하셨다.

"너, 컴퓨터 때문에 그렇게 빨리 온 거야?"

"네……."

"민호야! 공부 좀 해라. 게임만 하지 말고."

아버지가 꾸짖으셨다. 나는 아무 말도 하지 못했다. 누나가 할 때는 아무 말씀도 안 하시더니 나에게만 그런 말을 하시니 기분이 좋지 않았다. 그때 집으로 돌아오는 누나의 발소리가 들리는 것 같았다.

"다녀왔습니다!"

역시 목소리의 주인공은 누나였다. 나는 컴퓨터를 빼앗길까 봐 떨렸다. 아니나 다를까, 누나는 들어오자마자 나에게 말했다.

"야! 나와."

"왜?"

"나, 숙제해야 돼."

"숙제?"

나는 정말 어떻게 해야 할지 몰랐다. 숙제를 못 하게 할 수도 없는 노릇이고, 또 컴퓨터를 뺏기자니 그렇고……. 하지만 내가 먼저 시작했으니 컴퓨터를 계속 하겠다고 고집을 피웠다. 그러자 누나가 아버지께 일렀고 아버지는 나를 야단치셨다.

"김민호! 누나가 숙제 한다고 하잖아! 숙제도 못 하게 하는 거니? 요 녀석아!"

나는 결국 오늘도 간단히 밀려났다.

'숙제, 그놈의 숙제 때문에!'

나는 오늘도 컴퓨터를 못 하게 되었다는 것 때문에 짜증을 내면서 텔레비전을 봤다. 하지만 기분은 풀리지 않았다.

'아우! 진짜 열 받네!'

속으로 계속 욕을 하다 보니 벌써 두 시간이나 지났다. 나는 누나에게 가서 말했다.

"이제 나와. 내가 쓸래!"

그러나 누나는 꿈쩍도 하지 않았다.

"숙제 아직 안 했어? 그러면 뭐야? 게임만 한 거야?"

내가 보니 누나는 숙제는 하지 않고 채팅만 하고 있는 것이 아닌가? 나는 무지 화가 났다. 거짓말을 한 것이라 생각하니 참을 수가 없었다. 나는 화를 내며 다짜고짜 컴퓨터를 꺼 버렸다. 그런데 이게 웬일인가? 누나가 비명에 가까운 소리를 질렀다.
"아, 숙제 다 지워졌잖아!"
그렇다. 나는 큰 실수를 하고 만 것이다. 누나는 숙제에 대해서 친구에게 물어볼 게 있어서 잠깐 채팅을 한 것뿐이었다. 결국 누나가 해 놓은 숙제가 나 때문에 모두 지워지는 사태가 벌어지고 말았다. 누나는 울면서 방으로 들어갔다.
나는 그런 바보 같은 짓을 한 내가 한심했다. 그놈의 컴퓨터 때문에 누나 숙제를 망치다니. 공부는 전혀 하지 않고 컴퓨터만 바라보던 내가 정말 한심하기만 했다.
누나가 방에 들어가자 컴퓨터는 비어 있었지만 컴퓨터를 할 마음이 전혀 나지 않았다. 나는 컴퓨터를 하지 않았다. 저녁밥을 먹는데 누나는 계속 나에게 화가 안 풀렸는지 얼굴이 굳어 있었다. 미안하다고 사과했지만, 용서해 주지 않았다. 누나 얼굴의 서글픈 표정은 사라지지 않았다.
다음 날은 일요일이었는데 내 생일날이기도 했다. 나는 당연히 선물을 기대하고 있었다. 그런데 갑자기 누나의 울음소리가 들렸다. 가족들은 모두 당황했다.
"민선아, 어디 아파?"
엄마가 물었다.
"배가 아파요!"
누나는 몸살이 난 것 같았다. 내가 어제 실수한 일을 생각하니 마음이 약해지기 시작했다. 컴퓨터를 뺏기고 너무 화가 나서 누나의 돈을 훔쳤던 것이다. 나는 그 돈을 슬그머니 누나의 지갑에 넣어 놓았다.

그러는 사이 누나의 몸에서는 점점 더 높은 열이 났다. 부모님은 누나를 병원으로 데려갔고 나는 안절부절못하며 따라갔다. 내 섣부른 행동에 대한 후회가 점점 커져만 갔다.

'아! 어제 누나에게 그렇게까지 하지 않았으면 이런 일은 없었을 텐데……'

의사 선생님이 누나를 봐 주시고, 링거를 꽂으셨다. 의사 선생님이 조금 있으면 괜찮을 거라고 하시자 마음이 조금 편해졌다. 그런데 누나가 갑자기 조그마한 목소리로 나에게 말했다.

"야, 김민호! 집에 가 봐라. 내 가방에 니 선물 있어."

나는 깜짝 놀랐다. 그리고 누나가 고마웠다.

"정말? 누나, 고마워! 난 누나에게 스트레스만 쌓이게 했는데."

누나는 아파서 그런지 힘없이 웃고 있었다.

"미안해! 나 앞으로는 절대 안 그럴게!"

내가 사과를 하자, 그 모습을 보신 부모님은 우리 둘에게 박수를 쳤다.

나는 혼자 먼저 집에 갔다. 선물이 너무 궁금했다. 누나가 나를 위해 준비한 선물은 바로 '옷'이었다. 옷을 꺼내서 입어 보니, 정말 마음에 들었다. 누나는 생일 축하 편지까지 써 놓았는데, 누나가 평소와 다르게 느껴졌다. 나도 누나에게 편지를 썼다.

'여태껏 살아왔던 것보다 더 재미있게 웃으며 살아가자!'

'싸우면 화해할 줄 알고 어려울 때 있으면 서로 도우며 살아가는 멋진 남매가 되자.'

뭐 그런 내용을 썼던 것 같다. 편지를 쓰고 나니 기분이 정말 좋았다.

이번 일은 나의 생각에 많은 변화를 가져왔다. 나는 가족의 소중함을 알게 되었고, 가족은 서로 사랑하며 도우며 살아가야 한다는 것을 깨달았다.

바로 우리가 세상에서 가장 멋진 남매가 아닐까?

그리운 잔소리

이다운

아침부터 들려오는 잔소리.
"빨리 안 일어나!"
"알았다니까!"
 오늘도 변함없이 엄마의 잔소리에 꿈지럭거리며 일어나 학교 갈 준비를 한다. 그런데 또 잔소리가 날아와 내 귀에 꽂힌다.
"학교 안 갈 거야?"
"간다는데 왜 그래?"
 짜증을 내며 서둘러서 등교를 하지만 오늘도 지각하기 일보 직전. 교실에 들어서자 친구들이 한마디씩 한다.
"오늘은 지각 아니네?"
 하지만 아침 자습 시간에 장난치다 걸려 담임 선생님한테 혼이 났다. 혼나면서 웃다가 공포의 '의자 거부증 만들기(엉덩이 맞기)' 벌까지 받았다. 아침부터 엉덩이가 쓰려서 기분이 안 좋은데 짝이 옆에서 놀린다. 그래서 주먹을 한 대 날렸다. 그러고는 다행히 종례 시간까지 아무 일 없이 지나간다 싶었는데, 종례 시간에 담임 옆에 섰다가 몸을 돌리는 선생님에게 우연히 한 대 맞았다. 억울해서 그런지 더 아팠다. 집에 와서는 동생과 다투다가 엄마에게 혼이 났다.

"동생이랑 그렇게 싸울 거면 집에서 나가!"

그 소릴 들은 나는 분이 나서 집을 나와 버리고 말았다. 그렇지만 갈 곳이 없어서 동네 놀이터에서 우두커니 있었다. 한 30분 정도 지나자 분이 조금 풀려서 집에 들어갔는데, 부엌에서 엄마가 울고 계시지 않은가.

"나이가 열다섯이나 되는데 왜 그렇게 철이 없는지 몰라……."

엄마는 서럽게 우셨다. 그런데 엄마가 우시는 모습을 보니 내 마음이 그렇게 아플 수가 없었다. 밤이 되었을 때, 엄마는 술을 한 잔 드시고는 나에게 오셨다.

"다운아, 엄마가 너에게 신경을 많이 못 써 줘서 미안해."

엄마는 또 우셨다. 그래서 나도 참고 있던 눈물이 쏟아졌다.

다음 날, 나는 엄마를 기쁘게 해 드리려고 엄마가 일어나시기 전에 밥을 했다. 하지만 서투른 솜씨 때문에 결국 또 사고를 치고 말았다. 밥을 다 태운 것이다. 또 한 소리 들을 줄 알았는데, 엄마는 아무 말씀도 하지 않고 새로 밥을 해 주시고는 병원에 갔다 오신다고 했다.

'진료받으러 가시나 보구나.'

하면서 나는 별일 아니라고 생각했다. 엄마가 해 주신 밥이 어찌나 맛있던지 다른 생각은 나지도 않았다.

며칠 후, 병원에서 검사를 받은 결과가 나왔다. 아빠는 엄마가 입원해야 한다고 하셨다. 무슨 청천벽력 같은 소리인가 하고 생각했지만, 입원하시면서도 행복한 표정으로 아무렇지 않게 얘기를 하시는 엄마의 모습에 나는 안심을 했다.

그러고 나서 다시 며칠이 지나 아빠가 말씀하셨다.

"엄마가 많이 힘이 들어서 큰외삼촌 집에서 쉬기로 했다."

그때까지도 난 우리가 엄마를 너무 힘들게 해서 외삼촌 댁에서 조금 쉬고 오실 것으로만 생각했다. 며칠만 시간이 지나면 건강한 모습으로 돌아오시겠지 했다.

우리는 주말마다 엄마에게 갔는데, 한번은 내가 못 가고 동생만 갔다. 엄마에게 다녀온 동생이 말했다.

"엄마 많이 좋아졌어!"

그래서 난 '많이 건강해지셨구나.' 하고 생각하며 안심했다.

그런데 며칠이 지났을까? 그날은 친구 생일이라 영화도 보고 실컷 놀다 집에 와 보니 분위기가 이상했다. 고모와 이모 등 여러 사람이 나한테 왜 이제 오냐며 빨리 씻으라고 다그쳤다. 나는 무슨 일 때문에 서두르는지 궁금해서 물었다.

"엄마가 갑자기 안 좋아지셨으니 빨리 가 봐야지."

분명 며칠 전까지만 해도 나아지셨다던 엄마가 갑자기 위독하시다고 하니 이해할 수 없었다. 나는 어른들과 급히 병원으로 갔다. 엄마의 얼굴은 노란색이었다. 많이 안 좋아지신 것을 한눈에 알아볼 수 있었다. 엄마는 링거를 맞고 누워 계셨는데, 나와 동생을 알아보지도 못할 정도로 아픔 때문에 괴로워하고 계셨다.

그 순간 갑자기 두려움이 밀려왔다. 우리를 보고 아빠가 말씀하셨다.

"이제 집에 가라. 엄마 꼭 좋아지신다."

나와 동생은 집으로 돌아왔다. 난 그때 아빠를 믿고 있었다. 우리는 아무것도 알 수가 없었다. 다음 날 집에서 동생들과 놀아 주고 있었는데, 또 빨리 병원으로 오라는 얘기를 듣고 갔더니 어제 아빠의 말은 거짓이었다. 엄마는 어제처럼 아파하셨다. 아빠는 아무 말 없이 계셨다. 엄마가 아픔에 괴로워하실 때마다 아빠는 엄마에게 말했다.

"편하게 가! 애들은 내가 지켜 낼 거야."

나는 아빠의 그 말이 얼마나 싫었는지 모른다. 몇 시간이 지났을까? 밥을 먹고 돌아와서 엄마 옆에 있다가 잠이 들었다. 일어나서 빈둥빈둥거리고 있는데 숙모가 말했다.

"옷이 더러워졌으니 갈아입으러 가자."

집에 가서 옷을 갈아입는데 다시 전화가 왔다. 숙모는 전화를 받고 충격을 받은 얼굴로 어쩔 줄 모르셨다. 나는 그때까지도 이유를 몰랐다. 숙모는 급히 병원으로 가야 한다고 말했다. 병실에 도착했을 때, 나는 불길한 예감이 들었다.

'설마 엄마가 돌아가신 건 아니겠지?'

그런데 그 느낌이 맞아떨어졌다. 난 그 상황을 믿고 싶지 않았다. 엄마에 대한 미움과 원망이 한꺼번에 밀려왔다. 그리고 동시에 엄마와 있었던 모든 일들이 떠올랐다. 어릴 때 머리를 다쳐서 중학교에 입학할 때까지 크고 작은 일들을 겪었고 그때마다 엄마가 돌봐 주셨던 모든 일들 말이다. 밀려오는 건 후회뿐이었다.
'공부를 못하면 효도라도 할걸……'

엄마의 장례가 치러졌다. 나는 나한테 맞지도 않는 정장을 입고서 격식을 갖추려고 노력해야 했다. 아빠와 나는 문상을 오는 사람들에게 인사하고 절을 했다. 엄청 힘들었다. 그렇게 하루가 지나고 다음 날도 일어나자마자 쉴 틈이 없이 바빴다.
그날 저녁, 담임 선생님과 친구들이 왔다. 선생님께서는 힘을 주는 말씀을 아끼지 않으셨다. 친구들도 나를 위로하는 눈빛이었다. 그날은 홧김에 처음으로 술을 마시기도 했다.
그리고 다음 날, 엄마의 사체를 꺼내서 관에 넣을 때, 나는 분노와 슬픔에 휩싸여서 문을 발로 차며 난동을 부렸다. 엄마는 땅에 묻지 않고 화장한다고 했다. 난 그때까지도 엄마의 병명을 모르고 있었는데, 아침에 몇몇 어른들과 아빠가 나누는 이야기를 듣고 알게 되었다. 간암이었다고 한다.
장례를 치를 때, 우리는 엄마의 사진을 들고 집으로 갔다. 엄마가 돌아가시기 전에 집에 오고 싶어 하셨기 때문에 마지막 가는 길에 집을 들른다는 것이다. 엄마는 집에 들어와서 내 방, 안방, 동생 방, 엄마가 많이 계시던 부엌 등 여러 곳을 천천히 돌아보았다. 나는 얼마나 슬펐는지 모른다. 집 안 곳곳에서 엄마랑 있었던 일이 빠짐없이 생각났다.

　엄마를 화장한 후에 납골당으로 갔다. 뼛가루를 담은 항아리를 납골당에 넣으려는데 항아리의 온기가 온몸으로 전해져 왔다. 엄마의 체온이 느껴지는 것 같았고, 엄마의 말소리가 들리는 것 같았다. 집에 오는 도중에 잠이 들었는데, 꿈속에 엄마가 나타났다. 엄마는 나에게 말했다.

　"내가 없더라도 씩씩하게 당당하게 살아라. 기죽지 말고!"

　나는 잠에서 깨어 눈물을 흘렸다.

　나는 지금, 하늘에 계신 엄마를 행복하게 해 드리기 위해 기죽지 않으려고 노력하고 있다. 그리고 열심히 공부하려고도 한다. 하지만 여전히 쉽지 않다. 당당하게 살아야 죽어서 엄마를 만나면 칭찬을 들을 텐데……. 혼자 남으신 아버지에게 많이 효도하고 싶다.

　그리고 지금 나는 엄마의 목소리, 엄마의 잔소리가 듣고 싶다.

사랑해요 할아버지

주찬우

"끝났다! 집에 가자."
 수업 시간이 끝나는 종소리가 울리자 아이들의 환호성이 들려온다. 여기저기 가방을 챙기는 아이들이 분주하다. 그러나 담임 선생님의 등장에 교실은 순간 정적이 되고 만다. 담임 선생님의 설교가 끝나기를 기다리는 아이들의 눈빛은 애처롭기까지 하다.
 교실을 벗어나고, 교문을 벗어나고, 집으로 향하는 길. 친구들과 게임 이야기며, 선생님들에 대한 얘기, 웃겨서 배꼽이 빠질 만한 이야기들을 쏟아내며 집으로 가고 있다.
 "잘 가, 효주야!"
 "너도 잘 가!"
 나는 친구와 작별 인사를 나누고 좋아하는 텔레비전 프로그램을 보기 위해 급한 마음으로 계단을 뛰어 올라가 대문 앞에 도착했다. 벨을 눌렀지만 어째 집 안에서는 아무런 인기척이 없다.
 '아이크, 맞다. 오늘 할아버지 병원에 가신다고 했지? 아, 짜증나! 왜 하필이면 지금 아프셔 가지고, 이러다가 〈퍼니 프렌즈〉 못

보는 거 아냐?'

마음이 타 들어가는 것 같다.

'어휴, 빨리 좀 오시지 왜 이렇게 늦으시는 거야?'

투덜거리며 기다리는데, 1분 1초가 한 시간같이 지겹기만 하다. 그때 할머니가 오셨다.

"효주야! 아이구, 여기서 기다렸니? 네가 열쇠를 가져간 줄 알고……. 깜빡했다. 미안하다……."

계단에 앉아 있는 나를 보더니 할머니가 당황해 하며 사과를 하셨지만, 화가 풀리기는커녕 더 났다.

"아, 뭐예요? 지금 텔레비전 다 끝났잖아요!"

나는 소리를 지르며 짜증을 냈다.

"미안하다. 할아버지 모시고 병원에 다녀오느라 그랬어."

"아, 됐어요, 듣기 싫어요!"

나는 방문을 쾅 닫고 들어가 버렸다. 방에 들어가 벽에다 낙서를 하며, 텔레비전을 보지 못한 것에 대한 화풀이를 해 댔다.

"짜증 나! 짜증 나! 짜증 나! 할아버지, 할머니 때문에 왜 내가 텔레비전을 못 봐야 하냐구!"

그렇게 한참 동안 난동에 가까운 성질을 부리고 있는데, 엄마와 아빠가 오셨다. 아직 집에 오실 시간이 아닌데 일찍 오신 게 의아해서 내가 물었다.

"엄마 아빠, 왜 일찍 오셨어요?"

엄마와 아빠는 할아버지의 검사 결과가 걱정되어서 일찍 오셨다고 했다. 할아버지의 위에 뭔가 문제가 생겼다는 얘기였다. 검사 결과는 곧 나올 건데, 매우 불안해 하는 모습이셨다.

심각한 분위기를 보자, 아까 투덜댄 것이 부끄럽고 걱정이 되었다. 하지만 '별일 없겠지.' 하며 안심을 하려고 애를 썼다.

할아버지에 대한 생각이 떠올랐다. 나는 어려서부터 할아버지를 졸졸 쫓아다녔다. 할아버지는 나에게 맛있는 것도 자주 사 주시고, 재미있는 곳에도 많이 데려가 주셨다. 그중 가장 기억에 남는 건 동물원에 갔던 일이다. 일곱 살 때 나는 할아버지 손을 잡고 동물원 구경을 갔다. 그날은 일요일이어서 사람들이 많이 있었다. 할아버지의 손을 잡고 호랑이, 사자 같은 맹수들도 보고, 펭귄, 캥거루, 토끼 같은 귀여운 동물들도 보면서 좋아했다. 특히 캥거루가 좋았다.

그리고 처음으로 원숭이도 보았는데 몹시 신기했다. 그래서 나도 모르게 원숭이 우리 쪽에 가까이 붙어서 보고 있었다. 그러면서 과자를 먹고 있었는데, 갑자기 덩치 큰 원숭이가 내 쪽으로 오는 것이었다. 나는 별 신경을 안 쓰고 있었고, 할아버지도 마찬가지였다. 그런데 순식간에 깜짝 놀랄 일이 일어났다. 내 쪽으로 온 원숭이가 과자를 빼앗으려 했고, 나는 뺏기지 않으려 저항하다가 결국 원숭이에게 뺨을 맞고 말았다.

나는 놀라서 큰 소리로 울며 할아버지 품에 안겼다. 할아버지는 그런 나를 달래고 위로하시면서 약을 발라 주시고, 과자 한 봉지를 더 사 주셨다. 그때 먹었던 눈물의 바나나킥을 잊을 수 없다.

하지만 지금 가만히 생각하니, 그 후 할아버지와 다정한 시간을 가져 본 일이 없었다. 오히려 할아버지랑 아주 멀어졌다는 생각이 든다. 아주 어릴 때를 제외하고는 커 가면서 할아버지와 대화하는 횟수도 줄어들고 뭔가 어색하고 매끄럽지 못한 관계가 돼 버리고 만 것이다.

얼마 전에도 별로 좋지 못한 일이 있었다. 동생이 나한테 장난을 치며 화를 돋구었는데, 그때 나는 짜증이 많이 난 상태였다. 그러다 끓어오르는 화를 참지 못해 폭발했다. 동생을 때리고 만 것이다. 동생도 지지 않으려 나에게 덤벼들었다. 나는 동생을 더 세게 때렸고, 동생은 울기 시작했다. 그때 할아버지가 오시더니 나를 꾸중하셨다. 아무리 화가 나더라도 그런 행동을 한 것은 잘못됐다며, 형이니까 하나뿐인 동생에게 참아 주어야 한다고 말씀하셨다. 나는 무척 서운한 감정이 들었다.

'할아버지는 나보다 동생을 좋아하시는구나······.'

아마도 일종의 질투심이었는지도 모른다. 그래서 반성은커녕 오히려 할아버지에게 짜증을 내고 말았다. 나를 위해서 충고를 해 주신 것인데, 나는 그저 버릇없는 반항만 했을 뿐 잘 새겨듣지 않은 것이다. 내 입장에서만 생각했지 할아버지의 심정에 대해서는 전혀 생각하지 않았다. 지금 다시 생각하니, 할아버지한테 그런 식으로 말하는 것이 아니었는데 하는 후회와 죄송스러운 마음이 들었다.

검사 결과가 나오는 날이었다. 나는 궁금해서 할머니 댁으로 갔다. 할아버지가 어떠신지 여쭈어 보러 들어갔는데 고모랑 고모부께서 와 계셨다. 어쩐지 분위기가 심상치 않았다. 나는 할아버지 방문을 열었다. 할아버지께서는 주무시고 계셨다. 주무시는 할아버지의 표정이 굳어 보였다.

그래서 할머니께 여쭈어 보려고 했는데 할머니께서 한숨을 쉬시더니 눈물을 흘리셨다. 나는 결국 여쭈어 보지도 못한 채 불안한 감정에 휩싸여 집으로 향했다. 집으로 가는 버스에서는 다리가 떨려서 서 있기가 힘들었다. 드라마 속에서나 일어나는 일이 벌어진 것일까? 할아버지 검사 결과에 온 가족이 모여 있고……. 점점 더 불길한 생각이 들기 시작했다. 할아버지가 큰 병에 걸리셨으면 어떡하지? 나는 어쩔 줄 몰랐다.

집에 와서 부모님께 여쭈었지만, 부모님께서는 답을 피했다. 그냥 위염이라며 얼버무리셨다. 하지만 그렇게 말씀하시는 부모님이 떨고 있음을 느낄 수 있었다. 나는 아무 일도 아닐 거라고 믿으며 불길한 생각을 떨쳐 버리려고 안간힘을 쓰고 있었다.

며칠 후, 할머니와 암에 관한 텔레비전 프로그램을 봤다. 원래 이런 병에 관한 프로그램을 거의 안 보시는 할머니께서 왜 갑자기 이런 프로그램을 보는지 궁금했다. 그래서 여쭈어 보았더니 할아버지 때문이라고 하셨다. 할아버지가 바로 암에 걸리셨다는 것이다.

정말 큰 충격을 받았다. 100톤짜리 쇠망치가 머리를 치는 느낌이었다. 할아버지가 암에 걸리시다니……, 드라마에서만 나오는 줄 알았는데 할아버지에게 찾아오다니……, 별로 무서워하지도 않고 나하고는 전혀 상관이 없는 병인 줄 알았던 암이라는 단어가 갑자기 찾아오다니……. 그것은 마치 사형 선고처럼 무섭게만 느껴졌다.

할아버지께 잘못했던 짓들이 떠오르자 눈물이 나기 시작했다. 할아버지에게 무관심했던 것이 죄송하고 부끄럽고 후회스러웠다. 시험이 다가오고 있었지만, 공부에도 집중을 하지 못한 채 할아버지 걱정에만 빠져 있었다. 내가 흔들리는 것을 알아차리셨는지 할아버지께서 말씀하셨다.

"효주야, 별로 큰 병 아니니까 걱정하지 말고 시험 잘 보거라."

이 말을 듣고 나는 해야 할 일이 무엇인지 비로소 깨달았다. 할아버지의 병을 걱정하고 앉아 있을 것이 아니라 시험을 잘 봐서 할아버지에게 기쁨을 드려야겠다는 결심을 한 것이다.

할아버지는 수술을 받기 위해 병원에 다시 입원하셨다. 수술 전날 우리 가족들은 할아버지를 뵈러 병원으로 갔다. 병원으로 가는 길이 왜 그리도 떨리던지……. 이게 꿈이라면 좋겠다는 생각이 들었다. 할아버지도 집에 계시고 나도 집에 있고……, 그러면 얼마나 좋을까.

병실 문을 열고 들어가자, 생각보다 밝은 표정으로 할아버지가 온화하게 침대에 누워 계셨다. 우리를 알아보신 할아버지는 일어나 반갑게 맞이해 주셨다. 나는 아빠가 시키신 대로 할아버지를 따라 병원 복도를 같이 걷고 있었다. 그곳에는 할아버지처럼 암에 걸린 분들이 많이 계셨다. 할아버지는 그런 분들을 보시고 병의 치유에 대한 자신감을 얻으신 것 같았다. 할아버지가 어떤 분과 만나서 얘기를 나누며 그분께 나를 소개하셨다.

"이봐 자네, 이 아이가 내 손자야. 내가 어릴 때부터 애를 데리고 이곳저곳 안 다닌 곳이 없어. 그리고 공부도 잘한다니까. 이 애는 나의 희망이야! 애만 믿고 산다니까. 그렇지, 효주야?"

할아버지의 눈에는 나에 대한 믿음으로 가득 차 있었다. 그런 할아버지의 말을 듣고 나는 눈물을 흘리고 말았다. 할아버지에게 잘한 것은 하나도 없고, 잘못만 많이 했는데……. 할아버지는 나를 믿고 계셨던 것이다.

"괜찮아, 괜찮아. 할아버지 금방 나을 거다."

할아버지는 울고 있는 나의 등을 토닥이셨다.

"할아버지, 꼭 나으셔야 해요."

나는 할아버지 품 안에서 마음 놓고 울었다. 할아버지는 모든 게 잘될 거라고 말해 주셨다. 나도 할아버지가 꼭 나으실 거라고 말했다.

오늘도 학교가 끝나자마자 집으로 달려가 힘차게 벨을 눌렀다.

'딩동딩동'

"할아버지, 다녀왔습니다!"

"오냐, 학교 잘 갔다 왔니, 효주야?"

지금 할아버지는 수술을 성공적으로 받으신 뒤 집에서 완쾌를 위해 항암 치료만을 받고 계신다. 위가 예전의 3분의 1밖에 되지 않지만 예전보다 더 희망을 갖고 계시며, 용기를 잃지 않고 계신다. 할아버지를 뵐 때마다 새로운 삶에 대한 자세를 배운다. 나는 이런 할아버지가 자랑스럽고 멋지다고 생각한다. 나는 할아버지께 하고 싶은 말을 중얼거린다.

"할아버지! 건강 좋아지면 저랑 같이 동물원에 가요. 그때 그 원숭이를 할아버지와 함께 보고 싶어요. 할아버지, 저는 믿어요. 병을 이기고 더 건강하게 다시 일어나실 거라는 걸!"

읽고 쓰고 톡톡!

1. 각 소설의 줄거리를 써 봅시다.

	줄거리
어리석은 형	
컴퓨터 쟁탈전	
그리운 잔소리	
사랑해요 할아버지	

2. 각 소설의 문학성을 평가하고, 그렇게 평가한 이유를 적어 봅시다.

	문학성	이유
어리석은 형	☆☆☆☆☆	
컴퓨터 쟁탈전	☆☆☆☆☆	
그리운 잔소리	☆☆☆☆☆	
사랑해요 할아버지	☆☆☆☆☆	

3. '가족'에 관한 소설 줄거리를 만들어 봅시다.

김 선생님의 소설 톡톡!

〈어리석은 형〉, 〈컴퓨터 쟁탈전〉, 〈그리운 잔소리〉, 〈사랑해요 할아버지〉는 가족 간의 사랑과 갈등을 그린 작품입니다.

〈어리석은 형〉은 형제의 갈등 관계를 동생의 시점에서 섬세하게 그린 심리 소설입니다. 형은 라면을 끓이는 일은 물론이고 교복 넥타이를 매는 일, 심지어는 텔레비전 채널을 돌리는 일까지 동생에게 시킵니다. '나'는 형의 노예가 되는 생활이 싫어 사촌 누나네 집으로 피하기도 하고, 장롱 속에 숨기도 합니다. 그러면 형은 있는 욕 없는 욕을 다 퍼붓고, 때리고, 무릎을 꿇고 빌라고 합니다. 폭군 같은 형은 스스로 문제를 해결할 능력이 약해지고 결국 라면을 끓이다가 불을 내는 실수를 저지릅니다.

이러한 힘의 지배와 억압 관계는 인간 사회에 널리 퍼져 있는 현상입니다. 정도의 차이는 있지만 극단적인 경우도 있습니다. 부부 사이, 부모와 자식 사이에서도 그렇습니다. 친구, 회사의 상사와 부하, 가진 자와 못 가진 자, 학벌이 좋은 자와 그렇지 못한 자……. 뿐만 아니라 국가와 국가 사이에도 지배와 억압은 존재합니다. 갈등과 싸움, 전쟁은 이러한 문제를 극복하려는 힘의 대립인 셈이지요.

이 소설의 마지막에 주인공이 용기를 내어 형에게 '자신이 할 수 있는 일은 스스로 하라'고 요구하는 대목은 매우 중요합니다. 약자 입장에 선 사람은 용기를 내 자신을 방어할 힘을 길러야 하며, 힘을 가진 사람이 그 힘을 자신의 이익을 위해 남용하지 않아야만 진정한 평등이 가능하다는 사실을 말하고 있습니다.

〈컴퓨터 쟁탈전〉은 일상의 작은 일화를 소재로 쓴 수필 같은 성장 소설입니다. '나'는 누나보다 먼저 컴퓨터를 차지하기 위해 학교가 끝나기 무섭게 집으로 달려갑니다. 하지만 누나가 이미 컴퓨터를 쓰고 있어 실망합니다. 다음 날도 또 달려가 드디어 컴퓨터를 차지하지만 숙제를 해야 한다는 누나에게 또 양보해야만 합니다. 화가 난 '나'는 누나의 지갑에서 돈을 훔치고, 누나가 채팅을 하는 줄 알고 강제로 컴퓨터를 꺼 버리는 실수를 저지릅니다. 다음 날은 '나'의 생일 아침이었으나 갑자기 병이 난 누나는 병원에 갑니다. '나'는 어리석은 행동을 후회하는데, 누나가 선물까지 미리 준비해 두었음을 알고 따뜻한 가족애를 느낍니다.

이 소설의 묘미는 반전의 설정에 있습니다. 생일날 아침에 누나가 갑자기 아파서 병원에 가면서 '나'가 후회를 하는 것도 반전일 수 있지만, 그보다 죄인처럼 서 있는 '나'를 위해 준비해 둔 누나의 '생일 선물'은 이 소설의 갈등을 완전히 해소시켜 줍니다. 이 예측 못한 변수가 바로 이 소설의 매력 포인트가 된 셈입니다.

〈그리운 잔소리〉는 어머니를 잃은 경험을 그대로 살려 쓴 매우 사실적이고 진실한 자전적 소설입니다. '나'는 늘 엄마에게 이런저런 잔소리를 듣는 평범한 소년입니다. 동생과 싸웠을 때는 그렇게 싸우려면 집을 나가라는 말을 듣기도 합니다. 하지만 갑자기 엄마는 암으로 돌아가시고 맙니다. 엄마가 돌아가신 후에야 '공부를 못하면 효도라도 할걸.' 하며 후회합니다.

소설 쓰기는 슬픔을 치유하는 효과가 있습니다. 슬픔을 표현하지 못하면 깊은 병이 되고 말지만, 그것을 표현하면 건강하게 극복하는 힘을 얻기 때문입니다. 또 이 소설을 쓴 학생은 물론이고 비슷한 고통을 겪은 다른 학생들에게는 더 큰 위로가 됩니다. 자신의 삶이 외롭고 힘들고, 고통스럽다고 생각하는 사람일수록 글쓰기를 많이 하는 것이 좋은 이유는 여기에 있습니다.

〈사랑해요 할아버지〉는 경험을 바탕으로 한 가족 소설입니다. 사소한 일에 짜증을 내던 철부지 소년인 '나'는 할아버지가 암에 걸렸다는 사실을 듣고 놀랍니다. 그리고 불안감 속에서 할아버지와의 관계에 대해 다시 생각합니다. 어렸을 때는 늘 할아버지 뒤를 따라다니고 할아버지의 사랑과 돌봄 속에서 컸지만, 커 가면서 할아버지와 대화가 단절되었습니다. 그리고 할아버지의 사랑을 의심하기도 합니다. 그러나 병원에서 사람들에게 '이 애는 나의 희망'이라며 자랑을 하시는 할아버지의 모습을 보고 그 사랑을 다시 확인합니다.

이 소설은 가족의 사랑을 다루고 있지만 '세대 간의 단절'이라는 사회적 문제를 포함하고 있습니다. 핵가족 사회에서 노인과 아이들의 관계는 훨씬 약화되는 경향이 있습니다. 부모와도 소통할 시간이 부족한 상황이다 보니, 문화적으로 큰 차이가 나는 할아버지, 할머니와의 관계는 훨씬 어렵습니다. 세대 간의 단절 문제는 개인의 문제만이 아니라 우리 사회의 심각한 문제라고 할 수 있습니다.

사람은 누구나 평범한 일상을 살아가지만, 현실은 늘 만족스럽지 않습니다. 여러 가지 지켜야 할 제약과 규칙, 해서는 안 될 금기도 많습니다. 그래서 사람은 늘 '더 새로운' 또는 '더 나은', '더 자유로운' 무언가를 꿈꿉니다. 그러나 그 꿈이 정상적으로 이루어지지 못할 때 욕망은 일탈로 바뀝니다. 사람은 누구나 크고 작은 일탈을 경험하며 성장하는데 이를 그린 것을 교양 소설 또는 성장 소설이라고 합니다.

성장 소설은 몇 가지 특징이 있습니다. 우선 평범한 청소년이 주인공이며, 인생 전체보다는 성장 과정을 중심으로 다루며, 자기 고백적인 1인칭 시점이 많습니다. 지적·도덕적·정신적으로 미성숙한 존재는 갈등을 겪고 나서 깨달음을 얻어 성숙한 인격체로 나아갑니다. 그래서 성장 소설은 교훈적이고 계몽적인 경향을 갖고 있습니다. 성장 소설의 기원은 18세기 말 괴테의 〈빌헬름 마이스터의 수업 시대〉와 같은 독일 교양 소설입니다. 성장 소설은 성장 과정기를 중심으로 한 소설이지만, 혹자는 모든 소설이 다 성장 소설이라고 주장하기도 합니다. 왜냐하면 인간은 특정한 시기만이 아니라 늘 자신을 둘러싼 세계와 충돌하며 변화하는 존재이기 때문입니다.

네 편의 학생 소설을 읽고 '일탈'에 관한 소설을 써 봅시다.
과식 | 흰 막대와 회색 연기 | 철없는 아이 | 엄마의 선물

과식

박수용

중간고사가 끝났다. 민수는 다른 친구들과 함께 동규의 생일 초대장을 받았다. 그런데 놀랍게도 생일 파티를 '대박 뷔페'에서 연다고 했다. 민수는 기분이 좋았다.
'먹을 복이 터졌네. 그런데……'
그 순간 민수는 초등학교 2학년 때 일을 떠올렸다. 초등학교 2학년 때, 밥을 잘 안 먹자 어머니는 민수에게 보약을 먹였다. 그 후에 민수는 완전히 딴사람이 되었다. 식욕이 지나치게 왕성해진 것이다.

오늘도 급식에 포크커틀릿이 나왔는데 민수는 무조건 많이 달라고 했다. 급식 당번이 민수와 친했기 때문에 다른 사람보다 많이 받을 수 있었다. 민수가 막 먹으려고 하는데 현우가 하나만 달라며 포크커틀릿을 찍어 갔다. 민수는 화를 냈다.
"야! 너 죽을래?"
민수는 현우를 쫓아가서 머리를 세 대나 때렸다. 현우는 민수에게 맞고 신음을 했다.

"왜 뺏어 먹어? 이유가 뭔데?"

민수가 소리쳤다. 현우가 대꾸했다.

"야, 그렇게 많이 받았는데 하나 주면 안 되냐?"

"어, 안 돼."

민수는 현우를 계속 때렸고 결국 현우가 울음을 터뜨렸다. 선생님이 이 광경을 보시고 둘을 불렀다.

"박민수, 채현우, 이리로 와!"

교무실에서 선생님은 쩌렁쩌렁 울리는 큰 소리로 야단을 쳤다.

"박민수, 현우 왜 때렸어? 말 안 해?"

민수가 대답했다.

"현우가 먼저 포크커틀릿을 뺏어 갔어요."

선생님이 현우에게 물었다.

"현우는 왜 포크커틀릿 뺏어 갔어?"

"장난으로요."

현우가 어물어물 대답했다.

"너희 겨우 그런 것 가지고 그렇게 싸우냐? 여기서 손 들고 30분 동안 서 있어!"

민수와 현우는 벌을 받았다.

초등학교 5학년 때 있었던 일이다. 오랜만에 저녁 반찬으로 제육볶음이 나왔다.

"잘 먹겠습니다."

동생 정수와 함께 맛있게 제육볶음을 먹기 시작하자마자 민수는 순식간에 자기 고기를 다 먹고 말았다. 더 먹고 싶었던 민수는 말없이 정수의 고기를 반 정도 가져갔다. 정수가 따져 물었다.

"왜 내 거 뺏어 가? 그것도 반이나!"

"좀 먹자고. 이 정도로는 성에 차지도 않아."

민수는 자기만 생각했다.

"나도 성에 안 차!"

정수가 대들었다. 그러자 민수는 '탁' 하고 정수를 때렸다. 손으로 정수 머리를 후려친 것이다. 때리기가 무섭게 정수가 울기 시작했다.

"으아아앙! 엄마, 형이 나 때렸어."

정수가 큰 소리로 울자 엄마가 놀라서 달려왔다.

"민수야, 너 왜 때렸어? 동생 거 뺏어 먹다가 또 일냈지?"

민수는 말도 안 되는 얘기로 항의했다.

"아, 그럼 좀 많이 주던지요?"

그러다가 엄마한테 한 대 맞았다. 민수는 심통을 내며 버르장머리 없는 말을 입에 담았다.

"아, 재수 없어!"

민수는 방으로 들어가 버렸다.

이렇게 안 좋은 일들이 기억난 민수는, 절대로 먹는 걸로 욕심을 부리지 말아야겠다고 다짐했다.

'절대 먹는 데 욕심내지 말자. 욕심내면 내 성을 간다.'

그런데 '대박 뷔페'에 가니 온갖 먹음직한 음식들이 산더미같이 쌓여 있었다. 누구하고 다툴 일도 없이 맘껏 먹을 수 있는 양이었다. 종류 또한 많았다. 보기만 해도 황홀했다. 닭고기, 탕수육, 돼지갈비, 오리고기가 있었고, 어류 코너에는 오징어 튀김부터 각종 회와 초밥이 쌓여 있었다. 김밥, 볶음밥, 쌀밥, 잡곡밥 등의 밥류와 스파게티 등 별의별 것들이 다 있었다.

민수가 먹을 것에 정신이 팔려 있을 때, 아이들은 생일 축하 인사를 하고 있었다.

"축하해! 동규야!"

"고마워, 많이 먹어."

그러나 민수는 생일 축하보다 음식에만 눈독을 들이고 있을 뿐이었다. 먹는 데 지나친 욕심을 부리지 않겠다는 다짐은 잊어버린 채 엄청나게 먹기 시작했다. 탕수육부터 생선회, 돼지갈비, 육회, 볶음밥, 스파게티 등 아예 탑으로 쌓아 놓고 먹으면서 음식 접시를 스무 번은 더 가져왔다.

"우적, 우적……, 맛있다."

얼마나 먹었을까? 엄청나게 먹은 뒤에 생일 파티가 끝났다.

"잘 가, 애들아!"

동규가 인사했다.

"잘 가, 동규야!"

민수를 비롯한 다른 애들도 인사를 나누고 각자 흩어져 집으로 돌아왔다.

밤 열두 시쯤 되었을까? 자려고 하는데 갑자기 배가 아파 왔다. 시간이 갈수록 배가 점점 더 아파 오더니, 결국 민수는 배를 잡고 신음 소리를 내며 뒹굴었다.

"우욱, 우우욱……."

민수는 밤새 고통에 시달리며 꼬박 밤을 새야 했다. 날이 밝아 시계를 보니 아침 여섯 시였다. 기가 막혔다. 한숨도 못 잤기 때문이다.

'망했다.'

겨우 20분도 못 잔 채 민수는 간신히 세수를 하고 그래도 아침밥을 먹고는 집을 나섰다.

"다녀오겠습니다."

학교에 도착하니, 8시 29분이었다.

'살았다.'

다행히 지각을 면하고 자습을 했다.

1교시는 민수가 가장 싫어하는 과학 시간이었다. 성적도 안 나오고 게다가 선생님이 자주 때렸기 때문에 더 싫었다. 그런데 어젯밤 잠을 별로 못 잔 민수는 졸음이 쏟아졌다. 졸고 있는 민수를 보고 과학 선생님이 분필을 던졌다. 얼굴에 분필을 맞은 민수는 잠이 덜 깬 상태로 욕을 했다.

"아, 씨발! 어떤 새끼야?"

그런데 누군가가 큰 소리로 고함을 치는 게 아닌가?

"내가 했다! 어쩔래?"

정신을 차려 보니 목소리의 주인공은 과학 선생님이었다. 아차, 했지만 이미 늦었다.

"박민수, 이리 나와!"

과학 선생님이 말했다. 민수는 골프채로 엉덩이를 열다섯 대나 맞아야 했다. 현우와 친구들은 그것을 보고 웃었다.

"박민수, 뒤로 나가 손들고 서 있어!"

민수는 그 뒤로 2교시부터 6교시까지도 계속 졸거나 엎드려 잠만 잤다. 그리고 그때마다 혼이 났다. 오죽 졸렸으면 점심 먹는 것도 잊은 채 점심시간 내내 잤을까.

그렇게 자다가 드디어 종례 시간이 되었다. 종례 후 반장이 인사를 했다. 그런데 이럴 수가! 민수가 아직도 자고 있는 것이 아닌가. 이를 발견한 담임 선생님은 화가 나서 소리쳤다.

"민수, 교무실로 내려와! 나머지 애들은 집에 가고!"

교무실에서 선생님의 꾸지람이 계속되었다.

"박민수! 넌 도대체 어떻게 된 애가 종례 시간까지 자는 거니? 오늘 선생님마다 너 깨우느라 수업을 못 했다고 하시던데. 안 되겠다, 부모님하고 통화해야겠어."

민수가 집에 돌아오니 엄마는 단단히 화가 나 있었다.

"뭐? 수업 시간 내내 자고도 종례 시간까지 잤다고? 누가 널더러 욕심 부리고 과식하래?"

엄마가 소리를 질렀다.

"먹을 게 계속 입으로 들어가는데 어떻게 해요?"

민수는 할 말이 그것밖에 없었다.

"과유불급이라고, '지나친 것은 안 하느니만 못하다는 말'이 있다. 음식에 대한 네 욕심이 꼭 그런 식이야! 각서 써!"

민수는 반성을 하고 각서를 썼다. 각서 내용은 대강 이랬다.

'다시는 과식을 하지 않고, 고기를 2인분 이상 먹지 않겠습니다. 만약 지키지 않으면 두 끼를 굶겠습니다.'

이 일이 있은 다음 민수는 "황금 보기를 돌같이 하라."라는 최영 장군의 말처럼, 음식을 생존 수단으로만 생각하고 적당히 먹게 되었다.

흰 막대와 회색 연기

김찬영

"요즘 세상이 왜 이리 뒤숭숭한지 원······."

담배를 피우며 신문을 읽던 아버지의 입에서 한탄 섞인 말이 흘러나왔다.

"담배는 나가서 피우라고 몇 번이나 말해요."

설거지를 하시던 어머니가 소리쳤다.

"알았어! 알았다고! 이런 것까지 간섭하고 그래."

"간접흡연이 몸에 더 안 좋다잖아요!"

"담뱃불 끄잖아! 왜 자꾸 트집이야?"

아무래도 두 분의 말다툼이 싸움으로 번질 것 같아서 슬쩍 자리를 피했다. 내 방으로 들어와 잠시 생각에 빠졌다. 마음이 복잡하다. 요즘 학교 성적이 말이 아니다. 수행평가도 점점 가까워져 카운트다운에 들어간다. 이 상태가 더욱 악화되면······.

"끄아아아아아악!"

외마디 비명을 지르고 나서 침대에 그냥 드러누워 버렸다. 만사가 다 귀찮다. 그래도 안 할 수는 없다. 별안간 창문 사이로 담배 연기가 스멀스멀 들어오고 있다. 결국 어머니에게 패한 아버지가 베란다에서 담배를 피우시나 보다. 아버지는 속상하거나 기분 나쁠 때만 담배를 피우셨다. 다른 사람처럼 즐기거나 골초는 아니라는 소리다. 나도 지금 속상하다. 이 생각을 하니 '나도 담배나 피워 볼까?' 싶었다.

그날 밤, 나는 몰래 침대에서 일어나 거실로 갔다. 아버지는 다른 사람이 손댈 것이라고 전혀 생각하지 않기 때문에 담배를 특별히 숨기지 않으셨다. 예상대로 식탁 위에 담배와 라이터가 세트로 '나를 잡아 잡수'라는 듯이 놓여 있었다. 나는 담배 한 개비와 라이터를 들고 내 방 베란다로 나가 불을 붙였다.

'이런, 필터에 불을 붙였잖아.'

다시 한 개비를 가져다 불을 붙이고 입에 물었다. 담배의 주둥이에서 연기가 날 뿐 별 느낌이 없었다. 한 번 크게 들이쉬어 보았다. 나오던 연기가 멎으면서 담배가 급속도로 타들어 가는 것이 보였다. 동시에 돌고 있던 피가 멈춘 것처럼 머리가 아찔해지고 가슴이 너무나 아팠다.

"크에엑! 컥! 쿨럭쿨럭! 흐읍!"

소리가 너무 컸다. 급히 입을 틀어막고 먹이 잡는 악어마냥 꼼짝도 하지 않았다. 10초, 20초, 30초, 1분이 지났지만 가족들에게서 아무 반응이 없다. 다행이다. 담배가 이런 건가? 베란다 밖으로 타다 남은 담배를 던져 버렸다. 아찔한 기분이 계속 들었다. 나는 얼른 내 방으로 들어가 이불을 뒤집어썼다.

이튿날, 저절로 일어난 나는 신기해서 시계를 봤다. 여섯 시다. 더 자려고 누웠지만 잠이 오질 않았다. 하품을 했다.

'엉? 담배 냄새!'

손에도 입에도 담배 냄새가 배어 있었다. 퍼뜩 정신이 들어서 화장실로 튀어가 손을 씻고 치약을 듬뿍 짜서 이를 닦았다. 몇 번이나 거듭해서 이를 닦은 후 물로 헹구고 있었다.

"일곱 시 반에도 자고 싶어서 난리 치던 녀석이 웬일이냐?"

'푸악!' 너무 놀라서 물을 삼켜 버렸다. 아버지였다.

"아, 아니. 그냥 이, 일, 일어나지길래……."

"싱거운 녀석 같으니라고."

내가 놀라는 모습 탓인가? 피식 웃으시며 냉장고로 가신다.

'휴우, 걸린 줄 알았다.'

학교에선 도무지 집중이 안 됐다. 담배 생각만 났다. 그 고통스러운 게 왜 자꾸 생각나는지! 아이들이 안절부절못하는 나를 보고 왜 그러느냐 물었지만 아무것도 아니라며 얼버무렸다.

집에 돌아와서도 계속 정신이 뒤숭숭했다. 결국 그날 밤도 나는 담배를 피우고 말았다. 그런 식으로 하루, 이틀, 사흘이 흘러갔다. 이젠 담배 연기를 깊게 들이마셔도 고통스럽지 않았다. 다만 시원하고 통쾌한 기분만 남았다. 그와 정비례로 피우는 담배의 수도 늘어 갔다.

그러던 어느 날, 드디어 꼬리를 잡히고 말았다. 방에 우두커니 앉아서 시간을 때우던 나를 부모님께서 부르시고는 거실에 앉히셨다. 아버지가 먼저 말을 꺼냈다.

"너, 담배 피우냐?"

"아, 아뇨!"

강하게 부정했다.

"아빤 일주일 동안 담배엔 손도 안 댔다. 근데 담배가 열 개비나 사라졌어. 무슨 마술일까?"

기선 제압을 당했다. 빠져나갈 방도가 없었다. 입을 다물고 고개를 숙일 뿐이었다.

"네 옷에 담뱃재까지 묻어 있더라고."

어머니까지 거드셨다. 그날 결국 밤늦도록 잔소리와 꾸지람을 들었다.

그 다음 날부터 나는 욕구를 최대한 억제하려 노력했다. 그러나 끊임없이 담배 생각만 났다. 며칠 못 가 결국 아버지가 피우다 남은 꽁초로 다시 담배를 피우기 시작했고, 흔적을 남기지 않으려는 집요한 노력이 계속되었다.

어느 날은 집 근처 담장 밑에서 반쯤 남아 있는 담뱃갑을 발견했다. 그 순간, 온갖 감탄사가 머릿속에서 마구 쏟아져 나왔다.

'브라보! 만세! 노다지다!'

그리고 나도 모르게 손이 움직였다. 그 담배도 이틀 만에 동이 나고 말았다. 아버지는 내가 사건을 일으킨 후 몇 번 담배를 피우시다가 끊으셨다. 참 대단한 인내심이다. 그러나 나는 사정이 달랐다. 내 몸은 더욱더 안타깝게 담배를 달라고 독촉을 했다. 담배

공급처가 없어진 나는 고민에 빠졌다. 그리고 이제는 대담하게 동네 가게에 가서 아버지 심부름이라며 담배를 버젓이 사기까지 했다. 아저씨는 우리 집을 잘 알기 때문에 의심하지 않으셨다.

'담배를 피우는 것은 죽음과 더욱 가까워지는 일이라는데, 내 몸은 왜 자꾸 피라고 하는 것일까?'

나는 담배를 피운 후에는 죄의식에 시달렸다.

'으으윽! 제발 끊어 버리고 싶다!'

토요일 날 학교에서 금연 교육이 있었다. 나는 내심 다 안다는 듯이 웃었다.

'담배엔 2000가지 발암 물질과 유해 물질이 있다면서 피우지 말라고 하겠지.'

역시 맞았다. 기본적인 말들은 물론 더 충격적인 영상들도 보여 주었다. 폐암으로 죽은 사람의 폐를 해부해서 타르가 흘러내리는 것과 뇌의 단면까지 보여 줬다. 비위 약한 몇몇 아이들은 고개를 돌렸고, 입을 막은 채 화장실로 급히 뛰어가는 녀석들도 있었다. 영상물은 엄청나게 혐오스러웠다.

'나도 저 꼴 나는 거 아니야?' 하는 불안한 생각과 '에이, 설마.'라는 두 가지 생각이 계속 교차했다.

나는 수업이 끝나자마자 집으로 뛰어갔다. 별로 먼 거리가 아니라서 뛰어도 힘들지 않던 길이었지만, 이제는 조금만 뛰어도 죽을 듯 헐떡거리고 지쳤다. 집 열쇠로 문을 따고 들어가 텔레비전을 켰다. 마음의 안정이 필요했다. 그러나 마음의 안정은 개뿔! 눈앞에 담배를 많이 피워 폐암으로 세상을 떠난 이주일 씨 이야기가 나오고 있다.

"담배하고 암은 코미디예요, 이길 수는 없어도 즐길 수는 있거든!"

재빨리 다른 채널로 돌렸다. 다큐멘터리 채널이다. 그러나 오, 주여! 이건 도대체……

"카우보이 차림을 하고서 담배를 피우며 세계에 가장 영향력을 끼친 인물 중 1위에 오른 말보로맨의 최후는……"

텔레비전을 껐다. 토할 것 같았다. 방으로 들어가 누웠다. 잠깐 잠이 들었다가 깨어났다.

'엉? 우리 집 천장이 아닌데?'

몸을 일으키려 했지만 일으킬 수가 없었다. 가까스로 고개를 옆으로 돌려 보니 거울이 보였고, 그 안에는 흉측한 몰골을 하고 목에 휑하니 구멍이 뚫린 사람이 보였다. 기겁한 나는 비명을 지르려 했지만 헐헐 하며 바람 소리만 났다.

의사와 간호사로 보이는 사람이 들어왔다. 간호사는 내 몸을 살피고는 다 쓴 링거액을 새것으로 바꾸고 맥박을 체크했다. 깨어났을 땐 몰랐는데 지금 보니 내 옆에 중환자들이 사용하는 온갖 기계들이 연결된 채 삑삑 소리, 웅웅 대는 소리를 내고 있었다. 용무를 마친 의사와 간호사가 말을 주고받았다.

"민증이라도 따고 나서 담배 피웠으면 이 정도는 안 됐을 텐데……."

"환자분에게 말씀이 심하세요!"

"아, 미안해, 김 간호사. 그렇지만 이 사람을 좀 봐. 중학교 때부터 담배를 줄곧 피워서 이 꼴이 나고 말았잖아. 어차피 곧 죽을 텐데 뭐. 나도 중학교 다니는 아들이 있단 말이야. 1998년도 통계에 벌써 남학생들의 흡연율이 35퍼센트나 되는데, 21세기가 되고도 한참이나 더 지난 지금에는 얼마나 더 심해졌겠어? 선생님들의 위상도 계속 추락해 가고 말이야. 열의 다섯이나 넷은 담배를 피우겠지? 그건 전 세계적 통계로 봐도 1위에 가까워. 그래서 나는 일찌감치 아들에게 충격적인 금연 영상물을 보여 줘서 아예 싹을 자르고 있지. 아들한테도 이 사람을 보여 주며 이처럼 되지 말라고도 했고 말이야."

간호사와 의사는 몇 번 말을 더 주고받다가 그대로 나가 버렸고, 나는 멍해져서 넋이 나간 듯 허공만 쳐다보았다. 눈물이 줄줄 흘렀다. 과거의 내가 너무 원망스러웠다. 내가 왜 담배를 피웠는지 원망스러웠고 왜 끊지 못했는지 원망스러웠다.

'아아…….'

의사가 한 말이 아직도 귓전을 맴돈다.

"어차피 곧 죽을 텐데 뭐."

지쳐서 정신을 잃는 순간, 맥박 측정기에서 '삐이이익' 소리가 길게 들려왔다.

"으아아아악!"

비명을 지르며 일어났다. 다행히도 내 방이었다. 주위를 손으로 휘저었다. 나를 감싸고 있던 차가운 기계들은 없었다. 목을 더듬었다. 구멍이 없었다. 거울을 봤다. 다행히 내 얼굴이다.

'휴우······.'

꿈이었지만 너무나 무서웠다. 나는 생각했다.

'지금도 늦지 않았어!'

시간을 보니 부모님이 모두 와 계실 시간이다. 거실로 뛰어나갔다. 부모님은 갑자기 들린 비명 소리에 놀라 내 방 쪽을 쳐다보고 계셨다. 나는 부모님에게 달려가 울며불며 사죄했다. 잘못했다고, 혼난 뒤에도 담배를 계속 피웠다고, 지금부터 끊겠다고, 제발 도와 달라고 말했다. 부모님은 놀라신 듯했으나 곧 나를 위로하며 잘 이야기했다고 하셨다. 아버지도 자신의 책임이라며 금연을 하겠다고 약속하셨다.

담배와 담쌓은 지 벌써 7개월이 지났다. 3주 정도 피웠을 뿐인데 의사 선생님은 앞으로 몇 년 동안 더 끊어야 완벽하게 몸에서 니코틴이 빠져나갈 거라고 하셨다. 텔레비전 광고가 나온다.

"불가능, 그것은 아무것도 아니다."

나는 그 말을 신조로 삼기로 했다.

'금연, 그것은 아무것도 아니다.'

그렇다! 흰 막대와 회색 연기는 이제 더 이상 내 적수가 되지 못할 것이다.

철없는 아이

남윤형

"진영아, 이것만 먹고 학교 가."

"안 먹어. 배 안 고파."

"밥 안 먹고 가면 공부 어떻게 하려고……."

"아, 귀찮다니깐! 학교 다녀올게."

외아들이라 부모님께서는 나를 많이 아껴 주고 사랑해 주신다. 하지만 나는 엄마 말을 눈곱만큼도 안 듣는 철없는 아이다. 어릴 때는 말 잘 듣는 착한 어린이였는데, 요즘은 부모님에게 만날 대들곤 한다.

학교에 도착했지만, 오늘도 역시 지각을 해서 청소를 해야 한다. 엄마가 밥 먹으라고만 안 했어도 지각은 안 했을 텐데, 정말 짜증 난다. 이제 다 커서 혼자 할 수 있는데도 신경을 쓰시는 부모님이 귀찮게만 느껴진다. 학교가 끝난 뒤 난 언제나 하는 청소를 시작했다. 예전에는 도망을 가기도 했었는데, 그러면 반성문을 써야 해서 어쩔 수 없었다.

집에 도착해서 취미로 즐겨 보는 인터넷 쇼핑몰을 보는데 마음에 쏙 들 정도로 예쁜 청바지가 있었다. 청바지가 이미 다섯 개나 있는데 그것들보다 더 예뻐 보였다. 그래서 엄마에게 청바지를 사 달라고 조르기 시작하였다.

"엄마, 저 청바지 갖고 싶은데, 나 한 개만 사 주라."

"진영아, 다섯 벌이나 있잖니. 몸에 안 맞게 되면 사 줄게."

"아, 싫어. 이것만 사 주면 이제 아무것도 안 살게."

나는 포기하지 않았다.

"진짜 이거 하나만 사 달라고. 이거 사면 다음부터 안 살게."

아버지는 공무원이신데 월급이 별로 많지 않고, 엄마는 집에서 살림만 하시기 때문에 우리 집은 별로 넉넉하지 않은 편이었다.

"엄마가 돈이 없어서 그래. 아버지 월급 받으면 사 줄게."

엄마는 미안한 표정으로 말했다.

"아, 엄마 비상금 가지고 사면 되잖아!"

나는 떼를 썼다.

"진영아, 꼭 필요한 것만 사야지. 그러면 안 되는 거야."

"나한테 꼭 필요한 거니까 그렇지. 빨리 카드 줘, 결제하게."

엄마는 더 이상 버틸 수가 없었다.

"알았다, 진영아. 이것만 사고 더 이상 사 달라고 하기 없기다."

"알았어, 알았어. 진짜 안 산다니깐."

다음 날 청바지가 도착했다. 근데 청바지의 색깔이 이상하다. 이 청바지는 교환이나 환불이 불가능해서 입을 수밖에 없는데 정말 짜증이 난다. 왜 인터넷 쇼핑은 실제하고 화면이 다른지……

짜증이 나서 엄마한테 직접 가서 사자고 했다.

"엄마, 이 청바지가 이상해."

"왜, 예쁘기만 한데."

"색깔도 영 별로고 입었을 때도 불편해."

"그냥 입지, 뭘 또 따지니?"

"아, 이런 색 싫어! 나랑 청바지 사러 나가자."

"어제 이거 하나만 사면 안 산다고 했잖아."

"안 살려고 했는데 색깔이 이런데 어떻게 하라고……."

"내가 보기엔 예쁘기만 한데. 진영아, 그냥 입어라."

"아, 짜증 나. 좀 사 달라고. 이번만 사고 안 사면 되잖아. 빨리 나가자."

난 엄마를 끌고 백화점에 나갔다. 백화점에는 마음에 드는 청바지가 많이 있었다. 그중에 가장 마음에 드는 걸 집어서 가격을 보니 14만 4000원이었다.

"엄마, 나 이거 사 줘."

나는 다시 조르기 시작했다.

"얘, 이거 너무 비싸지 않니? 아까 저기 보니까 3만 원짜리 팔더라. 그걸로 사라."

"아, 그건 싸구려잖아. 그리고 그런 걸 누가 사? 요즘엔 브랜드 아닌 옷은 아무도 안 입어!"

"얘, 그래도 이건 너무 비싸잖니."

하지만 내가 포기할 리가 없다.

"요즘 애들은 이런 거밖에 안 입어. 아줌마, 이거 하나 주세요."

결국에는 비싼 청바지를 또 구입했다. 청바지를 사고 에스컬레이터로 가는 길에 마음에 드는 옷을 또 발견했다. 나는 다시 떼를 써서 결국 그 옷까지 사고서야 집으로 왔다.

나와 엄마 사이엔 또 하나의 갈등이 있었으니, 바로 '용돈' 문제였다. 예전에는 일주일에 만 원씩 줬는데, 요즘엔 5000원도 안 주실 때가 많았다. 5000원으로 뭘 할 게 있다고! 그래서 엄마를 설득하기 시작했다.

"엄마, 나 용돈 좀 올려 줘. 중학교 1학년인데 일주일에 5000원이 뭐야, 진짜!"

"요즘 집이 너무 힘들어서 그래. 지금은 이렇게 쓰고 나중에 생활이 괜찮아지면 올려 줄게."

엄마가 사정을 했다.

"아, 싫어! 5000원은 하루면 다 써 버린다고. 친구들은 나보다 훨씬 많이 받아도 다 써 버리는데 나만 이게 뭐야, 진짜!"

결국 엄마는 나에게 또 졌다.

"알았어, 올려 주면 되잖니. 대신 이 돈으로 피시방 가지 말기."

"알았어, 피시방 안 갈게. 2000원 더 주는 게 뭔 큰일이라고."

다음 날 나는 학교가 끝나고 바로 피시방에 갔다. 시간 가는지 모르고 7000원만 믿고 계속했다. 게임을 다 하고 요금을 보니 8400원이었다. 1400원이 모자랐다. 어떻게 할까? 한참을 고민하다 사정을 해 보았다.

"아저씨, 돈이 모자라서 그런데 외상 좀 하면 안 될까요?"
그러나 아저씨는 냉정했다.
"돈 없으면 엄마 불러와!"
"부탁드릴게요. 내일 꼭 드릴게요. 우선 이것만 받아 주세요."
"안 돼. 엄마 불러!"

하는 수 없이 엄마를 불렀다. 엄마는 무슨 큰일이 생겼다고 생각했는지 몇 분 지나지 않아 피시방으로 달려왔다. 엄마가 걱정스러운 목소리로 물었다.

"진영아, 무슨 일이니?"
"아니, 게임을 했는데 요금이 넘어 버려서."
엄마는 어이없는 표정을 지었다.
"돈이 없으면 조금만 하다 왔어야지."
화난 것 같았지만 엄마는 여전히 자상하게 말했다.
"알았어. 미안해. 다음부터 안 하면 되잖아."

피시방을 나와서 집에 갈 때까지 난 엄마에게 미안해서 한마디도 건네지 못했다.

다음 날, 날씨가 무척 추웠기 때문에 학교가 끝난 뒤 나는 부지런히 집으로 갔다. 집에 오니 식탁 위에 쪽지와 함께 만 원짜리 한 장이 놓여 있었다. 쪽지에는 이렇게 적혀 있었다.

진영아, 엄마 일이 있어서 늦게 들어올 거니까, 그 돈으로 밥 잘 챙겨 먹어. 오늘 날씨 쌀쌀하니까 이불 따뜻하게 덮고 자거라.

만 원을 가지고 저녁거리를 사러 밖에 나갔다. 슈퍼에 갔지만 별로 먹을 게 없어서 큰길로 나갔다. 음식점에 가서 뭘 사 먹을까 하며 두리번거리고 돌아다니는데, 큰길 건너편을 보고는 깜짝 놀랐다. 이게 무슨 일인가! 엄마가 추위에 떨면서 횡단보도를 건너오는 학생들에게 학원 전단지를 돌리고 계시는 것이 아닌가! 난 급히 길 건너편으로 뛰어갔다.

"엄마, 왜 이러고 있어?"

내가 큰 소리로 외치자, 엄마는 깜짝 놀라면서도 침착하게 말했다.

"우리 진영이 먹여 살리려면 이런 일 정도는 해야지."

나는 울컥해서 더 크게 소리를 쳤다.

"진짜, 내가 언제 이런 일 하래? 엄마 바보야?"

하지만 엄마는 여전히 상냥한 목소리로 말했다.

"응, 엄마 바본가 보다. 우리 진영이만 챙겨 주는 바보……."

난 중학교에 올라와 처음으로 엄마에게 '눈물'을 보였다. 엄마가 날 위해 이렇게 힘든 일을 하고 계시는데 그동안 내가 철없이 한 행동이 부끄러웠고, 죽고 싶을 만큼 한심했다.

그렇게 엄마와 나는 길가에서 껴안은 채 울었다. 이제부터 더 이상 돈을 헛되이 쓰지 않겠다고 생각하며 엄마에게 말했다.

"엄마, 미안해요……. 그리고 사랑해요!"

엄마의 선물

이승민

오늘도 어김없이 해가 뜬다. 밝은 햇살을 맞으며 무거운 눈꺼풀을 이겨 내며 세수를 하고 나니 약간 잠이 깬다.
'으, 오늘도 지각이다.'
종소리가 나기까지는 겨우 15분 남았다. 밥 먹고 옷 입고 아무리 빨리 준비해도 20분은 족히 걸릴 것 같은데……. 나는 부랴부랴 집에서 나와서 학교에 가기 위해 언덕을 오른다. 언덕을 오르면서 보니 허둥대며 학교에 가는 애들이 많았다. 나보다 더 급히 뛰어서 언덕을 올라가는 애들도 있었다.
"허헉, 오늘도 구박받겠군."
난 숨을 헐떡거리며 교실 문을 박차고 들어갔다. 문이 열리는 소리와 함께 나를 뺀 서른두 명의 시선이 나에게로 향한다.
"야, 김대성 오늘도 늦냐!"
"아 씨, 나 오늘 약속 있는데, 진짜!"
나 때문에 길어질 종례를 생각하며 짜증을 내는 것이다.
"아, 만날 지각해! 짜증 나. 아침에 도대체 뭐 하냐?"

어떤 녀석이 큰 소리로 말을 하는 바람에 나의 얼굴은 더 빨갛게 물들었다. 선생님은 나를 지그시 바라보다가,
"흠, 10분이다. 얘들아, 나중에 보자!"
라고 하시면서 교실을 나가셨다.
　애들이 화를 내는 이유가 있다. 우리 반에는 누구든 지각한 시간만큼 반 전체가 늦게 가는 벌칙이 있기 때문이다. 지각한 사람들이 많은 날은 부담이 덜했지만, 오늘같이 지각생이 나밖에 없는 날은 진짜 미안하다. 종례 시간에 우리 반은 모두 10분 더 남아 있어야 한다. 나 때문에…….
　나는 자리에 앉자마자 엎드렸다. 새벽까지 박지성이 나온 축구 경기를 보느라 못 잔 잠을 채우기 위해서였다. 종이 울린다. 수업 종이 쳤는데도 나는 계속 자고 있었다. 1교시는 잠깐 딴짓만 해도 점수를 깎아 버리는 수학 시간이었다. 내 짝꿍 인섭이가,
"대성, 수학 선생님 오셨어. 일어나."
하는 말에 나는 힘겹게 일어나 책을 꺼냈다.
　수업이 시작된 지 한참이 지났지만 나는 눈만 뜬 채 여전히 잠에 취해 있었다. 그날 1교시는 운 좋게 호랑이 선생님의 눈길을 피할 수 있었다. 1교시가 끝나자 정신이 약간 돌아왔다. 어제 본 축구 경기를 머릿속에서 리플레이 해 가며 명장면들을 되새기며 칠판 옆 오늘 시간표를 보았다.
"으! 오늘 7교시에다가 수업 끝나고 10분 동안 남아야 하네."
　한숨을 쉬고는,

"아, 졸려. 좀만 더 자야지."
하며 또다시 책상에 엎드렸다.

얼마나 지났을까……. 사방이 조용해서 눈을 찌푸리며 허리를 펴니 우리 반에 나밖에 없다. 뭔가 이상하다. 시계를 봤다.

"헉, 점심시간이잖아!"

난 뛰어서 식당으로 갔다. 마침 저편에 우리 반 애들이 앉아서 점심을 먹고 있었다.

"어이, 귀머거리 왔냐?"

내가 잠든 2, 3, 4교시 동안 붙여진 별명인 것 같았다. 나는 짝인 인섭이 옆에 앉아서,

"어떻게 된 거야?"

하고 물었다. 그러자 인섭이가 답했다.

"수업 시작하고 널 깨우려고 했는데 네가 일어나지 않아서 그냥 냅뒀지. 그런데 선생님이 와서 깨워도 네가 일어나지 않는 거야. 우리는 네가 죽은 줄 알았어. 그래서 분위기가 장난이 아니었어. 죽은 줄 알았는데 가만 보니 숨도 쉬고 침까지 흘리더라구. 다들 포복절도했어. 선생님도 웃으시면서 그냥 냅두라 그러셔서 냅뒀지. 그 다음 시간, 그 다음 시간에도……."

나는 얼굴이 새빨개졌다. 애들이 키득키득 웃는다. 이 일을 계기로 내 별명은 '귀머거리'가 되었다.

5교시. 담임 선생님 과목인 과학 시간이었다. 그렇게 말렸건만, 녀석들은 지난 4교시 동안 내가 저지른 일들을 선생님께 일러바

치는 게 아닌가. 내 얼굴은 또 금세 사과처럼 빨갛게 변해 있었다. 이야기를 다 듣고 난 선생님은 매섭게 날 쩨려보셨다. 나는 점점 쪼그라들어 땅꼬마처럼 작아지는 것 같았다.

7교시까지 끝나고 우리 반은 10분 동안 잠자코 아무 일도 하지 않고 침묵 속에 가만히 있어야 한다. 그런 적막한 분위기 속에서 애들은 선생님의 독수리 눈빛보다 더 매섭게 나를 쳐다보았다. 나는 시선을 피하기 위해 엎드렸다. 엎드리니까 아까 4교시 동안 있었던 창피한 사건이 다시 기억이 났다.

집에 돌아와서 가방을 내던져 놓고 소파에 털썩 누웠다. 학교에서 실컷 잤더니 집에서는 잠이 오지 않았다. 그런데 가만히 생각하니, 문득 며칠 전 인터넷에서 20만 원 상당의 유명 브랜드 신발을 찜해 놓은 기억이 났다. 그 순간,

'따르릉, 따르릉'

하는 전화벨 소리에 신발 생각에서 빠져나왔다. 전화를 한 사람은 학원 친구인 주한이었다. 학원 갈 때 같이 가자고 전화를 한 것이다.

"아, 오늘 학원 가는 날이지."

나는 교복 차림으로 가방에서 교과서를 꺼낸 다음에 학원 교재를 넣고 집을 나섰다. 주한이와 만나서 아무 말 없이 걸어갔다. 평소 같았으면 여자아이들 부럽지 않을 정도로 수다를 떨었을 테지만, 오늘은 온갖 스트레스를 다 받아서인지 말이 하고 싶지가 않았다.

학원에 도착해서 1교시 수업 준비를 하였다. 선생님이 들어오시기 전까지 엎드려 있었다. 오늘 학교에서 있었던 일이 다시 떠올랐다. 이런저런 생각을 하면서 수업을 해서 그런지 학원에서도 여러 번 주의를 받았지만 잡다한 생각은 멈추지를 않았다.

쉬는 시간에 원장 선생님께서 "김대성!" 하고 부르시더니 노란 봉투를 주신다. 학원 수강비를 넣는 봉투였다. 집에 와서 저녁에 엄마에게 봉투를 내밀며 말했다.

"학원을 다녀도 성적이 안 오르는데 그만 다니면 안 될까?"

나는 피곤에 지쳐 사는 게 싫다고 말하고 싶었다. 하지만 그건 생각일 뿐.

"이놈이 무슨 소리야? 그건 안 돼. 내일 학원 갈 때 20만 원 넣어 줄 테니 가지고 가거라."

엄마는 답답하다는 듯이 말씀하셨다. 엄마가 넉넉하지도 않은 형편에 애를 쓰며 성적이 오르지도 않는 나를 학원에 보내는 이유는 따로 있었다. 엄마의 아버지, 그러니까 나의 외할아버지가 돌아가실 때 남긴 말이 "우리 가문에서 명문 대학에 가는 사람이 있었으면 좋겠다"였기 때문이다. 집안에 애라고는 '나'밖에 없으니 그렇게 목을 매시는 것이다. 엄마가 시장서 장사를 하셔서 어렵게 교육비를 대 주시는데, 성적은 하위권에서 제자리걸음이니 한편으로 미안한 마음이 없지 않았다. 평소엔 10분도 안 걸려 먹어 치우는 부대찌개였지만 오늘따라 목으로 넘어가지 않았다.

다음 날, 나는 또 등교 시간 20분 전에 일어나 애들한테 구박

받을 위기에 처했다. 왜 이렇게 늦게 깨웠냐며 엄마와 한바탕 싸우고 집을 나섰다. 아침 밥을 거르고 나와서 다행히 지각은 면할 수 있었다.

1교시부터 6교시까지 별 탈 없이 지나갔다. 종례 시간, 선생님이 들어오셨다.

"자, 이제 시험이 일주일 남았다. 공부는 잘돼 가고 있지?"

"넵!"

애들은 크고 당당한 목소리로 답했다. 하지만 나는 여태까지 무얼 했나 후회를 했다.

집에 돌아와 소파에 누웠다. 한 시간 후면 또 학원에 가야 한다. 누워서 여태까지 엄마께 잘못한 것에 대해 반성하며 이번 시험에는 점수를 꼭 올리리라 다짐을 했다.

하지만 어느새 나는 컴퓨터를 켜고 있었다. 머리를 잠시 식힌다는 핑계였지만 사실은 갖고 싶은 신발을 다시 보기 위해서였다. 엄마가 안 사 줄 게 뻔했기 때문에 눈으로라도 다시 보고 싶었다. 인터넷 쇼핑몰 창을 여니 보아 둔 신발 옆에 '인기 상품'이라는 표시가 붙어 있었다. 그걸 보니까 더 갖고 싶었다. 그때였다.

"대성아, 엄마가 20만 원 챙겨 놓았다. 학원 갈 때 가져가렴."

하던 엄마의 말이 생각났다.

"그렇지, 20만 원!"

나는 갑자기 정신이 번쩍 났다. 신발 사진 아래 가격을 보았다. 20만 원, 바로 '20만 원'이라고 적힌 게 아닌가. 순간 나도 모르게 구입 버튼을 눌렀다. 해서는 안 될 일을 하고 만 것이다. 나쁜 짓이라는 걸 알았지만 욕구를 뿌리칠 수가 없었다.

다음 날 조용히 집을 나섰다. 그리고 오후에 학원 대신 은행으로 바로 갔다. 신발 판매자에게 돈을 부치기 위해서였다. 돈 20만 원을 부치고 은행 밖으로 나왔다. 한 시간가량 어딜 갈까 고민하면서 놀이터 그네에 앉아 있었다.

놀이터 주변은 친구들이 자주 다니는 곳이었지만 이상하게도 그날따라 한 명도 지나가지를 않았다. 얼마나 시간이 흘렀을까? 지금쯤이면 학원에서 우리 집으로 전화를 했을지도 모르겠다. 내가 학원에 오지 않았다고 말이다.

"엄마가 무지 화나 있겠지?"

그네 의자에 앉아서 이런저런 생각을 하며 또 긴 시간을 보냈다. 어느덧 주위가 깜깜해져 있었다.

"으, 모르겠다. 엄마에게 가서 싹싹 빌어야지."

대문을 조용히 따고 집 입구에 들어섰다. 대문 여는 소리가 엄마에게 들리면 미리 매를 준비하실 것 같아서였다. 우리 집 계단을 남의 집 올라가듯 사뿐사뿐 아주 조용히 올라갔다. 현관문을 살짝 열고 들어가는 그 순간,

"흐흐흑."

엄마의 목소리였다. 안방에서 엄마가 울고 있는 게 분명했다. 엄마가 울 이유는 없었다. 내가 학원 빼먹었다고 설마 우실까?

'에이, 설마 벌써 아신 건 아니겠지.'

속으로 가슴이 엄청나게 떨렸다. 살그머니 들어가는데,

"대성이, 들어오너라."

"엥?"

문이 닫힌 방 밖에 있었는데 어떻게 아셨는지 들어오라고 하셨다. 그래도 난 들키지 않았을 거라는 희망을 가지고 문을 열고 방 안으로 들어갔다. 엄마의 눈 주변이 새빨개져 있었다.

"네가 어떻게 그럴 수 있니?"

"네?"

"네가 어떻게 그럴 수 있냐고!"

엄마의 큰 목소리에 '들켰구나.' 하는 생각이 들었다.

"죄송해요, 엄마……."

하지만 속으로 이 일을 벌써 어떻게 아셨는지가 더 궁금했다. 그 순간 매가 종아리 쪽으로 날아왔다. 미리 회초리를 준비하셨던 것이다.

"다리 걷어!"

"엄마 죄송해요. 다시는 그러지 않을게요."

나는 빌었다. 국사 시간에 옛날 아이들이 종아리 걷고 맞는 모습을 보고 웃기만 했는데, 맞아 보니 엄청 아팠다. 엄마는 눈물을 흘리시면서 바람을 가르는 소리와 함께 매를 휘두르셨고, 난 신음 소리를 내며 묵묵히 맞기만 하였다. 그렇게 30분 동안 맞고 나니 엄마도 매질을 그만두셨다. 엄마의 화가 풀리려면 꽤 힘들 것 같았다.

"윽."

다리에 통증이 왔다. 나는 풀썩 앉았다. 다리를 보니 맞은 곳과 안 맞은 곳의 높이 차이가 엄청났다. 게다가 파란색 주변에 빨간색도 보였다. 피멍이었다. 순진하고 착하게만 여겼던 내가 그런 짓을 했다는 사실에 충격을 심하게 받으셨는지 엄마의 눈은 퉁퉁 부어 있었고, 나도 많이 우는 바람에 눈이 퉁퉁 부었다.

사건이 있은 후 며칠이 지났다. 그동안 엄마와 나 사이는 서먹서먹하였다. 누구도 먼저 서로에게 다가가려 하지 않았다. 시험공부를 할 때면 자주 과일을 들고 와 머리를 쓰다듬어 주셨지만, 요즘에는 그렇게 하지 않으셨다.

이 생각 저 생각에 공부가 되질 않아서 텔레비전을 켰다. 예전 새벽 늦게까지 보던 박지성 경기가 재방송되고 있었다. 그때,

'따르릉, 따르릉!'

전화벨 소리가 울렸다.

"여보세……"

"고객께서 주문하신 제품이 발송되었습니다. 앞으로 많은 이용 부탁드립니다."

무인 응답기였다.

"이 회사는 서비스도 좋네……."

"그러면 입금된 것도 확인 전화를 했나?"

그랬다. 엄마는 이 전화로 모든 것을 알게 되셨던 거였다. 내가 입금을 하자마자 바로 그 회사에서 우리 집으로 확인 전화를 했

을 것이다. 전화를 받고 계속 우셨을 엄마를 생각하니 눈물이 핑 돌았다. 하지만 어차피 지나간 일, 더 생각해서 뭐하겠는가.

　잡다한 생각을 뿌리치고 책상에 앉았다. 내일이면 시험이다. 씻고 나서 옷을 입고 있는데 엄마가 오시더니 초콜릿을 건네주셨다. 바로 시험 직전에 먹으면 힘이 난다는 초콜릿이었다.

　"대성아, 열심히 했으니 잘 볼 거야. 긴장하지 말고, 알았지? 그리고 문제 또박또박 읽고 다 풀고 나서 다시 검토도 하고."
하며 포옹을 해 주실 땐 정말 감동했다.

　종소리 나기 5분 전, 나는 집에서 나와 또다시 언덕을 오른다. 확실히 지각이다. 하지만 마음이 편하다. 초콜릿을 냠냠 씹어 먹으며 학교에 도착했다.

　오늘은 20분 늦었다. 교실로 들어갔다. 나 귀머거리가 왔는데도 아무도 신경을 쓰지 않았다. 역시나 예상대로 아이들은 공부하느라 정신이 없었다. 선생님도 나에게 신경을 쓰지 않았다. 나도 그 조용한 분위기에 맞춰 책을 꺼내 시험 범위를 훑어보았다.

　'딩동 댕동'

　종소리와 함께 감독 선생님이 들어오시고 시험지를 받았다.

　"커닝하면 다 빵점일 줄 알어!"
라는 선생님의 소리가 유난히 컸다.

　시험이 끝났다. 예전보다 잘 본 것 같은 느낌이었다. 예전엔 중요 과목에서 동그라미 개수가 그리 많지 않았는데 오늘은 수학 두 개, 국어 한 개, 과학 세 개만 틀렸다. 인간 승리다!

나는 가벼운 마음으로 집으로 갔다. 집에 들어가니 엄마는 마늘을 까고 계셨다.

"어, 대성이 왔구나. 시험 잘 봤니?"

나는 "엄마, 성적표 기대해. 알았지?"라는 말로 엄마의 기대를 한층 더 부풀려 놓았다.

며칠간 서먹서먹했던 엄마와의 사이를 시험 덕분에 자연스럽게 떨쳐 낼 수 있었다. 엄마도 기분이 좋으셨는지 얼굴에는 웃음이 만발하고, 친구에게 내 자랑까지 하신다. 공부 잘하는 애들에 비하면 별로 잘한 것이 아닌데도 말이다.

그래도 이번 시험 결과는 내 생애 최고의 성적이다. 나는 엄마에게 더 큰 행복을 가져다드리기 위해서 책상에 앉았다. 시간은 흐르고 흘러서 새벽 두 시가 되었다. 공부 삼매경에 빠지니 시간이 훌쩍 지나가 버린다. 내일 시험만 보면 된다. 내가 공부를 끝낼 때까지 안 자고 기다리겠다던 엄마는 텔레비전의 음량을 최소로 해 놓은 채 잠이 드셨다. 텔레비전을 끄고 이불을 덮어 드리고 나도 내일을 위해 자러 방에 들어왔다.

"정말 오늘은 행복한 하루였어."

나는 기도를 했다.

"내일도 오늘처럼 행복하게 해 주시고, 나를 지금까지 키워 주신 엄마에게 행복만 가져다 주시고, 건강하게 해 주세요."

그때 처음으로 나를 지켜봐 주는 엄마가 있다는 사실이 행복하게 느껴졌다. 정말로 크게 외치고 싶었다.

'엄마 사랑해요!'

다음 날도 어김없이 해가 떴다. 엄마의 포옹을 받고 집을 나섰다. 오늘도 애들은 조용히 공부 중이다. 나도 한 번 더 보려고 책을 꺼냈다.

'딩동댕동'

종소리가 울렸다. 긴장한 탓에 손에 땀방울이 맺혔다. 오늘도 잘 보리라 다짐하며 시험지를 받았다.

시험이 끝났다. 이로써 2학기 중간고사는 끝났다. 반장이 교탁에 나와 정답을 부르기 시작했다.

"1번에 3번, 2번에 5번, 3번에······."

"아, 이걸 틀렸네."

"아악!"

여기저기서 안타까운 비명 소리가 들린다. 그런 혼란 속에서 나는 여태까지 동그라미만 그리고 있다. 오늘은 세 과목 모두 하나도 틀리지 않았다. 종례 시간, 선생님이 수고했다고 찐빵을 나눠 주셨다.

"얘들아, 수고했다. 수고한 만큼 보람이 있는 사람도 있겠지만 그렇지 않은 사람도 있을 거다. 다음 기회가 또 있으니까 너무 실망하지 말도록."

선생님께서 이런저런 말을 하시는 동안, 나는 엄마를 어떻게 놀라게 해 드릴까 하는 생각만 하고 있었다. 하긴 내가 전 과목에서 여섯 개만 틀렸다는 것 자체가 놀랍지만.

집으로 돌아가는 길. 오늘은 어제보다 몸이 더 가볍다. 날 수도 있을 것 같다. 나는 달리기 시작했다.

"엄마! 나 오늘 다 맞았어!"

"오, 그래? 우리 아들 장하다."

엄마는 흐느끼면서 우셨다.

"엄마, 왜 그래?"

내 눈에도 눈물이 맺혔다. 마침 그때 '딩동' 하는 소리가 들렸다. 택배였다. 드디어 내가 주문한 신발이 온 것이었다. 하지만 그걸 엄마에게 선뜻 보이기 싫었다. 그때 엄마가 상자를 낚아 채시더니,

"대성아, 엄마 선물이다!"

하며 다시 내 손에 들려 주셨다.

"네?"

엄마가 나에게 그 신발을 선물로 주신 것이었다. 정말로 기뻤다. 내 생애 최고의 선물이었다. 인생에서 더 이상의 기쁜 선물은 없을 것 같았다. 지금부터 이 신발은 나의 보물 1호이다. 낡아 찢어진다고 해도 나는 이 신발을 버리지 않을 것이다. 정말 행복한 날이다.

읽고 쓰고 톡톡!

1. 각 소설의 줄거리를 써 봅시다.

	줄거리
과식	
흰 막대와 회색 연기	
철없는 아이	
엄마의 선물	

2. 각 소설의 문학성을 평가하고, 그렇게 평가한 이유를 적어 봅시다.

	문학성	이유
과식	☆☆☆☆☆	
흰 막대와 회색 연기	☆☆☆☆☆	
철없는 아이	☆☆☆☆☆	
엄마의 선물	☆☆☆☆☆	

3. '일탈'에 관한 소설 줄거리를 만들어 봅시다.

김 선생님의 소설 톡톡!

〈과식〉, 〈흰 막대와 회색 연기〉, 〈철없는 아이〉, 〈엄마의 선물〉은 소설은 청소년기의 욕망과 일탈을 소재로 한 작품입니다.

〈과식〉은 과도한 식욕을 억제하지 못해 일어난 사건을 재미있게 그린 소설입니다. 민수는 초등학교 2학년 때 보약을 먹은 후 식욕이 넘치는 아이가 됩니다. 식욕 때문에 동생이나 친구들과 자주 다툼을 일으켜 벌을 받기도 합니다. 절대로 과식을 하지 않겠다고 다짐을 하지만, 친구의 생일 파티에 가서 닥치는 대로 먹고 결국 탈이 나고 맙니다. 밤새도록 고생을 한 민수는 다음 날 수업 시간에 잠만 잡니다. 이 일로 인해 선생님들께 꾸중을 듣고 부모님께도 혼이 난 후, 다시는 과식을 하지 않겠다고 각서를 씁니다.

인간의 욕망에는 여러 가지가 있습니다. 식욕, 수면욕, 성욕, 표현욕, 소유욕, 명예욕, 권력욕 등 인간은 욕망의 덩어리라 할 수 있습니다. 적당한 욕구는 삶의 활력과 발전을 위해 반드시 필요하지만, 지나친 욕구는 갈등의 원인이 되기도 합니다. 식욕은 생존과 건강을 위해 필요하지만, 과도한 식욕은 가족이나 친구와의 갈등은 물론 질병과 죽음의 원인이 될 수도 있습니다.

현대 사회의 여러 가지 문제와 갈등이 지나친 욕망 때문에 일어나기도 합니다. 그런 의미에서 이 소설은 식욕의 문제를 다루고 있지만, 그것을 넘어서 모든 욕망은 절제가 중요하다는 주제를 담고 있다고 볼 수 있습니다.

〈흰 막대와 회색 연기〉는 담배에 대한 유혹을 솔직하면서도 섬세하게 그린 심리 소설입니다. 아버지의 담배를 훔쳐서 피우며 드디어 담배의 맛을 알게 된 '나'는 담배의 유혹에 점점 깊이 빠져들어 갑니다. 담배를 구하기 위해서라면 거짓말도 불사합니다. 그러나 학교와 텔레비전 등에서 담배의 해악을 알리는 금연 교육을 받으며 심리적으로 불안감을 떨치지 못합니다. 그러다 담배 때문에 죽어 가는 꿈을 꾸고 난 후에야 확실히 담배를 끊겠다는 결심을 합니다.

담배는 청소년기의 '억압된 욕망의 상징'입니다. 해서는 안 되지만, 하고 싶어 견딜 수 없는 욕망의 대상입니다. 에덴동산의 선악과와도 같이 결국 일탈을 저지르고야 성인이 되는 통과 의례인 셈입니다. 담배를 접하기 전에는 담배를 피울 것인가 말 것인가의 고민이라면, 담배를 배운 후에는 계속할 것인가 아닌가의 선택이 남습니다. 이 소설에서는 절제하는 쪽으로 결말을 내고 있지만, 소설의 결말이 늘 도덕적이어야 할 필요는 없습니다.

〈철없는 아이〉는 사치벽과 낭비벽, 그리고 허영심이 많은 아이의 성장을 그린 소설입니다. 중학교 1학년인 진영이는 소비욕이 강한 철없는 아이입니다. 청바지가 다섯 벌이나 있는데도 인터넷 쇼핑몰에서 또 바지를 사고, 그 바지가 마음에 안 들자 이번에는 백화점에 가서 비싼 브랜드의 바지를 또 삽니다. 또 용돈을 올려 달라고 떼를 쓰고 피시방에 가서 돈이 모자라 엄마가 와서 갚아 주기도 합니다. 결국 진영이네는 경제적으로 어려워지게 되고, 진영이 엄마가 추운 거리에서 전단지를 돌리는 일을 합니다. 진영이는 그제야 자신의 잘못이 무엇인지 깨닫습니다.

이 소설에서 갈등 양상은 다른 소설과 약간 차이가 납니다. 그것은 진영이의 욕구를 자제시키지 못하는 엄마의 성격 때문입니다. 진영이의 엄마는 수용적인 성격으로, 진영이와 직접 부딪히기보다 간접적으로 갈등을 드러내고 있습니다. 이 소설의 가장 큰 갈등의 정점은 반전에 있습니다. 진영이는 자신이 사고 싶은 대로 옷을 다 사도 아무런 문제가 없다고 생각하지만, 추운 거리에서 전단지를 돌리며 일을 하는 엄마를 보고 깜짝 놀랍니다. 독자가 미처 예측하지 못한 '반전'을 설치함으로써 문제가 무엇인지를 충격적으로 제시해 주는 구성을 취하고 있는 것입니다. 소설의 재미를 구성의 기술로 보여 주고 있다는 점이 독특합니다.

<엄마의 선물>은 역시 물질적 소유욕을 이기지 못해 실수를 저지르고 반성하는 성장 소설입니다. 대성이는 공부에는 별 관심이 없는 학생입니다. 인터넷을 검색하다가 새로 나온 비싼 신상품 신발을 사고 싶은 욕망을 자제하지 못해 해서는 안 될 일을 저지릅니다. 엄마가 시장에서 일하며 어렵게 번 돈으로 주신 학원비로 신발을 사고만 것입니다. 사실을 알게 된 엄마는 눈물을 흘리며 매서운 회초리로 대성이를 때립니다. 대성이는 잘못을 뉘우치고 열심히 공부해 좋은 성적을 거둡니다. 그리고 엄마는 대성이를 용서하고 선물로 다시 신발을 줍니다.

이 소설 역시 다른 소설과 마찬가지로 물질적 욕망이 일탈의 가장 큰 원인으로 등장합니다. 그러나 다른 소설과 달리 매우 긍정적이며 따뜻합니다. 결말도 매우 행복합니다. 이러한 소설의 분위기는 '나'와 '엄마'의 성격 설정에서 온 것입니다. 주인공은 비록 충동적인 욕구를 억제하지 못해 실수를 하지만, 엄마가 괴로워하는 모습을 보고 크게 반성을 한다든가, 넉넉지 않은 살림 속에서 많은 학원비를 대는 엄마의 마음을 헤아릴 줄 아는 인성을 갖추고 있습니다. 엄마도 모질게 회초리를 때리기는 했으나 아들을 올바르게 키우려는 의지가 있으며, 그렇게 갖고 싶어 한 신발을 다시 선물해 주는 따뜻한 여유를 보여 줍니다. 같은 갈등이라 해도 인물의 성격에 따라 전혀 다른 소설이 만들어진답니다.

5 추억

희곡이 현재형 문학이라면, 소설은 과거형으로 쓰는 문학입니다. 아무리 최근에 일어난 일을 쓴다 해도 결국은 이미 일어난 일에 대해 이야기를 들려주는 것이므로 과거형이 됩니다. 그러므로 모든 소설은 회상과 추억을 바탕으로 한 이야기라 할 수 있습니다. 어린 시절의 추억담은 물론 1930년대, 1960년대, 1980년대 소설처럼 특정한 시대의 이야기를 쓴 소설도 있습니다. 더 오래전의 이야기들을 썼다면 역사 소설이 됩니다. 소설은 우리 삶에서 특별하거나 의미 있는 기억을 찾아내는 일입니다. 시간이 흘러가면 일상은 모두 지워집니다. 그러나 어떤 인상적인 기억들은 시간이 지나도 뚜렷이 남아 있습니다. 어떤 특별한 정서와 분위기, 감동이나 충격이 주로 기억에 남지만, 가장 오래 기억에 남는 것은 '오감을 통한 체험'이라고 합니다. 오감이란 보고, 듣고, 냄새 맡고, 접촉하고, 맛보는 감각의 경험을 말합니다. 《잃어버린 시간을 찾아서》를 쓴 세계적인 프랑스 작가 마르셀 프루스트는 '마들렌'이라는 과자의 냄새를 통해 잃어버린 어린 시절의 기억들을 생생하게 되찾습니다.

청소년기에 기억하는 어린 시절은 어른이 되어 기억하는 것보다 더 생생하고 구체적입니다. 어른이 되어서는 잊을 수 있는 섬세하고 감각적인 기억들을 아직 지니고 있기 때문입니다. 어린 시절의 생생한 추억담은 학생 소설에서만 맛볼 수 있는 특별한 즐거움입니다.

네 편의 학생 소설을 읽고 '추억'에 관한 소설을 써 봅시다.
뽑기 | 추억의 스티커 | 딱지에 미친 날들 | 꼬마 여행기

뽑기

김은섭

오늘도 학교 끝나고 군것질할 생각을 하니 벌써부터 군침이 돈다. 학교 식당에서 달콤한 설탕 냄새가 나면 나는 어린 시절 온갖 군것질에 심취했던 일들이 떠오른다.

나의 군것질거리는 솜사탕, 붕어빵, 오다리, 뽑기 등이었다. 엄마가 준비물 사라고 주신 돈을 며칠 동안 모조리 솜사탕을 사 먹는데 쓰고, 다리에 피멍이 들도록 맞고도 정신을 못 차리는 아이가 나였다. 점심시간에 친구들과 몰래 학교 앞 슈퍼나 정문 앞에서 군것질을 하고, 하교 때도 어김없이 군것질을 하고서야 집으로 발걸음을 옮기는, 나는 그야말로 군것질광이었다.

내가 유난히도 군것질에 집착하는 것은 다 이유가 있다. 엄마는 어릴 때부터 '콜라, 사이다, 과자, 햄버거, 햄' 같은 것들을 일체 못 먹게 하셨다. 모두 몸에 안 좋은 음식이라는 것이 어머니의 주장이었다. 먹지 말라고 하면 할수록 나는 점점 더 군것질에 대한 욕망과 호기심이 일었으며 집착하게 되었다. 결과는 늘 몽둥이찜질이었지만.

군것질거리 중 내가 가장 좋아했던 것은 단연 '뽑기'다. 조그맣고 동그란 숟가락 같은 국자에 설탕을 넣고 젓가락으로 젓다가 소다를 조금 넣으면 부풀어 오른다. 그러면 철판에다 국자에 담긴 녹인 설탕을 붓는다. 그런 다음 쇠로 된 판으로 누르면 넓게 퍼진다. 그것을 여러 가지 모양의 쇠틀로 찍어 내면 노르스름한 뽑기가 완성된다. 근처에만 가도 달콤한 냄새가 풍기고, 입 안으로 들어가면 더욱더 달콤한 맛을 느낄 수 있는 환상적인 군것질이 바로 뽑기였다.

초등학교 1학년 가을이었다. 어느 날, 집 앞에 뽑기 장사를 하는 할아버지가 나타났다. 그때까지만 해도 난 뽑기에 대해 잘 알지 못했다. 우리 집 앞에 동네 아이들이 몰려 뽑기를 맛있게 사 먹자, 나도 호기심과 먹고 싶은 욕구가 치솟았다. 난 어머니의 팔을 잡고 졸랐다.

"엄마, 나도 저거 하나 먹고 싶어. 사 줘, 응?"

어머니는 한 번 피식 웃으시고는 내 손에 500원짜리 동전을 꼭 쥐어 주셨다. 돈을 손에 쥐자 질풍노도라는 말이 딱 맞을 정도로 난 쏜살같이 뽑기를 향해 달려갔다.

당시 우리 집은 2층에 있어서 계단이 조금 많았다. 평소에는 계단을 한 칸씩 조심스럽게 내려갔지만, 그날은 계단을 두 칸씩 성큼성큼 뛰어 내려갔다. 계단을 내려갈수록 뽑기 특유의 달콤한 냄새가 나를 유혹했고, 내 발에는 가속도가 붙었다.

'흐으음.'

힘껏 냄새를 맡았다.

'아, 빨리 뽑기의 맛을 보고 싶다!'

나는 곧바로 할아버지에게 돈을 내밀었다.

"할아버지, 뽑기 하나 주세요."

"300원이다."

500원짜리 동전을 건네자 할아버지께서는 거스름돈 200원과 뽑기 하나를 건네주셨다. '덜덜덜' 손이 떨렸다. 난 잠시 동안 그 누런 황갈색 뽑기를 뚫어지게 쳐다본 후, 커다란 뽑기를 덥석 깨물었다. 아아! 이것이 뽑기의 맛이구나. 달콤하면서도 약간 쓴맛이 있어, 질리지 않고 입맛에 딱 맞았다.

눈 깜짝할 사이에 하나를 다 해치우고는 그 아름답고 감동적인 맛을 다시 한 번 느껴 보고 싶어 나머지 돈을 모두 할아버지에게 건넸다. 그러나 나에게 돌아온 것은 뽑기가 아니었다.

"100원이 모자라!"

허! 나는 순간 황당해서 입을 벌렸다. 물론 자본주의 사회에서 100원이 모자라 못 사 먹는 것은 당연하다. 세상에 공짜가 어디 있겠는가마는, 할아버지의 그 쫀쫀하고 쩨쩨한 한마디가 내 가슴을 찔렀다. '치이, 100원 때문에 뽑기 하나를 안 주나.' 나는 다시 시도했다.

"그냥 주시면 안 될까요?"

유혹적인 맛을 이미 느낀 내 혀는 끊임없이 뽑기를 원하고 있었다.

"안 돼!"

단호했다.

"주세요~~오!"

난 애걸했다.

"안 된다니까, 이놈아! 돈 없으면 그만 가지 못해?"

"치······."

난 쓸쓸히 집으로 왔다. 더 이상 어머니에게 뽑기를 하겠다고 돈을 달랄 수는 없었다.

집에서 직접 뽑기 만들기를 시도했다. 하지만 소다가 없다는 생각을 하지 못했다. 소다가 무엇인지 잘 몰랐던 나는 양념 통에서 하얀 가루란 가루는 모두 집어 넣어 보았다. 그런데 이건 웬일? 설탕이 부풀어 오르기는커녕 도리어 더 쫄아들기만 하는 게 아닌가.

온갖 국자와 그릇만 태운 뒤 비참한 실패만을 맛봐야 했다. 국자와 그릇을 태우고 부엌을 어지른 죄, 그리고 불장난을 했다는 무거운 죄 때문에 나는 전보다 훨씬 가혹한 매를 맞아야 했다.

모든 게 돈밖에 모르는 뽑기 할아버지 탓이라고 생각했다. 하나만 더 맛보게 해 주었어도 이렇게 미련이 남지는 않았으리라. 서운한 마음이 분노를 일으켰다. 더 이상 뽑기를 할 수 없다면, 나는 할아버지에게 복수를 하기로 하고 작전에 들어갔다.

어떻게 할아버지를 골려 줄 수 있을까? 며칠 동안 생각했지만 환상적인 뽑기 맛만 잊히지 않고 살아났다. 괴로움에 이를 악물고 잊기 위해 애를 썼다. 뽑기의 맛 때문에 괴롭고, 할아버지의 태도 때문에 자존심이 상할수록 뽑기 할아버지가 이 골목에서 장사를 못 하도록 하고 싶단 생각이 강해졌다. 반드시!

복수 작전을 생각한 지 사흘이 지났다. 창문 밖에는 오늘도 아이들이 주절대며 뽑기를 사 먹고 있다. 그동안 이 매혹적인 뽑기 맛을 잊으려 온갖 노력을 다했다. 혀를 아플 정도로 깨물기도 하고, 내 손으로 뺨을 때리거나 머리를 쳐 보기도 했다. 하지만 잊히지 않았다. 물론 그 사이에 용돈이 생겨 사 먹을 수는 있었다. 하지만 나의 자존심은 이 할아버지의 뽑기를 팔아 줄 생각이 추호도 없었다.

'주르륵'

어어? 어, 이런! 아이들이 뽑기를 먹는 것을 보고 있자니 나도 모르게 침이 고여 흐르고 말았다.

'으, 창피해. 이걸 누가 봤으면 뭐라고 했을까……'

할아버지를 확실하게 골탕 먹일 수 있는 방법이 없을까?

또다시 3일이 지났다. 드디어 난 할아버지를 골탕 먹일 수 있는 기발한 방법을 생각해 내고야 말았다.

'하하하! 이런 기막힌 작전을 생각해 내다니!'

나의 뛰어난 머리가 놀라울 정도였다. 난 곧바로 할아버지께 갔다. 역시 할아버지는 뽑기를 파느라 정신이 없으셨다. 할아버지 옆에는 설탕 통이 있었는데, 난 소금과 설탕의 색이 같다는 것을 노렸다. 늙으셨으니까 아마 눈이 어두워 소금과 설탕을 잘 구별하지 못할 것이라고 생각했다.

작전 실행 1단계. 설탕 통에 소금 붓기! 통에 들어 있는 설탕을 미리 준비해 둔 봉지에 조심스럽게 담은 뒤, 또 다른 봉지에 준비해 두었던 비장의 무기인 소금을 쏟아부었다. 소금만 있으면 뽑기가 되지 않기에 소금과 설탕을 1:1 비율로 맞췄다.

'크크크! 각오하시지요.'

작전 실행 2단계. 사람들을 최대한 많이 모아 할아버지의 창피함을 증가시킨다. 난 근처에서 놀고 있던 아이들을 끌어모았다.

"얘들아, 내가 뽑기 사 줄게. 이리 모여 봐."

"정말?"

주위에 있던 열댓 명의 아이들이 우르르 몰려왔다. 아이들이 더 없나 둘러보는데 엊그제 우리 동네에 이사 온 한 아이가 부모님과 함께 서 있는 것이 눈에 들어왔다.

"안녕? 내가 뽑기 사 줄게, 너도 가자."

"으응……."

난 친절히 그 아이의 손목을 잡고 데려왔다.

작전 실행 3단계. 뽑기를 사서 나눠 준다. 돈이 좀 아깝긴 했지만 복수를 위해서는 어쩔 수 없다. 뽑기를 열 개 사서 모든 아이들에게 나눠 주었다. 뽑기 열 개 값인 3000원은 거의 한 달 용돈에 해당하는 거금이지만 복수를 위해 아낌없이 써 버렸다.

작전 실행 4단계. 그냥 느긋이 복수의 결과를 감상한다.

"크엑! 이게 뽑기야?"

"왜 이리 짜!"

"버려라, 버려! 퉤엑!"

상황은 내가 예상한 대로 흘러갔다. 여기저기서 모두들 괴성을 토하며 뽑기를 뱉거나 버렸다.

할아버지는 영문을 몰라 어리둥절해 하셨다. 이때, 이사 온 아이의 부모님이 할아버지에게 다가가 따지셨다.

"할아버지, 이게 뽑기예요? 아이들에게 이렇게 장사하시면 안 되죠. 이건 완전 소금 덩어리잖아요."

"그, 그게……."

"이런 걸 팔다니, 쯧쯧……. 얘들아 가자."

"……."

할아버지는 그저 침묵하셨다. 할아버지의 슬프고 침울한 모습을 보자 나는 성공을 감지할 수 있었다. 아이들은 어느새 다 떠나고, 나와 할아버지만 남았다. 마음이 좀 쓰렸지만, 나의 음모를 고백할 수는 없었다. 나는 복수에 성공했는데도 왠지 쓰라린 마음을 안고 천천히 집을 향해 걸었다.

그 뒤 며칠 동안 뽑기를 사 먹는 아이들은 눈 씻고 찾아봐도 없었고, 할아버지도 더 이상 볼 수가 없었다. 뽑기 장사를 그만두신 것 같았다.

그렇게 초등학교 1학년 가을이 흘러갔고, 뽑기에 대한 좋지 않은 추억이 계속 머릿속에 남았다. 그 후 난 뽑기를 먹지 않았다.

2학년이 된 첫날, 수업 없이 일찍 끝났다. 친구들과 신나게 놀기로 했다.

"오늘 운동장에서 축구하자."

한 친구의 제안에 모래바람이 이는데도 우리는 신나게 축구를 했다. 온몸이 땀범벅이 되도록 논 후, 가방을 메고 학교 정문을 나오는데 순간적으로 발걸음을 멈출 수밖에 없었다. 뽑기 할아버지가 뽑기를 팔고 계신 게 아닌가? 옛날의 잘못을 고백해야 할지, 아니면 그냥 도망칠지 고민하다가 할아버지에게 달려갔다.

"할아버지, 저예요……."

"……?"

"제가 누군지 알아보시겠어요?"

할아버지께서는 어리둥절한 표정을 지으셨다.

"지난가을에 누군가 소금을 설탕 통에 넣어서 창피를 당하셨잖아요……."

내 눈에는 눈물이 맺혔다.

"그 누군가가 바로 저예요, 할아버지……."

친구들이 있는데도 부끄러운 줄 모르고 뒤늦은 참회의 눈물을 쏟아 내었다.

"그래, 기억나는구나. 뽑기를 한번 먹고 맛있어서 어쩔 줄 모르던 녀석이었지……."

할아버지는 나의 등을 토닥이셨다.

"난 재미 삼아 그랬던 것인데, 미안하더구나. 그래서 네가 다시 오면 뽑기 하나를 주려 했었는데……."

"할아버지, 용서해 주세요."

"물론 용서해 주고말고."

난 1000원짜리 지폐 한 장을 꺼내 할아버지께 드리며 말했다.

"뽑기 주세요."

할아버지께서는 하나에 300원인 뽑기를 네 개 주셨다. 200원이 모자라는데도 말이다.

"자, 맛있게 먹어라."

빠삭! 하는 소리와 함께 그 달콤한 뽑기의 맛이 입 안을 맴돌았다.

'아! 바로 이 맛이야.'

다음 날부터 나는 어머니께서 간식 사 먹으라고 주신 돈을 모두 뽑기를 사 먹는 데 썼다. 어느 때는 준비물 사라고 주신 돈으로도 뽑기를 사 먹었다. 클로버나 하트, 또는 집 모양의 뽑기를 만들기 위해서 나는 시간 가는 줄 모르고 정성을 다해 열중하곤 했다. 깨뜨리지 않고 모양을 모두 파면 뽑기를 하나 더 먹을 수 있었기 때문이다. 뽑기 마니아가 되어 버린 나에게는 사실 너무나 쉬운 일이었다. 내가 공짜 뽑기를 자꾸 먹자, 할아버지께서는 점점 어려운 모양을 찍어 주셨고 나는 또 그 모양을 내기 위해 도전하는 것이 하나의 즐거움이 되었다.

뽑기 생활은 3학년이 될 때까지 계속되었다. 그러나 어느 날부터 할아버지께서는 장사를 나오지 않으셨다. 아마도 나이가 많으셔서 더 이상 장사를 하시지 못하는 것 같았다. 나는 뽑기보다 더 이상 할아버지를 볼 수 없다는 것이 안타까웠다. 할아버지는 늘 교문 옆 한 귀퉁이에서 날 그렇게 기다려 줄 것만 같았기 때문이다. 학교가 끝나고 교문을 나올 때마다 나는 그 텅 빈 자리를 쳐다보며 할아버지와 뽑기를 생각했다.

추억의 스티커

심영은

재희는 가끔 초등학교 5학년 때의 일을 생각한다.
아직도 그 스티커를 보면 옛날이 그리워진다. 헤니와 함께 스티커를 하나하나 모으던 일…….

시월 중순쯤이었다.
"야, 선생님 오신다! 빨리 자리에 앉아."
모두 자기 자리에 앉았다. 선생님 뒤에는 검은 피부에 쌍꺼풀이 유난히 큰 아이가 수줍은 듯이 들어오고 있었다.
"얘들아, 새로 전학 온 헤니란다. 모두 사이좋게 지내라. 자, 헤니야, 인사를 해야지?"
"얘들아, 안녕? 나는 태국에서 온 헤니라고 해. 친하게 지내자."
수줍은 듯 헤니가 어색한 한국말로 말했다.
"자, 그러면 1교시 준비하고 자습하고 있도록."
선생님께서 밖으로 나가셨다.
요즘은 그렇지 않지만, 그때만 해도 아이들이 낯선 외국 아이를 쉽게 받아들이기 힘든 시절이었다. 모두가 귓속말로 헤니에 대해 말했다. 비웃는 듯도 했고, 어떤 애는 욕을 하고 있는 것 같았다. 재희는 헤니 곁에 다가가서 물었다.

"안녕? 나는 재희라고 해. 한국말 잘하네. 한국에는 왜 왔니?"

"엄마는 한국인이야. 엄마가 한국에 오고 싶어 하셔서 5년 동안 여기에서 살기로 했어."

헤니가 대답했다. 얘기를 나누는 동안 재희는 주위의 친구들이 보내는 따가운 눈빛을 느꼈다.

"아, 쟤 뭐야. 왜 나대냐?"

기분 나쁜 말이 재희의 귀에 들어왔지만 못 들은 척했다.

다음 날, 재희의 발걸음은 무겁기만 했다. 학교 가기가 싫었다. 이런저런 생각을 하며 학교를 향해 걸어가다 보니, 어느새 발은 교실 문 앞에 멈춰 서 있었다. 그런데 교실 안에서 아이들이 웃고 떠드는 소리가 들렸다. 아이들은 헤니를 둘러싸고 놀려 대며 깔깔거리고 있었다.

날라리인 현세와 희훈이가 헤니의 머리를 쥐어박고, 머리카락을 잡아당기고, 때리기까지 했다. 헤니는 어쩔 줄 몰라 하며 그냥 서 있었다. 그것을 보는 순간, 재희는 섬뜩했다. 순간적으로 걱정이 되었다. 재희가 들어서자 누군가가 소리쳤다.

"야! 배재희 왔다. 잡아!"

그러더니 재희와 헤니를 같이 몰아 놓고는 마구 때리기 시작했다. 재희는 그때 갑자기 헤니가 밉다는 생각이 들었다. 헤니만 없었다면 이렇게까지 당하지는 않았을 거란 생각이 들었다.

"선생님 오신다!"

그때 한 아이가 소리쳤다.

"야, 선생 와서 그만인 줄 알아. 그리고 니네들! 이 일은 비밀이다. 말하는 놈 있으면 가만 안 둘 줄 알아!"

현세가 소리쳤다. 아이들이 하나둘 흩어졌다.

점심시간이었다. 재희는 아무 말 없이 혼자 밥을 먹고 있었다. 아침에 당했던 일을 생각하면 억울하고 분해서 밥도 잘 넘어가지 않았다. 그때 헤니가 다가왔다.

"재희야, 괜찮니? 미안해, 나 때문에."

순간 재희는 부끄러웠다. 헤니를 순간적으로 미워하며 모르는 척하려고 했던 자신이 아닌가.

"아니야, 너와는 처음부터 친하게 지내고 싶은 마음이 있었어. 오늘 일은 깨끗이 잊자. 그 애들은 원래 그런 애들이야. 신경 쓰지 말고 재미있게 생활하자."

재희는 애써 태연하게 말했다.

"그래, 고마워. 잘 대해 주는 건 너뿐이야."

헤니의 눈가에 눈물이 고였다.

"재희야, 오늘부터 너와 스티커를 모아 보려고 먼저 두 장 가져왔어. 태국에서는 스티커 모으는 게 유행이거든. 내 친구들은 모으면서 교환도 해. 함께 해 볼래?"

헤니의 스티커는 멋졌다.

"흠…… 그래. 같이 모으자."

재희가 흔쾌히 수락을 했다. 그날부터 재희는 헤니와 스티커를 모으고 들여다보며 재미있게 놀았다. 학교가 끝나도 집 방향이 같아서 더 좋았다.

"우리 스티커로 이 공책을 다 채워 보자."

헤니가 말했다. 2주 후에 재희와 헤니는 공책 한 권을 다 채울 수 있었다. 둘이 스티커 개수를 세어 보고 있는데, 갑자기 현세와 희훈이가 들어왔다.

"야, 배재희! 내가 나대지 말라고 했을 텐데. 맞고 싶냐?"

현세가 말했다.

"이거 봐. 하하하! 너희들 유치원생처럼 스티커 모으냐? 한심하다!"

희훈이가 놀리며 스티커를 뺏어 갔다.

"돌려줘. 너희들이랑은 상관없잖아. 달라고!"

재희가 말했다.

"어쭈? 이게 어디서……. 야, 따라와."

현세가 재희를 데리고 화장실로 들어갔다.

"재희야. 겁 먹지 마."

헤니가 말했다. 화장실로 들어서자 여러 아이들이 벌써 기다리고 있었다.

"으윽."

재희가 앞으로 쓰러졌다. 현세가 재희 배를 주먹으로 때렸기 때문이다. 그러자 아이들 모두 재희를 때리면서 재희의 손에서 스티커 공책을 빼앗았다.

"윽! 아…… 스티커는 안 돼……."

재희는 공책을 붙잡고 애원했다.

"이까짓 스티커가 뭔데…… 멍청한 놈!"

재희는 발길에 차여 화장실 바닥에 쓰러졌다. 그때였다. 헤니가 뛰어 들어오며 소리쳤다.

"야! 이현세, 유희훈! 재희를 내버려 둬!"

아이들이 일제히 헤니를 쳐다보았다.

"너희들, 왜 재희를 때려? 나하고 친하게 지내서? 아니면 스티커가 탐나? 스티커 때문이라면 내가 사 줄게. 재희는 건들지 마!"

헤니가 큰 소리로 화가 난 듯이 소리치자,

"야, 외국인이라고 봐주려고 했더니 안 되겠네. 한판 붙자!"

하고 현세가 답했다. 아이들이 환호성을 질렀다. 화장실은 순식간에 싸움터로 변했다. 그때 재희는 헤니가 한 말이 생각났다.

'나 사실 태국에서 킥복싱을 배웠어! 다음에 또 현세나 희훈이가 괴롭히거나 때리면 가만히 있지 않을 거야.'

그런 생각을 떠올리는 동안 헤니는 현세를 단숨에 제압했다. 다른 아이들도 한 명씩 헤니의 주먹과 발길질에 나가떨어졌다. 현세의 코에서 코피까지 나면서 헤니는 승리를 했다.

"너희들, 빨리 재희한테 사과해!"

헤니는 분이 덜 풀린 듯이 소리쳤다.

"미안해……. 너희 괴롭힌 거 진심으로 사과할게."

녀석들이 사과를 했다. 누군가가 말했다.

"저기, 혜니야. 너희들 스티커가 물에 젖었어. 어떻게 해?"

혜니는 화를 참으면서 말했다.

"괜찮아. 그만들 나가 봐."

혜니의 말이 떨어지자, 아이들이 하나둘씩 화장실에서 빠져나가기 시작했다.

"재희야, 괜찮니? 보건실에 가 봐야 되는 거 아니야?"

혜니가 걱정스럽게 말했다.

"보건실까진 아니고……. 혜니야, 너 멋있더라."

재희는 혜니에게 그런 힘이 있을 거라고는 꿈도 꾸지 못했었다. 혜니가 빙긋 웃었다.

"혜니야, 우리 스티커……."

"괜찮아, 걱정하지 마. 다시 모으면 되지."

이 일을 계기로 아이들은 더 이상 재희와 혜니를 괴롭히지 못했다. 오히려 혜니와 재희에게 잘 대해 주었다. 한마디로 인기남들이 된 것이다. 스티커는 어떻게 됐을까? 당연히 열심히 모아 다시 공책 한 가득이 채워졌다.

딱지에 미친 날들

박기범

나는 조그마한 상자를 하나 들고 다닌다. 상자에는 작은 자물쇠가 걸려 있다. 나는 그 상자를 보물처럼 꼭 끼고 다닌다.

상자 안에는 내가 제일 좋아하는 짱딱지가 들어 있다. 짱딱지에는 포켓몬스터, 디지몬 등 아주 힘세고 멋있는 캐릭터 그림이 새겨져 있다. 그 짱딱지로 딱지치기를 하면 만화에서처럼 몬스터와 몬스터가 직접 싸우는 것 같은 느낌이 든다.

옛날에는 네모난 딱지로 쳤지만, 지금은 짱딱지의 전성기다. 내가 좋아하는 캐릭터로 딱지를 친다는 건 무척 흥미롭다. 그래서 난 짱 딱지의 세계로 깊이 빠져들었다.

우리 반에는 '딱3킹'이라는 무시무시한 그룹이 있다. 딱지치기 3대 왕! 그 셋 중에 하나가 바로 나다. 나머지는 현식이와 승훈이다. 딱3킹이 되려면 딱지가 스무 개 이상 있고, 무엇보다 실력이 좋아야 한다. 딱3킹이 지나가면 남아나는 딱지가 없을 정도다.

오늘도 어김없이 딱지치기는 계속된다.

"가위바위보! 가위바위보!"

다행히도 내가 1등이 됐다. 나는 자신감이 더욱 넘쳤다.
"아싸비요, 내가 1등이다. 오늘 운 좋은데! 누가 2등?"
그 순간 현식이가 대답했다.
"나! 2등이긴 하지만 나에게도 가능성이 있겠지?"
역시! 승훈이는 또 꼴찌다.
"아 씨, 현식이가 2등이야? 만날 나만 꼴찌 하고, 이게 뭐야!"
순서가 정해졌으니 딱지치기를 시작했다.
"자! 그럼 쳐 볼까나?"
나는 기를 모아 힘껏 내리쳤다.
'딱!'
"오케이! 현식이 거 넘기고, 이제 승훈이 간다!"
'딱!'
"어라? 빗맞았네. 다 따 버릴 수 있었는데. 운 좋은 줄 알아라!"
"나 친다! 진정한 고수는 말없이 실력으로 승부하는 것! 봤냐? 고수는 말없이 차분하게 하는 거야. 안 받아 적고 뭐 해? 이 형님이 명언 하나 남겼는데!"

정신없이 딱지를 치고 있는데 어디선가 "선생님 오신다!" 하는 소리가 들렸다. 우리들은 잽싸게 딱지를 숨기고 자리에 앉았다.

우리 선생님은 '헐크'이기 때문에 한번 폭발하면 끝도 없다. 게다가 딱지치기를 하다 걸리면 딱지를 다 자르고 벌을 세우기 일쑤다.

'탁! 탁! 탁!'

교탁 치는 소리가 나자 순식간에 시끄럽던 반이 조용해졌다.
"학교 안에서 아직도 딱지치기하는 놈이 있던데, 다 나와!"
이게 웬일인가? 모두들 숨을 죽이고 있다.
"없다고? 그래 오늘 날 잡아서 책가방 검사나 해야겠네."
아이들은 당황했다. 나는 너무 긴장한 나머지 식은땀이 흘렀다. 그 와중에 딱지를 이리저리 숨기기 시작했다. 그런데 더 이상 숨길 곳이 없었다. 어쩔 수가 없었다. 더럽긴 하지만 눈을 꾹 감고 내 입속에 남은 딱지 한 장을 숨겼다.
'음······.'
입에 딱지가 들어 있어 말을 할 수가 없었다. 그러고는 아무 생각 없이 앉아 있었다. 문득 뉴스에서 나온 기사가 생각났다.
"요즘 유행하는 딱지에서 환경 호르몬이 검출되었다고 합니다."
그 순간 나는 바로 딱지를 입 밖으로 뱉어 버렸다.
"에이, 퉤! 퉤!"
선생님이 나를 노려보시며 소리쳤다.
"유승현! 너 일루 나와!"
나는 앞으로 나갔다.
"아까 딱지를 반납하라고 했는데, 왜 안 냈지?"
선생님께서 말씀하셨다. 나는 진짜 무서웠다.
"너무 무서워서 그만······."
"그래? 그럼 오늘만 봐주겠다. 다시는 하지 마라! 대신, 남아서 청소! 딱지 다 압수!"

나는 한 마리의 희생양이 되었다. 내 덕분에 다른 애들은 무사할 수 있었다.

청소를 다 하고 집으로 돌아가는 길에 문구점 앞에서 망설였다. 그러다 결국 한 달 용돈을 모두 털어서 딱지를 샀다. 돈은 아까웠지만 그래도 새 딱지를 가졌다는 뿌듯함이 더 컸다.

다음 날, 나는 애들에게 큰 소리로 자랑을 늘어놓았다.

"얘들아! 나 짱딱지 다시 샀다. 이건 새로 나온 캐릭터래!"

"진짜? 와, 정말?"

친구들이 모두 몰려와 딱지를 보며 웅성거렸다. 나는 으쓱했다. 딱지를 새로 산 게 잘한 일로 느껴졌다.

그렇게 딱지 수집은 내 생활이 되어 버렸다. 그러던 어느 날 수업 후 집으로 가던 중이었다. 우리 집으로 가는 작은 골목길에 들어서자 큰 그림자가 나를 가로막았다. 올려다보니 키가 나보다 훨씬 큰 6학년 형이었다. 나는 몹시 긴장했다. 그 형이 나를 손가락으로 가리켰고 나는 놀라서 쳐다보았다.

"저요?"

몹시 긴장한 채로, '내가 아니겠지.' 하며 물었다.

"그래 너! 여기 너 말고 누가 있냐? 띨띨하기는. 긴말할 거 없고 책 말고 다 내놔라!"

차고 있던 전자시계와 딱지들을 고스란히 내주었다.

"가진 건 이게 다예요. 저, 가 봐도 되죠?"

여전히 나는 떨었다.

"그래 가 봐라. 담부터는 현금 들고 다녀라, 짜샤!"

나는 모든 걸 잃은 느낌이 들었다. 달려가서 형의 뒤통수를 한 방 날려 주고 싶었다. 하지만 난 아무것도 할 수 없었다. 그 사건 후부터 밥맛도 없고 눈물만 나오고, 눈앞에서 딱지만 어른거렸다. 한동안 그렇게 넋을 잃고 있다가 정신을 차렸다.

'이럴 때가 아니지! 이 시간에 딱지 한 장이라도 더 따야지!'

나는 생각을 고쳐먹고 딱지를 따기 위해 동네 원정을 떠났다. 청바지에 긴팔 셔츠를 입고, 동생이 가지고 있던 마지막 딱지 하나만을 들고 떠났다. 마치 전쟁터에 나가는 군인처럼 말이다.

오늘도 어김없이 문구점 앞은 딱지 대회장이었다. 전쟁터에서 나의 싸움은 계속됐다. 시간을 멈추고 그 앞에 있는 딱지를 다 주워 오고 싶을 정도로 종류가 많다.

"나도 이번 판 낀다! 알았지?"

나는 몹시 긴장한다.

'따먹히면 어떻게 할까? 만약 내 것이 넘어가면 판에 있는 딱지를 다 들고 튈까? 아님 지금이라도 하지 말까?'

나는 고민에 빠진다. 그러나 물러설 수는 없다.

"가위바위보! 내가 이겼네, 히히!"

1등이 된 현범이가 좋아한다.

'헉! 어떡하지? 내가 꼴찌다. 에라, 모르겠다. 다 갖고 튀자!'

나는 판에 있는 딱지를 모두 긁어모았다.

"야! 너 뭐야! 왜 딱지 건드리고 그래, 내 차례인데."

현범이가 소리쳤다.

"몰라!"

나는 딱지를 긁어모아 모두 주머니에 넣고 뛰기 시작했다.

"헉! 헉! 헉! 아, 힘들어. 쟤네들은 언제까지 다라오는 거야? 진짜 끈질기네."

나는 숨이 차 헐떡이면서도 계속 달린다.

"유승현! 거기 서! 잡히면 죽는다!"

"헉! 헉!"

"빨리 돌려줘! 뭐라고 안 할게!"

하지만 멈출 내가 아니다. 나는 애들을 따돌리고 집으로 들어갔다. 너무 힘들어 숨조차 쉴 수 없었다. 물을 먹고 나도 모르게 잠에 빠져 버렸다.

잠시 뒤 나는 아주 큰 방에 혼자 덩그러니 앉아 있었다. 그런데 천장에서 딱지가 비 오듯 쏟아졌다.

"와! 이게 꿈이야, 생시야? 천국에 온 건가? 좋아 미치겠다!"

그런데 딱지가 불어나 점점 방에 가득 차는 게 아닌가? 이제 나는 머리만 빼꼼히 빼고 있었다. 움직일 수 없었지만 그래도 좋았다. 기분이 정말 황홀했다. 마치 100점을 받았을 때 느낄 수 있는 충족감이었다.

하지만 그렇게 좋은 순간도 잠깐. 딱지들이 다 사라져 버렸다. 그리고 무슨 소리가 들리기 시작했다. 처음에는 잘 들리지 않아 귀를 쫑긋 세웠다.

"내 딱지 내놔! 내 딱지 내놔!"

하는 소리였다. 점점 공포가 밀려왔다. 그러더니 아까 나를 뒤쫓던 아이들이 갑자기 내 앞에 나타났다.

"어, 안 돼! 이러지 마. 딱지 다시 돌려줄게."

아이들은 나를 들어 낭떠러지 밑으로 떨어뜨렸다.

"악!"

비명과 함께 정신이 들었다. 온몸에 식은땀이 흐르고 있었다.

"휴, 꿈이었구나."

나는 한숨을 쉬며 생각에 잠겼다.

'그나저나 딱지 장만할 돈을 빨리 구해야 이 궁지에서 벗어날 텐데.'

나는 이 궁리 저 궁리에 시간 가는 줄 몰랐다. 그러다 문득 좋은 생각이 떠올랐다.

'아하! 바로 그거야! 엄마가 주무시니까 지갑을 슬쩍해서 조금만 가지고 가면 모를 거야.'

나는 마지막 방법이라는 생각으로 때를 기다리고 있었다. 기다리면서 고민도 많이 했다.

'진짜 이렇게까지 해야 하나?'

마음 속의 천사와 악마가 싸우고 있었다. 천사가 나를 말렸다.

'승현아, 그런 짓 하면 안 되는 거 잘 알잖아. 그건 나쁜 짓이야!'

천사의 말이 끝나자마자 악마가 나를 꼬드기기 시작했다.

'아니야! 절대 그렇지 않아! 기회는 오늘뿐이야. 돈 조금 없어져도 엄마는 절대 모를 거라구!'

'돈이 중요한 게 아니지. 너의 인격과 양심을 버리는 짓이야. 타락한 악마가 되고 싶니?'

'승현! 우리 둘 다 너의 선택에 맡길게. 선택은 자유야! 하지만 잘 생각하라고! 마지막 기회야. 구질구질하게 살지 않을 수 있는 마지막 기회!'

나는 결심했다.

'그래! 그깟 돈 몇 푼 없어지는 게 대수야? 그리고 인격과 양심은 다시 착한 일 하면 원상회복될 테니까. 단 한 번인데 뭐.'

나는 거실을 거쳐 큰방으로 기어 들어갔다. 살금, 살금……, 살금살금.

'지갑이 어디 있지? 여기 있을 텐데. 어! 저기 있다.'

그때 갑자기,

"거기 누구야? 아이, 참."

아빠의 잠꼬대였다. 순간 기절할 뻔했지만 나는 임무를 완수했다. 내 손에는 시퍼런 배춧잎이 한 장 쥐어져 있었다.

그렇게 아슬아슬한 밤이 지나고 다음 날 아침이 왔다. 어제 잠을 많이 자 둬서 일찍 일어날 수 있었다.

"승현아! 승현아! 유승현! 같이 가자!"

누가 우리 집 앞에서 나를 불렀다.

"누구지? 어? 현식이 아니야? 너 왜 이 길로 가? 너 원래 이 길로 안 가잖아."

"왠지 오늘 이 길로 가고 싶어서……."

"짜식……, 너 돈 냄새 하나 기가 막히게 잘 맡는다……."

"왜? 돈 생겼냐? 그럼 한턱 쏴야지! 그런데 어디서 돈이 생겼냐?"

현식이가 물었다.

"그건 알 거 없고 학교 끝나고 내가 한턱 쏜다! 학교 끝나고 교문에서 보자! 승훈이 데리고 오고……."

그날은 학교에서 아무 일 없이 즐겁게 공부하고 수업을 끝마쳤다. 그리고 현식이, 승훈이와 학교 앞 분식점으로 갔다.

"야! 뭐 먹고 싶냐? 말만 해라! 이 엉아가 다 사 준다!"

나는 간만에 애들에게 큰소리 한번 쳤다.

"오! 너 오늘 돈 많나 보다, 그렇게 폼 잡는 거 보니."

현식이와 승훈이가 기분이 좋아서 외쳤다.

나는 친구들이 먹고 싶다던 떡볶이, 순대, 튀김을 사 줬다. 셋이서 배 터지게 먹고 계산을 했다. 20분 만에 자그마치 5000원이나 사라졌다. 먹고 나서 우리는 헤어졌고 나는 집에 가는 도중에 남은 5000원으로 딱지를 다 샀다. 딱지가 너무 많아 가방에 넣어 가야 했다.

"다녀왔습니다."

나는 아무렇지도 않은 척하고 들어갔다.

"어, 그래. 오늘 별일 없었니? 가방 놓고 큰방으로 오거라!"

순간 심장이 멈추는 것 같았다. 엄마가 돈 얘기를 꺼내면 어떻게 할까 걱정까지 했다. 아니나 다를까 엄마가 나를 노려보았다.

"너 잘못한 거 있으면 다 말해 봐!"

"어? 나 잘못한 거 하나도 없는데. 왜 그래? 뭐 문제 있어?"

나도 모르게 엄마한테 거짓말을 해 버렸다. 어쩌면 잘된 일인지도 모른다. 그냥 넘어갈 수도 있으니.

"아니다. 그럼 나가 보거라."

엄마는 눈치를 채지 못하신 것 같았다. 엄마는 계속 큰방에 계시고 나는 반 친구들과 함께 스타크래프트를 했다. 저녁 여덟 시쯤 아빠가 오셨다. 난 인사를 간단히 하고 게임을 계속했다.

"여보, 잠깐 큰방으로 좀 와 보세요. 할 말이 있어요."

아빠가 들어간 지 10분이 흘렀고 8시 15분쯤이 되자 아빠의 묵직한 소리가 들렸다.

"승현이, 너 당장 큰방으로 와!"

아빠는 몹시 화가 난 듯했다. 나는 무서워서 어쩔 줄 몰랐다.

"너, 엄마 지갑에서 만 원짜리 한 장 꺼내 갔지?"

"네……."

어쩔 수 없이 대답했다.

"내가 너를 도둑질이나 하라고 가르쳤어? 왜 그런 짓을 한 거야? 도둑질이 나쁜 거 알아 몰라? 어?"

아빠가 소리쳤다.

"잘 알아요. 저도 모르게 그만."

그날 나는 아빠한테 손바닥 열 대를 맞았다. 참나무로 만든 회초리라 이전에도 두 대 이상은 때린 적이 없었는데 오늘은 달랐다. 한 대, 두 대까지는 온 힘을 다해 버텨 봤지만, 세 대를 맞고 나니 울음이 터졌고, 네 대를 맞고는 더 이상 참기 힘들어서 내 방으로 뛰어가 문을 걸어 잠그고 침대에 누워 버렸다.

아빠가 정말 싫었다. 내가 잘못한 건 알지만 그래도 아빠가 너무 미웠다.

"아빠 싫어! 집 나가 버리고 싶어!"

그렇게 아빠를 비난하는 말을 마구 퍼붓다가 잠이 들었다. 어느 순간 눈을 떠 보니 다음 날 아침이었고, 집에는 아무도 없었다. 그때 전화가 왔다.

"여보세요?"

"승현이냐? 너 문방구로 나와라. 같이 놀자!"

"나 지금 놀 기분 아니거든. 됐거든!"

모든 게 귀찮았다.

"니가 나올 때까지 승훈이랑 기다린다."

현식이는 그렇게 말하고는 뚝 하고 전화를 끊어 버렸다. 할 수 없이 옷을 입고 기분 전환도 할 겸 문방구로 갔다.

"너는 여기 가만히 앉아서 구경이나 해라."

현식이가 말했다.

"야, 지금 사람 불러서 장난하냐? 죽을래? 나 간다!"

정말 기분이 엉망이었다.

"야, 잠깐이면 돼. 딱지 많이 줄게!"

그 말을 하고 현식이와 승훈이는 문방구로 들어갔다.

"안녕하세요. 아저씨! 저 오늘 또 왔어요……. "

승훈이가 말했다.

"그래, 승훈이 왔구나. 오늘도 딱지 사러 왔니? 딱지 새로 들여놔서 저기 많이 있단다."

"오늘은 그냥 구경만 하려구요. 어, 저 건담 시리즈는 언제 나온 거죠? 처음 보는 건데."

"승훈이가 이 가게 장사해도 되겠다. 다 알고 있네."

그런데 아저씨와 승훈이가 이야기하는 동안 같이 문방구에 들어간 현식이가 딱지를 주머니에 넣기 시작하는 게 아닌가. 하나, 둘, 셋……, 스물한 개, 스물두 개……. 계속 넣고 있었다. 나는 눈이 휘둥그레졌다. 그리고 잠시 뒤 현식이가 나오고, 승훈이도 뒤따라 나왔다.

"야, 일루 따라와. 일단 문방구에서 멀리 가자."

현식이가 앞서 걸으며 말했다.

"오늘은 수입이 꽤 짭짤한데. 승훈이 말솜씨 죽이더라. 네 말솜씨 때문에 아저씨가 너한테서 눈을 못 떼던데……."

"진짜? 음하하하! 나는 뭐든지 잘한단 말이야!"

승훈이가 큰소리쳤다.

"승현이 너는 구경만 했으니까 일곱 개, 그리고 나머지는 반땡 하자!"

현식이가 냉정하게 잘라서 말했다.

"아 씨, 겨우 일곱 개? 내가 이렇게 싼 놈이냐? 열다섯 개 정도는 줘야지. 많이 가져온 것 같던데……."

약간 후회하는 목소리로 내가 말했다.

"억울하면 너도 같이 하던가. 아니, 그럴 게 아니라 지금 다른 데로 갈까? 너도 같이 해 볼래?"

"그럴까? 그래 그까짓 꺼 뭐, 무슨 역할을 맡으면 되지?"

나는 욕심이 나서 도전했다.

"넌 초보니까 옆에서 현식이가 주는 딱지나 받고 몰래 나가."

"그래, 쉽네. 당장 가자. 렛츠 고!"

우리는 바로 동네 다른 문구점으로 갔다.

"자, 작전 개시! 승훈이 먼저 출발!"

승훈이가 먼저 들어가 방금 전처럼 가게 주인아저씨에게 말을 걸었다. 초긴장 상태라 뭐라고 하는지 들리지도 않았다. 현식이가 딱지를 몰래 훔쳐 나에게 넘겨주기 시작했다. 정신없이 딱지를 받고 현식이와 나는 문구점을 빠져나오려고 했다. 그런데 그때였다.

"잠깐, 얘들아! 그냥 가니?"

아저씨가 우리를 불렀다. 우리는 긴장했다. 그리고 어떻게 행동할까 고민했다. 막 고민하고 있는데 현식이가 말했다.

"네, 돈이 없어서 그냥 구경만 하다 가려구요."

현식이는 재치 있게 대답을 하고 다시 문구점을 빠져나오려고 했다. 그 순간 내 주머니에서 왕딱지 하나가 뚝 하고 떨어졌다. 너무 긴장한 터라 그냥 나오려는데 아저씨가 나를 불렀다.

"얘야! 여기 이거 네 것 아니니? 여기 떨어졌다."

"네, 고맙습니다."

나는 얼른 딱지를 받았다.

"어? 반짝이 딱지는 여기서만 파는 건데. 이거 어디서 났니?"

아저씨는 뭔가를 눈치챈 듯했다.

"동생이 줬는데요?"

나도 현식이처럼 재치 있게 위기를 모면했다. 그런데 나오려던 순간, 아저씨가 다시 말을 했다.

"이건 방금 들어온 것이라 판 적이 없는데. 그러고 보니 저기 있던 딱지가 다 사라졌잖아!"

아저씨는 딱지가 있던 곳을 보며 말했다.

"승현아, 튀어!"

우리는 바로 뛰기 시작했다. 주인아저씨가 뒤따라왔다. 막 정신없이 달리고 있는데 현식이가 넘어졌다.

"야, 도와줘! 같이 가!"

"안 돼. 우리라도 살아야지! 오늘은 네가 운이 안 좋은가 보다. 니가 희생해라."

"나쁜 놈들! 두고 보자!"

현식이가 소리쳤다. 우리는 현식이를 버리고 뛰어갔다.

현식이는 붙잡혀 아저씨랑 경찰서에 갔다. 우리는 안도하며 아지트인 빌라 주택 주차장에서 쉬고 있었다. 10분쯤 지나니 문구점 아저씨와 현식이가 아지트로 걸어오는 것이 보였다. 우리는 또 달렸지만 둘 다 잡히고 말았다. 결국 우리도 경찰서로 갔다.

"나쁜 놈! 너라도 희생해야지, 물귀신처럼 이게 뭐냐?"

"나 혼자 죽을 수는 없지. 이 의리라고는 하나도 없는 것들아!"

경찰서에 가서 우리는 부모님을 불러야 했다. 조금 뒤 현식이 엄마와 승훈이 엄마, 우리 엄마가 경찰서로 오셨다.

"얘들아! 어떻게 된 거니?"

우리는 고개를 푹 숙이고 있었다.

"경찰 아저씨, 우리 아들은 이런 짓 할 나쁜 놈 아닙니다. 한 번만 봐주세요. 뭔가 오해가 있는 거 아니에요?"

엄마가 사정을 했다.

"여기 피해자가 있는데 어떻게 안 훔쳤다고 말을 합니까?"

경찰 아저씨가 소리쳤다.

"진짜 너희들이 훔쳤니?"

승훈이 엄마가 믿을 수 없다는 듯이 물었다.

"네……."

"아이고, 내 팔자야. 피땀 흘려 자식새끼 길러 놨더니 도둑질이나 하다니. 내가 죽어야지, 죽어야지……."

엄마는 경찰서에서 눈물을 터뜨렸다. 태어나서 엄마가 그렇게 우시는 건 처음 봤다. 하지만 우는 것도 잠깐, 엄마는 곧바로 문구점 주인아저씨에게 말했다.

"죄송합니다. 우리 애가 철이 없어서 죄송합니다. 제가 잘못 가르쳤나 봅니다. 죄송합니다."

　우리 엄마는 그 자리에서 죄송하다는 말과 함께 고개만 수십 번 꾸벅꾸벅 했다.

　"네. 아직 어린애들이고 처음이니까 이 정도단 하죠. 교육 똑바로 시키세요!"

　엄마들이 돈을 다 물어주고 나서야 우리는 경찰서에서 나올 수 있었다.

　그 일이 있고 나서 내가 겪었던 힘겨운 일들은 말하기 싫다. 엄마의 화를 풀어 드리려고 얼마 동안은 딱지도 멀리하고 말도 잘 들었다. 그러나 작심삼일이라고 결심한 지 얼마 지나지 않아 다시 또 딱지를 샀다.

　딱지에 대한 나의 집착은 꽤 오랫동안 계속되었다. 하지만 이제는 모두 지나간 어린 시절의 추억일 뿐이다.

꼬마 여행기

김경룡

 안녕하세요? 나는 김산이라고 해요. 나이는 일곱 살이구요. 우리 엄마는 나보고 만날 크게 되라고 해요. 산처럼 크게 되라면서 이름도 '김산'이라고 지었대요. 키가 빨리 컸으면 좋겠지만 산처럼 크게 되는 건 싫어요. 산처럼 커지면 놀이터에서도 못 놀고 집에도 못 들어가잖아요.
 나는 지금 살고 있는 동네에서 태어났어요. 이 아파트에서만 살았죠. 일곱 살이니까…… 7년 동안 여기에서 산 거예요. 오래 살았죠? 아주 가끔 엄마와 함께 아파트에서 좀 떨어진 병원이나 큰 마켓에 가기도 하지만, 혼자서 아파트 밖으로 나가 본 적은 한 번도 없어요.
 엄마는 늘 "위험해! 위험해!" 하면서 절대 내보내 주질 않아요. 옆집에 사는 들이 엄마는 샛별아파트 놀이터에서 노는 것도 허락해 줬다는데, 우리 엄마는 만날 졸라도 안 된다고만 해요.
 '맞다! 오늘도 들이가 샛별아파트로 놀러 간다는데, 같이 가 볼까?'

나는 생각했어요. 하지만 엄마한테 혼날까 봐 걱정이에요.

"어머, 바다 엄마, 그 얘기 진짜야? 어머 어머……."

어? 엄마가 전화를 하네요. 히히, 지금이 기회예요! 엄마는 한 번 시작하면 〈텔레토비〉 두 편이 끝나도록 통화를 계속 하거든요. 그럼, 지금 나가야겠다. 나는 현관으로 달려가면서 말했죠.

"엄마, 나 놀러 갔다 올게!"

"어머, 잠깐만. 산아, 어디 가는데?"

"놀이터에."

"그래, 그럼 엄마가 조금 이따 나갈 테니까 놀고 있어!"

"응!"

히히. 탈출 성공. 야호! 이제 들이네 집으로 가야지. 나는 들이네 집에 가서 문을 두드렸어요.

'쾅쾅!'

벨은 너무 높아서 누를 수가 없어요. 그래서 문을 두드린 거죠.

"암호를 대라."

들이의 목소리였어요. 암호가 뭐냐고요? 요즘 나쁜 아저씨들이 문 열어 달라는 일이 많다고 해서 우리끼리 정한 거예요.

"파워레인저는 천하무적."

'철컥'

에휴. 들이도 키가 작아서 문 여는 데 시간이 오래 걸려요.

"산아, 어서 와. 지금 게임하고 있는데 같이 할래?"

들이는 좋겠어요. 엄마가 생일이라고 마리오 게임을 사 줬대요.

나도 갖고 싶은데……. 근데 지금은 게임보다 놀이터에 더 가고 싶어요. 게임은 나중에 하면 되니까요.

"아니야, 오늘은 너랑 샛별아파트 같이 가려구."

"근데 니네 엄마가 못 가게 한다며."

들이는 게임에서 눈도 돌리지 못하고 있어요.

"엄마한테는 놀이터에 놀러 간다고 거짓말하고 나왔지롱."

"유치원 선생님이 거짓말하면 벌 받는 댔잖아."

유치원 선생님이 말했지요. 거짓말하면 코가 길어진다고. 하지만 그게 거짓말이라는 것쯤은 나도 알아요.

"근데 거짓말 안 하면 안 보내 준단 말야."

들이는 게임 때문에 정신이 팔려서 놀러 갈 생각이 전혀 없네요. 할 수 없이 들이네 집에서 나왔어요.

나는 혼자서 가 보고 싶었어요. 이제 얼마 안 있으면 학교도 갈 거니까요. 나는 다 컸다구요! 그냥 엄마랑 갔던 길만 쭉 따라가면 되죠. 나는 엘리베이터 버튼을 눌렀어요.

'땡동, 1층입니다.'

벌써 다 왔나 봐요. 엄마가 오면 안 되니까 얼른 뛰어가야지. 놀이터 쪽으로 쭉 가면 아파트 후문이 나와요. 엄마는 이 문을 자꾸만 쪽문이라고 해요. 그래서 나는 후문이랑 쪽문이랑 합쳐 후쪽문이라고 하지요. 경비 아저씨한테 "후쪽문 맞죠?"라고 하니 "허허" 웃고는 그냥 가 버리는 거 있죠? 이게 웃기는 말인가요?

'두근두근'

나는 후문 앞에 섰어요. 이제 한 발만 앞으로 내디디면 처음으로 나 혼자 세상에 나가 보는 거예요. 왼발을 들어서 힘 있게 내디뎠죠.

'쿵'

드디어 나 혼자 세상 밖에 나왔어요. 어라 그런데 바뀐 게 하나도 없네. 아무래도 너무 조금 나왔나 봐요. 맞다! 내가 다니는 병원까지 혼자 가 볼래요. 거기라면 뭔가 달라질 거예요. 그리고 간 김에 의사 아저씨한테 자랑해야지.

나는 방향을 잡고 걸어가며 숫자를 셌어요.

"442, 443, 444……!"

유치원에서 배워서 이제는 1000까지 셀 수 있어요. 후쪽문에서 병원 앞까지 444걸음이네요? 신기해요. 똑같은 숫자가 세 번 나왔어요. 뭔가 좋은 일이 생길 것 같아요.

"안녕하세요?"

병원 문을 열고 큰 소리로 말했어요. 의사 아저씨한테까지 들리게요.

"오! 산아, 어서 와."

내가 제일 좋아하는 간호사 누나예요. 병원에 와서 주사를 맞을 때마다 누나는 일회용 주사기랑 사탕 세 개씩을 주었어요.

"어? 근데 엄마는?"

간호사 누나가 물었어요.

"엄마는 지금 통화하고 있어요."

간호사 누나한테 자랑하고 싶어 어른스럽게 말했어요.

"그럼, 너 혼자 온 거니?"

"네!"

히히, 간호사 누나가 날 신기한 표정으로 보고 있어요. 내가 이렇게 용감할 줄은 몰랐나 봐요.

"아이고, 이게 누구야? 산이 아니냐?"

의사 아저씨가 반갑게 맞아 주셨어요. 나는 자랑스럽게, 그리고 어른스럽게 말했어요.

"네! 저 산이에요."

"근데 엄마도 없이 여긴 무슨 일이니?"

자랑하러 왔다고 하면 어른답지 못할까 봐, 그냥 인사하러 왔다고 했어요. 그리고 얼른 인사를 하고는 도망치듯이 나왔어요.

"저, 그럼 안녕히 계세요."

히히, 처음치고는 잘한 것 같지 않아요? 흠, 다음엔 어디로 간다? 아하! 병원 옆에 있는 큰 슈퍼. 전에 몇 번 온 일이 있는데, 아저씨가 나를 알아보실까요?

"안녕하세요?"

큰 소리로 인사를 하자, 아저씨가 알은체를 해 주시네요.

"응, 그래."

아저씨는 돈 계산에 바쁘시네요. 아저씨 얼굴은 조금 무섭게 생겼어요. 나는 얼른 또 인사를 했어요.

"안녕히 계세요."

이제는 어디로 갈까요? 두리번거리면서 큰 건물과 지하철역을 들여다보며 걸었어요. 자동차들이 마구 달리고, 사람들은 바쁘게 들 어디론가 걸어가네요. 나는 계속 걸었어요. 큰길을 따라 계속 가면 아빠 일하는 데가 나오지 않을까요? 저번에 엄마랑 같이 간 일이 있었는데, 큰 대문이 있었어요. 아빠의 직업이 공무원인데 거기에서 일하셨거든요. 하여튼 큰길을 따라 가다가 네거리에서 길을 건너고 표지판이 나오면 되는 거였어요.

'히히, 빨리 가야지.'

처음으로 혼자 신호등을 건너 보네요. 신호등 건너는 방법은 유치원 병아리 반에서 배운 적이 있어요. 일단 신호등이 빨간불이면 건너지 말고 파란불이 켜져도 왼쪽, 오른쪽 자동차가 안 오는지 보고 손을 번쩍 들고 오른쪽으로 건너는 거잖아요.

"녹색 불이 켜졌습니다. 건너가도 좋습니다."

왼쪽, 오른쪽을 확인하고 손을 번쩍 들고 오른쪽으로 건너야지. 오른쪽이……. 아, 맞다! 밥 먹는 손이었지. 짜잔! 다 건넜어요. 히히, 이제 구청으로 가는 표지판이 나올 때까지 앞으로 쭉 걸어가야죠.

그런데 가면 갈수록 건물들이 높아지네요. 가다 보니 또 건널목이 나오네요. 건넜어요. 그쪽은 건물이 해님을 가려서 조금 어둡네요. 무섭지만 괜찮아요. 표지판이 곧 나타날 거니까요. 쭉 가기만 하면 될 거예요.

하지만 가면 갈수록 점점 주위가 어두워져서 잘 보이지 않네요. 무서워요. 건물들이 나를 잡아먹을 것만 같이 커졌어요. 주변은 깜깜해졌어요. 가로등이 켜지고 있지만, 이쪽 길에는 사람들이 별로 다니질 않아요. 야옹이가 날 보고 있어요. 눈이 무섭게 빛나요. 여기가 어딘지도 모르겠어요. 표지판도 없어요. 나는 다리가 아파서 주저앉았어요.

"훌쩍."

여긴 어딜까요. 무서워서 울음이 나왔어요.

"엄마, 어디 있어요? 흐아아아앙."

나는 어두운 건물 계단에 앉아 울기 시작했어요. 엄마도 내가 없어져서 걱정하실 텐데…….

"흐아아아아아앙, 훌쩍."

하지만 떠오르는 게 있어요.

'맞아, 여기서 가만히 앉아 울고만 있으면 엄마가 날 못 찾을지도 몰라. 사람 많은 곳에서 돌아다녀야 엄마가 날 찾을 수 있을 거야. 그래 돌아다녀 보자.'

그래서 나는 사람이 많은 쪽을 향해서 다시 걸었죠. 얼마나 지났을까요. 가로등이 환하고, 사람들이 아주 바쁘게 걸어다니는 거리로 나왔어요. 가로등이 있으니까 덜 무서워요. 날 잡아먹으려고 하던 건물들도 빛나기 시작했어요. 밝아서 그런지 이제 무섭지는 않아요.

하지만 배도 고프고, 다리도 아파 오네요. 나는 다시 울면서 사람들 사이를 걸어 다녔어요. 어디가 어딘지 전혀 알 수가 없어요.

사람들이 지나가다 나를 흘끔흘끔 바라보긴 했지만, 모두들 바쁜가 봐요. 그냥 지나가 버리네요. 어디선가 아빠가 나타나지 않을까 하고 쳐다봤어요. 아빠랑 비슷하게 생긴 남자가 있으면 부지런히 뒤를 따라갔어요. 하지만 역시 아빠는 아니었어요.
 이젠 걸을 수도 없어요. 나는 어느 전자 제품 가게 앞에서 울고 있었어요. 밤은 깊어 가고, 나는 어떻게 해야 할지 몰라서 주저앉았어요. 그때, 머릿속에 떠오르는 게 있었어요.
 '맞다! 유치원에서 길을 잃어버렸을 때는 경찰서로 가라고 했지.'
 나는 경찰서를 찾기로 했어요. 다시 일어서서 울면서 경찰서를 찾으러 가는데 누군가가 나타났어요.
 "꼬마야, 왜 우니?"
 어? 경찰…… 아저씨? 정말 경찰 아저씨였어요. 나는 아빠라도 만난 것같이 큰 소리로 울었어요.
 "길을 잃어버렸어요. 흐아아아아앙."
 나는 처음으로 마음 놓고 울 수 있었어요.
 "그래? 이름이 뭐지? 울지 마라. 아저씨가 집 찾아 줄게, 가자."
 "정말요?"
 "그래, 일단 아저씨랑 가자."
 "네!"
 아저씨는 나를 경찰차에 태워 주었어요. 이제 집에 갈 수 있을까요? 경찰서에 도착하자 아저씨는 나를 찬찬히 바라보더니 말했어요.

"어, 이게 뭐지?"

아저씨가 내 목에 걸려 있는 목걸이를 봤어요.

"아하. 여기 집 전화번호가 있구나. 엄마한테 전화해 줄게."

아저씨가 내 목걸이를 보고 전화했어요.

"아, 네. 여기 치안센터인데요. 산이 어린이 어머니 되시나요?"

"네! 우리 산이 지금 거기 있나요?"

엄마의 목소리가 작게나마 들렸어요.

"네. 저희가 잘 보호하고 있습니다. 잘 보호하고 있을 테니 얼른 데려가 주십시오."

아저씨는 전화를 끊고 빙그레 웃었어요. 엄마가 곧 오신대요.

그런데 기쁘면서도 막상 엄마가 와서 나를 막 때리면 어떡하나 걱정이 앞서네요. 아저씨가 냉장고에서 오렌지 주스를 꺼내 따라 주었어요. 나는 얼른 받아서 꿀꺽꿀꺽 마셨어요. 그때 갑자기 문이 열리며 엄마가 뛰어 들어왔어요.

"산아!"

"엄마!"

"산아, 어디 갔었던 거야? 엄마가 얼마나 찾았는지 아니?"

엄마 눈에 눈물이 맺혔어요.

"엄마, 잘못했어요."

나는 엄마 품에 뛰어들어 울었어요.

"괜찮아. 다친 데는 없지? 다행이다. 흐흑."

엄마가 울고 있는데도 나는 엄마가 때릴까 봐 무서웠어요.

"자, 이제 집에 가자. 엄마가 맛있는 돈가스 해 놨단다."

엄마가 때리지 않으시네요. 이렇게 엄마한테 잘못했는데 왜 안 때리지?

"안녕히 가세요. 다음부턴 아이 단속 좀 해 주세요. 이런 일 다시는 없도록."

아저씨가 배웅해 주었어요.

"네, 알겠습니다. 감사합니다."

경찰서 밖으로 나왔어요.

"엄마, 나 안 때려? 이렇게 엄마 걱정시켰는데……."

하지만 엄마는 웃었어요.

"우리 예쁜 산이를 이렇게 다시 찾았는데 엄마가 어떻게 산이를 때려? 그래도 다음부터는 이렇게 함부로 나가면 안 돼. 알았지? 엄마가 샛별아파트까지는 들이랑 같이 가는 거 허락할게."

"네!"

나는 엄마와 함께 곧장 집으로 왔어요. 아빠도 엄마의 전화를 받고 직장에서 달려오는 중이셨어요. 아빠도 나를 안고 눈물을 글썽이셨어요. 나는 또 울었죠. 우리 모두 울고 나서 맛있게 돈가스를 먹었답니다. 오늘따라 별님이 더 반짝거리네요.

읽고 쓰고 톡톡!

1. 각 소설의 줄거리를 써 봅시다.

	줄거리
뽑기	
추억의 스티커	
딱지에 미친 날들	
꼬마 여행기	

2. 각 소설의 흥미성을 평가하고, 그렇게 평가한 이유를 적어 봅시다.

	흥미성	이유
뽑기	☆☆☆☆☆	
추억의 스티커	☆☆☆☆☆	
딱지에 미친 날들	☆☆☆☆☆	
꼬마 여행기	☆☆☆☆☆	

3. '추억'에 관한 소설 줄거리를 만들어 봅시다.

김 선생님의 소설 톡톡!

〈뽑기〉, 〈추억의 스티커〉, 〈딱지에 미친 날들〉, 〈꼬마 여행기〉는 어린 시절의 정서를 섬세하게 살려 낸 추억담 소설입니다.

〈뽑기〉는 어린 시절의 추억을 맛의 감각으로 되살려 낸 소설입니다. '나'는 초등학교 1학년 가을에 처음으로 뽑기 맛을 봅니다. '달콤하고 향긋한' 뽑기의 첫맛은 '나'를 온통 사로잡고 맙니다. 엄마가 준 돈으로 뽑기를 하고, 한 번 더 하려고 하지만 뽑기 할아버지는 100원이 부족하다며 못 하게 합니다. '나'는 서운한 마음에 복수를 결심합니다. 할아버지의 설탕 통에 소금을 섞어 놓아 뽑기 장사를 망치고 맙니다. 다음 해 학교 앞에서 뽑기 할아버지를 만나, 지난 일을 사과하고 다시 뽑기에 몰두합니다. 어느 날 할아버지가 더 이상 장사를 나오지 않고 뽑기는 추억 속으로 사라집니다.

이 소설의 가장 큰 성과는 어린 시절에 느꼈던 미각과 후각을 생생하게 되살렸다는 점입니다. '근처에만 가도 달콤한 냄새가 풍기는 환상적인 군것질', '달콤하면서도 약간 쓴맛이 있어 질리지 않고, 입맛에 딱 맞는' 뽑기에 대한 추억은 일품입니다. 어린이는 이성보다 감성이 앞서는 시기로 감각적인 능력이 더 발달합니다. 이 소설은 어린 시절에 맡았던 냄새와 맛을 고스란히 살려 낸 감각적인 문체가 일품입니다.

〈추억의 스티커〉는 왕따, 학교 폭력, 인종 차별, 다문화 등 여러 가지 사회적 제재가 들어간 소설입니다. 재희는 태국에서 온 헤니와 친

6 판타지

이 내리고 지칠 무렵, 길을 잃었다는 것을 알고 두려움에 눈물을 흘립니다. 경찰의 도움으로 다시 엄마 품에 안기면서 갈등은 끝납니다.
이 소설은 새로운 세계를 향해 도전하는 일종의 모험 소설입니다. 사실 사람은 사춘기 때뿐만이 아니라 늘 새로운 세계를 향해 도전하는 존재입니다. 어린이도, 청년도, 성인도, 심지어는 노인이라 하더라도 모두 자신의 변화와 발전을 위해 노력하며 살기 때문입니다. 새로운 것에 대한 도전은 늘 위험을 동반하는 모험이며 실수와 좌절을 겪게 마련인 경험입니다.
이 글은 동화적 성격이 짙은 소설입니다. 굳이 동화와 소설을 구분하자면, 동화란 어린이를 위해 쓴 소설이고 청소년을 위한 소설은 '청소년 소설'로 구분합니다. 그러나 넓은 의미에서는 모두 소설의 범주에 속합니다.

소설의 소재는 장난감에 불과한 '딱지'지만, 내용을 분석해 보면 '소유와 집착'이라는 욕망이 어떻게 사람을 지배하는가 하는 철학적, 사회적 현상을 고발하는 무게 있는 소설입니다. 누구나 어린 시절 한 때 겪는 실수로 절제를 배우는 과정을 다룬다는 점에서 '성장 소설'이라고 할 수 있습니다. 그러나 어린 시절의 실수로 끝나지 않는 경우도 얼마든지 있습니다. 우리 사회의 정치나 경제 전반에 나타나는 부정, 부패, 불의도 비슷한 원리에 의해 반복해서 일어나고 있으니까요. 주인공이 어린이고, 소유와 집착의 대상이 딱지라는 설정만 다를 뿐 어른 사회의 갈등 양상과 조금도 다를 바가 없습니다.

이 소설은 '딱지'에 얽힌 단순한 일화임에도 사건이 점층적으로 커지고 복잡하게 전개됩니다. 또 꽤 길게 쓰면서도 재미와 긴장감을 유지하고 있다는 사실이 매우 놀랍습니다. 보통 손바닥 소설이나 콩트 수준이 대부분인 데 비해 이 소설은 단편 소설 분량에 가까운 풍부한 내용으로 필력을 자랑하고 있습니다.

〈꼬마 여행기〉는 처음으로 세상 밖을 탐험하러 나온 꼬마의 모험을 그린 동화입니다. 이제 일곱 살 난 유치원생 산이는 더 넓은 세계로 나가고 싶은 충동을 억제하지 못합니다. 아직 공간이나 구조를 파악하지 못하지만 엄마와 함께 다녀 본 경험이 있기에 자신은 충분히 알고 있다고 생각합니다. 혼자 아파트를 벗어나 병원과 슈퍼마켓을 찾아가고, 신호등을 건너 자꾸만 멀리 걸어갑니다. 계속 가면 언젠가 가 본 아빠의 직장 대문이 나타날 거라고 생각합니다. 그러나 어둠구가 됩니다. 그러나 학급의 권력자인 현세와 희훈이는 재희와 헤니가 힘이 없다는 이유만으로 그들을 괴롭힙니다. 재희와 헤니가 가지고 놀던 스티커도 빼앗고 재희를 때립니다. 이때 헤니는 태국에서 배운 킥복싱으로 건방진 권력자들을 한 방에 제압합니다.

현세와 희훈이의 만행은 학교에서 늘 일어나는 학교 폭력의 전형입니다. 이런 현상은 학교만이 아니라 우리 사회 곳곳에 만연해 있습니다. 사회적 약자나 소수자, 제3세계 노동자 등이 이유 없이 무시당하고 손해를 봐야 하는 경우가 자주 일어납니다.

이 소설이 매우 사실적이며 진실하게 다가오는 이유는 인물의 내면 갈등을 날카롭게 포착하고 있기 때문입니다. 재희가 헤니 때문에 괴롭힘을 당한다는 생각을 하며 헤니와 거리를 둘까 갈등하는 장면이 바로 그렇습니다. 또 이 소설의 반전 설정도 좋습니다. 헤니의 '킥복싱'을 통해 갈등을 해결하면서, 동시에 다문화에 대한 열린 시각을 잘 보여 준 설정입니다.

〈딱지에 미친 날들〉은 어린 시절의 일화를 사건 중심으로 잘 엮은 성장 소설입니다. 승현이는 현식이, 승훈이와 함께 딱지 삼총사입니다. 딱지 따먹기에 목숨을 건 승현이는 날이 갈수록 딱지에 대한 소유욕과 집착이 커집니다. 결국 엄마의 지갑에 손을 대고 문방구에서 도둑질까지 합니다. 자신을 제어할 수 없는 욕망이 범죄 상황으로 발전한 것입니다. 문방구 주인에게 붙들려 경찰서에 가고 엄마가 달려와 눈물을 흘리는 상황으로까지 커지고 맙니다.

요즘은 판타지 소설의 전성시대입니다. 마법이나 초자연적인 것들로 구성된 판타지(Fantasy)는 소설뿐만 아니라 영화는 물론 음악, 미술 등에서도 많이 활용하고 있습니다. SF(Science Fiction)라 불리는 공상 과학 소설이나 무협 소설은 가장 인기 있는 판타지 분야입니다. 〈해리 포터〉는 고대의 신화와 전설에서 내용을 가져온 판타지 동화라고 하며, 전 세계에서 가장 인기를 끌고 있습니다.

어린이나 중학생들은 유난히 판타지풍의 소설 읽기나 쓰기를 좋아합니다. 이야기 자체의 오락성이 크기도 하지만, 해결하기 힘든 현실의 문제나 고단한 일상을 떠나 환상 속에 빠져 보고 싶은 마음 때문입니다.

하지만 판타지 소설은 자칫하면 그저 황당무계한 이야기로 흐르기 쉽기 때문에 주의가 필요합니다. 소설의 생명은 '사실성과 진실성'에 있으므로 초자연적인 소재를 가져온다 해도, 현실의 문제를 떠나지 않아야 문학성을 지닌 소설이 탄생할 수 있음을 기억해야 합니다.

네 편의 학생 소설을 읽고 판타지 소설을 써 봅시다.

유령 친구 | 빨간 펜의 진실은 없다 | 악몽 |
솜사탕 향기 맡으러 간 길고 긴 여행

유령 친구

김장열

나는 영등포중학교에 사는 지박령 캐스퍼다. 여기서 몇십 년을 살았는지는 나도 계산해 보지 않았다. 그러나 이 학교의 역사가 50년은 족히 되었으니까, 그 정도는 충분히 살았던 것 같다. 우리에게 정확한 시간 개념은 의미가 없다. 하지만 나는 영등포중학교의 역사적 사건들은 대충 꿰고 있다. 그리고 대부분의 아이들이 가진 비밀을 알고 있다.

나는 장난기가 많아서 가끔은 그래서는 안 되는 줄 알면서도 장난을 친다. 예를 들면, 사격부 시합이나 체육대회 같은 때 살짝 힘을 보태 주기도 한다. 상대편 주전 선수가 방아쇠를 당기는 순간 갑자기 바람을 일으켜 눈에 티가 들어가게 한다든지, 농구 시합을 할 때 상대 선수 발목을 잡아 미끄러지게 한다든지 하는 정도다. 하지만 아무도 눈치채지 못하기 때문에 문제가 되는 일은 없다.

또 아이들이 운동장에서 뛰어놀거나 장난을 할 때 함께 노는 것도 좋아한다. 후드 달린 옷을 입은 아이의 모자를 뒤집어 놓는

다든지, 말뚝박기를 할 때 함께 올라타서 뒤에 타는 아이를 미끄러뜨리는 장난 말이다. 하지만 나의 존재를 아는 이는 아무도 없다. 나에게는 무게가 없기 때문에 당연한 일이다.

내가 가장 싫어하는 것은 방학이다. 또 일요일도 참 싫다. 아이들이 소풍을 가거나 사생 대회를 나가는 날도 싫다. 텅 빈 학교에서 혼자 뒹굴고 있으면 심심하다 못해 나도 모르게 외로워지는 것이다. 물론 시험 날도 싫다. 아이들이 그 답답한 종이 쪼가리에 얼굴을 처박고 있으면 정말 짜증이 난다.

그런데 어느 날 특이한 일이 벌어졌다. 나를 알아보는 아이가 생긴 것이다. 2학년 8반의 원석이라는 녀석인데, 뭐 별 특징도 없는 보통 애다. 키도 보통이고 얼굴도 그리 잘생기지 않았다.

3월, 새 학기를 시작했을 때의 일이다. 아직 이른 아침이라 아이들은 오지 않았고, 나는 교탁 위에 누워서 놀고 있었다. 그런데 원석이가 제일 먼저 열쇠를 따고 교실로 들어오더니, 나를 보고는 자연스럽게 인사를 건네는 게 아닌가?

"어, 안녕? 난 원석인데, 혼자 있니?"

나는 깜짝 놀라 일어났다.

"날 알아보는구나."

"어, 심심한가 보지?"

원석이는 아무렇지도 않게 말했다.

"내가 유령인데, 무섭지도 않아?"

"아니, 그런 종류의 책을 워낙 많이 읽어서 별로야."

원석이가 놀라지 않는 것이 고마워서 내가 제안을 했다.

"다른 애들한테는 비밀로 하고, 우리 친구로 지내자."

"좋아."

그래서 우리는 친구가 되었다. 가끔, 원석이와 내가 둘만 얘기를 나눌 때 친구들이 이상한 눈으로 바라보기도 한다. 하지만 이내 원석이가 혼자 중얼거리는 정도로 생각한다. 원석이가 사실대로 얘기한들 믿지도 않을 테지만…….

그날도 아이들은 교실에서 말뚝박기를 하며 놀고 있었다. 망을 보도록 한 명을 세워 두는데 그날은 원석이 차례였다. 나는 원석이에게 다가갔다.

"원석아."

"왜?"

"내가 뭐 하나 가르쳐 줄까?"

"뭔데?"

"내가 지금까지 봐 온 건데 학생부 선생님들은 점심 다 드시고 12시 10분에 한 번 둘러보시고, 30분에 수업을 들어가셔."

"진짜?"

"응. 일주일에 한 번 정도만 조금 이른 시간에 오시지."

"응, 그렇구나. 그럼 뭐, 지금은 망 볼 필요도 없네."

원석이는 편안한 마음으로 긴장을 풀고 물었다.

"다른 거 뭐 없어?"

"다른 거라……. 음, 생활지도부실에서 교실 스피커를 켜면 누가 떠들고 무슨 놀이를 하는지 다 들을 수 있어. 그래서 선생님들이 듣고 달려오는 거야. 다른 반도 그래서 혼난 적 많아."

"응. 그랬구나. 고마워."

"그 정도야 뭐. 나중에 모르는 거 있으면 물어봐."

"응."

우리는 이렇게 친해졌다.

그러던 어느 날 김은혜라는 여자아이가 전학을 왔다. 원석이는 은혜에게 한눈에 반했는지, 은혜만 보면 좋아서 어쩔 줄 몰라 했다. 하지만 원석이는 내성적이라 은혜 앞에서는 한마디 말도 못하고 얼굴도 똑바로 쳐다보지 못했다. 사춘기라서 그런가 보다 생각하며 잠자코 있었는데, 드디어 속을 끓이던 원석이가 나에게 고백을 했다.

"있잖아. 나 은혜 좋아하는데……. 어떻게 하지? 은혜 앞에만 서면 가슴이 떨리고 말도 안 나오고……. 어떻게 하지?"

나는 모른 척했다.

"재호나 지환이나 그런 애들한테 물어봐."

"알았어."

용기를 내어 꺼낸 말에 내가 시큰둥해 하자 원석이는 실망한 듯 대답했다.

하루가 지났다. 원석이는 지환이와 재호를 붙들고 물어보고 있었다.

"야, 여자한테 어떻게 고백하는 거냐?"

"왜? 좋아하는 애 생겼어?"

"누구야?"

애들은 그게 누군가만 궁금해 할 뿐이었다.

"아냐, 아무것두……."

원석이가 말을 감추었다.

"그럼 왜 물어보냐? 좋아하는 애 생겼구만."

"으…… 응."

"우선 넌 너무 내성적이라 여자 앞에만 서면 도망갈 거라고."

"응."

"그러니까 연애편지를 쓰는 거야."

"맞아. 어제 중현이도 여자애한테 편지 받았잖아. 직접 고백하지 않아도 할 수 있어. 내용은 우리가 가르쳐 줄게."

"그런데…… 어떻게 편지를 전해 주지?"

"음…… 점심시간에 가방 속에 넣어 두는 거야."

"아하! 고마워."

원석이는 좋은 비책을 세운 것 같았다. 재훈이와 지환이와 재호가 힘을 모아 편지를 쓰기 시작했다. 아이들은 편지를 원석이에게 주었고, 원석이는 점심시간에 몰래 은혜 가방에 그 편지를 넣었다.

하루가 지나고 이틀이 지나고 일주일이 지났다. 하지만 아무 반응이 없었다. 애가 탄 원석이는 다시 아이들과 상의를 했다. 아이들은 공책, 샤프, 샤프심, 지우개 등을 넣은 선물을 포장해서 은혜에게 주라고 시켰다. 원석이는 역시 선물을 은혜 가방에 넣어 두었다. 그래도 역시 아무 답이 없었다. 어쩌면 은혜는 원석이의 행동에 부담을 느끼고 있는지도 몰랐다. 실망한 원석이는 수업이 끝났는데도 집에 가지 않고 힘없이 운동장에 앉아 있었다. 내가 옆에 앉으니까 원석이가 나를 힐끔 보더니 말했다.

"캐스퍼, 은혜는 나를 싫어하는 거지? 말해 줘……. 그렇지?"

나는 난처했다.

"넌 아직 은혜하고 한마디도 해 보지 않았어. 어떻게 은혜가 너를 알 수 있지? 친구들이 주는 편지나 선물보다 직접 대화를 하며 친해져야 하는데 말이야."

하지만 원석이는 더 힘이 빠진 얼굴로 말했다.

"용기가 없어. 무슨 말을 해야 할지 전혀 떠오르지를 않는다구. 얘기를 하면 아마 나를 더 싫어하게 될걸."

"그러면 앞으로도 계속해서 은혜와 대화도 없이 친해지겠다는 거야? 그건 말이 안 돼."

"그러면 어떡하지? 좀 친해지면 괜찮지만, 난 항상 처음 친해지는 게 어렵단 말이야."

원석이는 절망하고 있었다. 나는 내키지는 않았지만, 얼마 지나지 않아 여기를 떠나야 할 상황이었기 때문에 마지막으로 원석이의 첫사랑을 돕기로 마음먹었다.

"음, 좋아! 내가 도와주지. 내가 너 대신 말해 줄게."

원석이가 놀라며 물었다.

"어떻게?"

"내가 네 몸속으로 들어가서 고백을 해 주는 거야."

"아하! 그거 좋다."

그래서 나는 은혜가 혼자 있을 때를 잘 포착해서 원석이를 데리고 갔다. 그러고는 얼른 원석이 몸속으로 들어가서 말을 했다.

"은혜야, 너 오늘 생일이지? 생일 기념으로 내가 너에게 피자를 사고 싶은데 어때? 그동안엔 얘기할 기회가 없었어."

은혜가 잠시 원석이를 바라보았다.

"내 생일인 걸 어떻게 알았어?"

"그 정도야 뭐, 보통이지. 너에 대해서는 많이 알고 있는 편이야. 너 보라색 좋아하지?"

은혜가 깜짝 놀라 소리를 질렀다.

"어머, 진짜 점점. 너 어떻게 알았어? 세상에! 귀신같다, 얘."

"아, 미안. 이건 어디까지나 그냥 추측일 뿐이야. 사실이라면 기쁜데……."

"추측이라구? 진짜 놀라운 일이다. 네가 이렇게 대단한 앤 줄 몰랐네……."

은혜는 아주 즐거워하며 원석이에게 호감을 느끼고 있었다. 둘은 자연스럽게 대화를 이어 갔다. 원석이가 가끔 보이는 수줍은 미소 때문에 은혜는 점점 원석이에게 친근감을 느끼고 있었다.

그렇게 며칠이 지나자 나는 더 이상 필요 없었다. 두 사람은 매일 정답게 등굣길과 하굣길을 함께하며 얘기를 나누고 있다. 원석이는 더 이상 나를 부르지 않았고, 나도 아는 체하지 않았다.

얼마 뒤, 나는 환생을 위해 멀리 떠났다. 원석이에게 알리면 슬퍼했을지도 모르지만 원석이는 지금 은혜 때문에 정신이 없다. 차라리 잘된 일이다. 나는 원석이가 더 자신감을 갖고 행복했으면 좋겠다고 생각하며 정든 영등포중학교를 떠났다.

빨간 펜의 진실은 없다

배수연

나의 책상에 놓인 빨간 펜 한 자루에는 잊지 못할 기억이 깃들어 있다. 우리나라에는 '빨간 펜으로 이름을 쓰면 저주를 받는다'는 이상한 풍습이 구전되어 오고 있다.

나는 병설여자중학교 1학년에 재학 중인 한진아다. 내가 생각해도 내 성격에는 살짝 이상한 구석이 있다.
'빨간 펜으로 이름 쓰기······.'
왜 사람들은 빨간 색깔을 싫어하는 것일까?
초등학교 4학년 때, 짝의 이름을 빨간 펜으로 써 주었더니 호들갑스럽게 치를 떨었다. 그 경험 이후로 궁금증을 품었지만 3년이 지난 지금도 난 해답을 찾지 못하였다.
빨간 펜을 오래 연구해서 그런지 다른 아이들과 달리 나는 빨간 펜으로 이름 쓰는 게 좋았다. 빨간색은 분명 튀는 색이고 개성 있어 보인다. 그래서 빨간 펜으로 이름 쓰기를 즐겼다. 적어도 그 일이 일어나기 전까지는······.

우리 반에는 내가 유일하게 싫어하는 여자아이가 있었다. 그 아이는 오랫동안 나를 집요하게 괴롭혀 왔다. 이름은 박은아. 그 애는 나를 싫어하는 게 분명하다. 내가 이름을 부르면, 마치 3년 전 내 짝처럼 불쾌해 했다. 그 애 때문에 나는 우리 반에서 왕따라고 소문이 났다.

내 입으로 말하기 뭐하지만, 왕따라는 건 정말 괴로운 호칭이다. 나중에 학교를 졸업해서도 우리 학교를 나온 여자애들이 나를 왕따로 기억하면 어쩌나. 나는 그것이 늘 두려웠다.

은아가 나를 냉정하게 대하는 것 때문에 나는 학교 옥상으로 올라간 적도 있었다. 아무도 나에게 관심을 가져 주지 않기 때문에 그렇게 난 아이들에게서 소외되어 갔다.

은아에게 내가 할 수 있는 유일한 일은 빨간 펜으로 이름을 쓰는 것뿐이었다. 빨간색으로 이름을 쓰면 그 사람이 '저주를 받는다'는 풍습. 물론 이런 풍습을 믿지 않았지만, 이뤄지기를 간절히 원했다. 은아가 날 여기까지 오도록 만들었다고 생각했으니까 말이다. 하지만 이뤄지지 않아도 좋다. 그냥 분풀이를 할 곳이 필요했다. 학교가 끝난 후 문방구에서 무제 공책 하나를 샀다.

그날 밤 방에서 나는 무제 공책을 앞에 두고, 눈을 감고 생각했다. 그리고 마침내 은아의 이름을 진한 빨간 펜으로 적었다.

'박은아, 박은아, 박은아'

이렇게 적고 있는 내가 한심스럽기도 했다. 아무 일도 일어나지도 않는데 바보같이 기껏 빨간색으로 이름이나 쓰고 있다니…….

그렇게 매일 빨간색으로 은아의 이름을 쓰고 또 쓰던 나는, 공책을 오래된 서랍 맨 뒤쪽에다 넣어 두었다.

그런데 얼마 지나지 않아 이상한 일이 일어났다. 아무 이유도 없이 은아가 학교에 나오지 않았다. 은아에게 좋지 않은 일이 일어났다는 소문도 있었다. 하지만 아무도 그 정확한 이유를 아는 사람이 없었다. 나는 애써 '에이, 그냥 우연이겠지 뭐.' 하고 생각했다.

그러나 마음 한구석에서는 뭔가 이상한 느낌이 들었다.
'정말 빨간 펜의 저주가 일어난 것일까?'

사흘 뒤, 은아가 학교에 왔다. 은아는 나를 보자 다시 무시하는 듯했다. 아이들도 덩달아 나를 무시했다.

그러던 어느 날, 은아가 옆에 오더니 내가 읽고 있던 성적표를 뺏어서 큰 소리로 말했다.

"얘들아, 진아 한문 점수 8점이다. 찍어도 이것보단 잘 맞겠다."

그 말을 들은 아이들은 재미있어 죽겠다는 듯이 웃었고, 내 얼굴은 홍당무처럼 빨개졌다.

학교가 끝난 뒤 집에 돌아와 나는 다시 그 공책을 꺼냈다. 그리고 빨간 펜으로 은아의 이름을 마구 썼다. 이를 악물고 쓰고 또 썼다.

그 다음 날, 온몸에 소름이 돋는 일이 생겼다. 은아가 병원에 있다는 이야기를 들었기 때문이다. 정말 빨간 펜의 저주가 실현된 것인가? 은아에 대한 분노는 어디로 가고, 나는 알 수 없는 두려움을 느끼고 있었다. 그것은 죄책감이었다. 그 후 은아는 나흘 동안이나 학교에 나오지 못했다.

나흘 후 돌아온 은아의 얼굴은 핼쑥했다. 은아가 돌아온 그날, 나는 집에 돌아오자마자 공책을 서둘러 꺼내 빨갛게 쓰인 은아의 이름을 검은 매직으로 지웠다. 은아에게 미안한 마음으로.

다음 날 아침, 학교에 도착하자마자 먼저 은아에게 다가갔다.

"저, 저기, 은아야. 많이 아팠니?"

따뜻한 위로의 말을 들은 은아는, 기분이 좋았는지 평소와는 다르게 내게 살짝 포근한 미소를 지어 주었다.

그 뒤로 나는 은아에게 먼저 다가가서 말을 거는 습관이 생겼다. 그런데 이상하게도 그 후부터 은아는 나를 더 이상 놀리지 않았다. 내가 베푼 여유 있는 친절이 은아의 마음을 바꾼 것일까? 은아는 자기 친구들에게 나를 소개하기도 하고 음료수를 건네주기도 했다. 점점 난 은아와 가까운 친구가 되고 있었다.

친해지고 나서, 은아는 왜 자신이 여러 날 결석했는지에 대해 들려주었다. 가족끼리 해외여행을 다녀왔다는데, 학교를 빠지고 가야 해서 아무에게도 말을 못 했다는 것이다. 그 여행의 피로 때문에 몸살이 나서 나흘을 더 빠졌다고 했다. 생각해 보니, 사실 그동안 은아가 나를 놀리고 왕따를 한 것도 은아에 대한 나의 거부감 때문이었다. 사람은 누구나 사랑받지 못하면 미움을 품는 것이 아닌가? 그것도 모른 채 은아만 원망했던 내가 부끄러웠다.

이제는 은아가 먼저 자기 마음을 털어놓는 것이 아닌가?

"진아, 그동안 내가 미안했어. 네 입장에서 생각하지 못하고 항상 내 감정 중심으로만 생각했던 것 같아."

은아에게 미안하다는 말을 들을 줄은 상상도 못했다. 나도 진심으로 사과했다.

"아냐, 너를 잘 알지 못하고 행동했던 내가 더 미안해. 우리 서로 아껴 주는 진정한 친구가 되자."

우리는 두 손을 꼬옥 잡았다.

그 후 나는 빨간 펜의 저주 따위는 믿지 않고, 누구에게나 먼저 마음을 열고 다가가는 습관을 갖게 되었다. 이렇게 마음을 연 뒤, 우리는 서로를 더 잘 알게 되었고 단짝 친구가 되었다. 그러자 나를 보는 우리 반 아이들의 시선도 따뜻하게 바뀌었다.

그 뒤로 나는 빨간 펜으로 이름을 썼던 공책을 바라보았다. 한때 이 공책을 가지고 많은 고민을 한 것을 생각하니, 정말 바보같아 '피식' 웃었다.

공책을 버리고 생각하였다. 빨간 펜은 나를 바보로 만든 것이 아니라 오히려 희망을 주는 헌혈 같은 존재였다고······.

악몽

박교수

"위잉~ 칙! 위잉~ 칙! 거. 기. 서. 라. 위잉~ 칙! 위잉~ 칙!"
'이번엔 터미네이터네! 왜 저런 것만 나를 따라오는 거야?'
"저리 가! 저리 가!"
"너. 를. 잡. 고. 말. 겠. 다. 이. 런. 꼬. 맹. 이."
"안 되겠어. 여기 각목이 있네. 에잇!"
"그. 런. 걸. 로. 안. 된. 다."
"으악! 살려 줘!"

"재민아! 재민아! 또 무슨 꿈을 꾸길래 그렇게 소리를 지르니?"
어머니가 깨우는 소리와 함께 형광등이 눈부시게 켜졌다.
'꿈이었구나……'
나는 식은땀을 씻어 낸다.
'이런 악몽을 계속 꾸는 이유는 과연 무엇일까?'
 차라리 낭떠러지에서 떨어지는 꿈이 낫다. 그런 꿈은 키라도 크는 꿈일 테니까. 하지만 요즘 들어 이렇게 매번 쫓기는 꿈을 꾸는 이유는 무엇일까? 문득 나는 공포에 떨며 도망치던 오래전의 사건이 떠올랐다.
'아! 혹시?'

초등학교 4학년 때다. 나는 우리 집과 가까운 곳에 있던 강산 아파트에 주말마다 놀러 갔다. 사촌인 강수 형이 거기 살고 있었다. 그 집에는 우리 집에는 없는 신기한 장난감들이 많았다. 나는 주말에 놀러 가서 그곳에서 자고 일요일 저녁이 되어서야 집에 오곤 했다. 일요일 저녁 무렵에 아버지께서 치킨을 사서 사촌 형네에 오시면 아버지와 같이 집에 돌아가기도 했다. 내가 소심하고 소극적이어서 두 살 어린 강민이에게 놀림을 받았지만, 친절한 강수 형과 할머니, 고모가 좋아서 자주 놀러 가곤 했다.

구름이 약간 낀 추운 겨울날이었다. 그날도 나는 강수 형 집에서 놀고 있었다. 게임을 하고 있었는데, 고모께서 우리를 불렀다. 고모와 고모부께서는 횟집을 하시는데 낮에는 가게에 나가셨다. 고모와 고모부께서 일을 나가시며 말씀하셨다.

"강수야, 너 강민이랑 재민이랑 같이 가서 신발 좀 사지 그러니?"

"엄마는 안 가고 우리만 가?"

"너희끼리 갈 수 있잖아. 엄마는 시간이 안 되니깐 갔다 와."

그러자 강민이가 톡 나섰다.

"엄마, 게임 좀 해도 돼? 오랜만에 가는 거니까, 제발······."

강민이는 유독 게임을 좋아해서 게임방에 가고 싶어 했다.
"그래. 강수도 이제 중학교 2학년이니까 동생들 잘 챙길 수 있겠지? 여기 10만 원이다. 신발 사고도 남을 만큼 주는 거니까 조심해서 다녀와라. 강수야, 너만 믿을게."
고모께서 강수 형에게 당부를 하시면서, 아이들이 만지기 어려운 제법 큰돈을 맡기셨다. 고모와 고모부께서는 횟집으로 가시고 우리는 조금 더 놀다가, 늦기 전에 신발을 사러 가기로 했다.
"형, 재민이 형, 우리 게임 많이 하자. 돈 많이 남잖아."
강민이가 신이 나서 외쳤다.
"강민아, 신발부터 사야지."
강수 형이 어른스럽게 말하며 우리를 앞세웠다.
"빨리 가자."
"응!"
우리는 큰길로 나가기 위해서 시장을 가로질렀다. 오후 장 시간이라 사람도 많고, 물건도 많았다.
"배추, 무, 마늘, 양파, 감자, 고구마가 왔어요!"
"맛있는 호빵이 있습니다! 빨리 오셔서 드시고 가세요!"
시끌벅적하고 우왕좌왕한 분위기였다. 시장 가까이에 있는 상가에는 새로 생긴 게임방이 있었다.
"재민이 형, 강수 형, 우리 빨리 게임방에 가자, 응?"
강민이가 서둘렀다.
"그래 그래. 강수 형, 빨리 가자."

나도 덩달아 신이 나서 외쳤다. 강수 형도 오랜만에 번화한 시장과 상가를 지나더니 게임방부터 가는 데 반대하지 않았다.

'삐용 삐용, 두루루루 펑!'

우리는 우선 만 원어치 게임을 하기로 했다. 어렸을 때는 돈의 가치를 잘 몰랐기 때문에 '십만 원에서 만 원쯤이야.' 하고 생각했다. 새로 생긴 게임방이어서 그런지 새롭고 재미있는 게임들이 많았다.

다른 날과 달리 게임방에는 나이가 많은 형들과 어른들이 있었다. 우리는 만 원을 동전으로 바꿔서 강수 형 4000원, 나 3000원, 강민이 3000원으로 나눠 오락실 안에서 흩어졌다. 동전을 오락기 옆에다가 쌓아 두고 게임을 했다.

"아, 진짜 어렵네. 이기고 말 테다. 돈은 많이 있으니까."

나는 구석에 있는 재미있는 게임을 했다. 내 옆에는 중학교 3학년쯤 되어 보이는 형들이 있었다. 그 형들은 담배를 피고 있었다. 나를 보더니 한 명이 말했다.

"이야, 돈 많은가 보구나? 저런 애 삥 뜯으면 대박인데. 한번 해 볼까나?"

그러자 내 옆에 있던 형이 말했다.

"에이, 뭐 저거 몇천 원밖에 안 되잖아."

"야, 아직은 때가 아니야. 조금 더 기다려."

처음에는 나에게 하는 말인 줄 몰랐지만, 담배를 피우고 힐끗거리며 나를 보는 형들 때문에 기분이 이상해서 자리를 옮겼다.

강민이와 함께 강수 형 옆자리로 가서 게임을 계속했다. 그때 강민이가 말했다.
"재민이 형, 이거 재미있어 보인다. 같이 하자."
나는 뭔가 조금 불안했지만,
'그래, 믿음직스런 강수 형이 옆에 있으니까 괜찮을 거야.'
하고는 곧 잊어버렸다. 우리는 편안한 마음으로 오락을 맘껏 즐겼다. 그 많은 동전들을 다 쓰고 나서 시계를 보니 벌써 시간이 꽤 되었다. 거의 저녁 시간이 다가오고 있었다.
"야, 빨리 신발 사러 가자. 어두워지고 있는데."
우리는 오락실을 나왔다. 역시 겨울이다 보니 빨리 어두워지기 시작했다. 말로 표현할 수 없이 추운 날이었다. 겨울의 칼바람은 두터운 점퍼를 뚫는 것 같았고, 귓불은 겨울의 날씨보다 더욱더 차가워진 느낌이었다. 거리에는 따뜻해 보이는 주황색 불빛이 하나둘씩 켜졌다. 어둠이 겨울 하늘을 뒤덮었다. 우리는 어둡고 추워서 지름길을 택했다.
빠른 걸음으로 지름길을 지나가고 있는데, 아까 게임방에서 본 형들이 우리 앞으로 다가왔다. 어두워서 얼굴이 잘 보이지는 않았지만, 한 명은 알아볼 수 있었다.
"이야, 아까 그 돈 많은 게임방의 갑부들 아니신가?"
한 형이 앞으로 나서서 웃으며 말했다.
"비켜, 우리 지나가게. 설마 돈을 뺏으려는 거야?"
강수 형이 지지 않으려는 듯 말했다.

"아니 이 새끼가, 감히 나에게 반말을 써?"
"어쩔 건데?"

강수 형이 멋있어 보였다. 그러나 상대는 여러 명이었다. 갑자기 퍽! 소리가 나면서 강수 형이 맞았다. 나는 그걸 보자마자 공포심에 질려 "으악!" 하고 도망쳤다. 뒤도 돌아보지 않고 뛰었다. 그 형들 중의 한 명이 나를 쫓아오고 있다고 생각해서 나는 미친 듯이 달렸다. 얼마나 뛰었을까?

"살려 줘요, 살려 줘! 깡패가 따라오고 있어요! 시장 골목길에서 우리 사촌 형이 맞고 있어요! 구해 주세요!"

이렇게 소리를 지르면서 나는 젖 먹던 힘까지 모아 집으로 도망치고 있었다. 뛰면서도 나는 걱정스러웠다.

'아, 우리 사촌 형 어떻게 하지? 아무리 싸움을 잘하지만 저렇게 네 명이나 되는데 어떻게 이기겠어. 그나저나 뒤따라오는 형은 진짜 무섭네. 어떻게 하지? 어떻게 하지? 깡패들이 강수 형하고 강민이를 죽이면 어떻게 하지? 나만 도망가고, 어떻게 해?'

이런 극단적인 생각까지 하면서 집에 도착했다.

"엄마! 문 열어 줘요! 빨리! 누가 따라오고 있단 말야!"

끼익 하고 열리는 문은 천국의 계단과도 같았다. 나는 안심하지 못하고 문을 잠갔다. 금세라도 깡패 형들이 따라와 우리 집까지 들어올 것만 같았다. 집 안에서도 숨어 있다가 아무 일 없다는 것을 확인한 후 텔레비전을 켰다. 텔레비전을 보고 있었는데, 문이 열리며 누군가가 들어왔다.

설마, 그 깡패? 그런데 들어온 사람은 아빠였다.

"재민아, 아빠 왔다!"

아빠가 반가운 표정으로 말했다.

"어? 깡패가 아니었네. 휴~."

"뭐? 재민이 너, 아빠가 깡패라고 생각했던 거야?"

"죄송해요. 아까 도망을 가는데, 깡패가 따라왔어요."

"무슨, 이 주위에 깡패 같은 건 없어. 그건 그렇고, 너 아까 왜 도망갔니? 치킨을 사 가지고 집에 가던 길에 뛰어가는 너를 봤어. 무슨 일인지 너를 쫓아가다 보니까 강수가 싸우고 있더라. 싸움을 말리고 먹을 것 좀 사 줘서 집에 보냈다. 너 혹시 그 중학생들하고 싸우는 게 무서워서 도망간 거야?"

나는 깜짝 놀랐다.

'아, 그러면 아까 따라온 사람이 깡패가 아니고 아빠였구나. 휴, 정말 다행이다.'

하지만 나는 아무렇지도 않은 척 그냥 넘어갔다. 마음속으로는 강수 형이 역시 싸움을 잘한다는 생각이 들었지만, 무서웠던 순간은 잊을 수가 없었다. 나는 도망친 걸 마음속으로 켕겨 하면서 강수 형에게 전화를 걸었다.

"어, 재민이네. 아까 왜 도망간 거야? 내가 싸우는 거 못 봤지? 외삼촌이 말리지 않으셨으면 그 애들 나한테 죽었을 거야. 아깝다. 구경거리를 놓쳐서."

나는 놀라웠다.

"형, 괜찮은 거야? 강민이도 괜찮고? 미안해, 나 혼자만 도망가서."

"괜찮아, 차라리 잘했어. 위험했을 수도 있으니까."

두려움도, 미안함도 모두 강수 형의 친절함 덕분에 사라지고, 나는 안심할 수 있었다.

그러나 이상하게도 그 사건 이후 자주 악몽을 꾸었다. 누군가가 날 죽이려고 쫓아오는 꿈 말이다. 깡패 형들도 있었지만, 악마나 마녀도 있었다. 두려움과 공포는 죽을 것 같은 긴장감을 동반했다.

"이히히~. 재민아, 재민아! 너를 잡아먹고 말 테다. 이히히."

"으악! 살려 줘! 어디로 도망가야 하지? 저기에 집이 있네. 저기로 가야겠다."

"재민아! 이히히."

"으악, 악!"

나는 또 악몽을 꾸고 말았다. 그런데 이상했다. 원래 한 달에 한 번씩 이런 꿈을 꾸는데 이번에는 연속으로 두 번이었다. 나는 마음먹고 삼촌에게 갔다.

"삼촌, 저는 한 달에 한 번 정도는 꼭 무언가에 쫓기는 꿈을 꾸거든요. 이 꿈의 의미가 뭘까요?"

"누가 쫓아오는 꿈이라, 성장기이기 때문에 그런 꿈을 꿀 수가 있어."

"그런데 왜 매번 쫓기는 꿈이죠?"

"긴장감 때문일지도 모르겠다. 걱정이나 근심이 많으면 나쁜 꿈을 꾸지."

"깡패들에게 쫓기고 나서부터 더 그런 것 같아요. 무슨 해결책이 없을까요?"

삼촌은 잠시 나를 바라보더니 진지한 얼굴로 말씀하셨다.

"재민아, 흉몽대길이란 말 아니?"

"네. 나쁜 꿈일수록 좋은 일이 일어날 수 있다는 말이잖아요."

"그래. 모든 건 생각하기 달렸다. 자신감을 갖고, 꿈속에서도 당당히 맞서겠다고 생각해 봐. 꿈도 달라질 거야."

그렇다. 나는 계속 겁을 먹고 있었던 거다. 비로소 내 나약한 마음이 원인이라는 생각이 들었다. 원인을 알고 나니, 마음이 편해지는 것 같았다. 삼촌께 상담을 받은 후에도 가끔 악몽을 꾸긴 했지만, 전보다는 많이 좋아지고 있었다.

현실에서 어려운 일을 당했을 때 당당하게 대처하는 힘을 기르는 것이 무엇보다 중요하다는 것을 깨달았다. 경험이 증명하는 '교훈'이었다.

솜사탕 향기 맡으러 간 길고 긴 여행

강수민

운동장 가득 하얀 모래, 새하얀 구름들로 푸르른 하늘, 그리고 너무 낡아 반쯤 허물어진 창고. 다른 사람이 볼 때는 한심하다고 할 수도 있겠지만, 나에게 이 창고는 너무나도 환상적이다. 내가 가장 좋아하는 구름을 얼마든지 볼 수 있기 때문이다.

오늘도 나 '반유하'는 이 낡아빠진 창고에서 솜사탕 같은 구름을 보며 노래를 흥얼거리는 중이다.

나는 항상 구름을 보면서 저 구름이 진짜 솜사탕이 아닐지 생각하곤 한다. 그러나 오늘도 여느 때와 다름없이 나의 환상적인 구름 감상에 방해꾼이 쳐들어왔다.

"야! 지금 뭐 해? 너도 주번이잖아. 나 혼자 하다가 팔 빠진다고!"

저놈의 하이톤 목소리는 언제 내려갈지. 목소리의 주인은 나랑 가장 친한 친구, 아니지 제대로 말하자면 나랑 가장 많이 붙어 있는 친구 '서채령'이다. 2학년에 처음 올라왔을 때부터 하이톤의 목소리로 쩌렁쩌렁 내 이름을 그렇게 불러 대더니, 이제는 아예 재미가 들린 모양이다.

  사실 나는 아주 약간의 마법을 부릴 수 있다. 사람들의 눈빛을 보고 그 사람의 생각을 읽어 내는 것이다. 마법이라 하기에 너무 초라하지만, 친구들도 의심하지 않았다. 내가 진짜 자신들의 마음을 읽어 내는 것 같다고 했다.

  '아 참! 이럴 때가 아니지. 주번이라고 했지.'

  "아이고, 선생님 한 번만 봐주세요. 지금 뛰어갑니다."

  다행히도 교실에 선생님은 계시지 않았고 내가 늦은 것 때문에 토라진 채령이만 기다리고 있었다.

  나는 미안해서 채령이를 최대한 도와주려고 노력했다. 있는 힘을 다해 최대한 빨리 대걸레질을 하고 있는데, 사건이 일어나고 말았다. 내가, 이 자존심 센 반유하가 대걸레질을 하다가 그만 물 묻은 복도에서 미끄러져 정말 웃긴 모양새로 넘어지고 만 것이다. 그것도 내가 그토록 좋아하는 경석이 앞에서 말이다. 나는 정말 울고 싶었다.

  그런데 웬일인지 비웃는 웃음소리는 들리지 않았고, 일으켜 주려는 손 하나가 다가왔다. 경석이였다.

  나는 순간 당황해서 더 큰 소리를 지르며 내 힘으로 벌떡 일어나고 말았다. 더 창피해졌다. 그 상황에서 왜 그렇게 소리를 지른 건지……. 아무리 생각해도 내 자신이 한심했다. 그래도 어쩔 수 없는 일이었다.

  그렇지만 다행히도 정신을 차리고 경석이에게 고맙다고 인사를 했다. 경석이가 손을 내미는 바람에 놀라서 소리를 질렀다는 말까지 했다. 당황했지만, 경석이에게 말을 건넬 수 있다는 행복감에 사로잡혔다. 그러나 그 일로 인해서 무슨 일이 일어날지는 상상하지 못했다.

다음 날, 비극적인 아니 두려운 일이 벌어졌다. 어제 경석이 앞에서 넘어지고 경석이가 나한테 손을 내밀었던 것, 경석이에게 고맙다는 인사를 하고 소리 지른 이유를 설명했던 모습을 모두 옆반 싸가지 '이효재'가 보고 만 것이다. 이효재는 예상과 다름없이 자기 친구들에게 이야기를 부풀려 소문을 내고 다녔다.
 옆반 아이들의 눈빛으로 봐서 이제 모두 나를 싫어하는 듯했다. 그렇게 심한 일도 아니었는데 나는 미치도록 억울했다. 시간이 지날수록 옆반 아이들이 점점 나를 경멸하는 듯 보였고, 정말 천장을 뚫고 나가 버리고 싶었다.
 이런 일을 억울하게 참고만 있어야 한다는 사실에 숨이 막혔다. 눈물이 흐를 것 같았지만 억지로 참았다. 이제 옆반 아이들뿐만 아니라 우리 반 아이들까지도 나를 보며 수군댔다. 심장이 두근거리고 가슴이 답답해서 심장에 구멍을 뚫고 꽉 막힌 것들을 모두 꺼내고 싶었다.
 그렇게 혼자서 침울하게 며칠을 보냈다. 어느 정도 익숙해질 때쯤, 점심시간에 누군가가 창고 뒤로 나를 불러냈다. 혼자가 되고 나서 많이 와 보지도 못한 창고. 채령이조차 곁을 떠나 한없이 비참해진 나를 누가 부르는 것일까? 몹시도 궁금해서 재빨리 창고로 가 보았다.

그런데 거기엔 이효재와 그 친구들이 있었다. 괜히 왔다는 후회를 했다. 나를 노려보는 이효재의 눈빛은 심장이 타들어 갈 것처럼 무서워서 몸이 떨렸다. 그때 이효재가 나의 이마를 툭 건드리며 말했다.

"야! 너, 경석이랑 이야기 나눈 것만 잘못한 줄 알지? 너 만날 예쁜 척하면서 실실 웃는 거, 아무렇지도 않게 복도에서 시끄럽게 소리 지르는 거 다 꼴불견이야. 채령이도 우리가 뒤에서 설득했어. 뭐 그렇게 중요한 이야기는 아니고 그냥 알고 있으라고. 하하하! 사실 널 부른 이유는 이것 때문은 아니야. 나린이가 너한테 할 말이 있대. 나린아, 할 말 다 하고 문자 보내!"

아이들은 다 나가고 이효재의 단짝 친구 '한나린'과 나만 남았다. 나린이가 나를 왜 불렀을까? 혹시 나린이는 나의 억울한 마음을 알고 있는 걸까? 마지막 희망을 가졌지만 빗나갔다.

나린이는 하이에나의 눈빛처럼 싸늘하고 차갑게 나를 쏘아보더니 말했다. 눈에는 눈물도 고인 것 같았다.

"야, 반유하. 너 나보다 예쁘고 인기 많은 거 알아. 그런데 나는 너 때문에 너무 힘들었어. 사실 나 경석이 정말 좋아했어. 밥을 먹을 때도, 아침에 일어나서도, 자기 전에도 항상 경석이 생각만 했어. 그런데 너를 보고 난 이후로 경석이는 나랑 말 한마디조차 나누지 않았어. 네가 무슨 일을 했는지 효재한테 다 들었어. 너는 억울하다고 하겠지만, 꼭 그 일 말고도 너는 나쁜 점들이 많아. 나도 너를 정말 싫어해. 너 매일 구름을 보고 솜사탕이라고 한다며! 그거 다 내숭이잖아. 순수한 척하는 거잖아. 네 자신이 징그럽지도 않니? 그리고 다른 사람의 눈빛을 읽을 줄 안다고? 웃기지 마. 지금 내 눈빛이라도 읽어 보던지. 내가 무슨 생각하는 줄 알아? 나는 네가 사라져 줬으면 좋겠어, 지금 바로."

손이 파르르 떨렸다. 사실이 아닌 사실들이 한 번에 닥쳐오니까 가슴이 터질 것 같았다. 답답해 죽을 것 같았다. 한나린, 그만해. 무서워, 그만해. 머리까지 아파 왔다. 한나린의 예쁘장한 손이 내 볼을 빠르게 치고 지나가는 순간, 나는 바닥에 힘없이 쓰러지고 말았다.

자존심 센 나, 반유하는 정말 일어나고 싶었지만, 다리에 힘이 풀려 아무 생각도 나지 않았다. 운동장 바닥에 내 눈물이 고여 웅덩이가 생길 지경이었다. 닭똥 같은 눈물들이 턱 끝에서 하염없이 그네를 탔다. 어지럽고 온몸이 으슬으슬 떨렸다. 이것이 나의 최후인 걸까. 두려워서 눈물이 솟구쳤다. 나는 다시 한 번 한나린의 눈동자를 쳐다봤다.

'아……, 나린이는 정말 나를 미워하는구나.'

나린이의 눈동자 속에 나의 옛 추억들이 영화처럼 지나갔다.

일곱 살 때 부모님과 같이 갔던 놀이공원, 채령이와 같이 떡볶이를 먹던 모습, 경석이를 뒤에서 바라보며 혼자 끙끙 앓는 나의 모습, 그리고 사랑하는 엄마 아빠의 미소……. 엄마, 아빠, 그리고 내가 좋아하던 경석아, 어쩔 수 없이 나를 버렸을 채령아…….

한나린의 눈동자 속에 수많은 사진들이 생겨나고 사라졌다. 새까만 눈동자에 나의 사진들이 수없이 떠다니고 있었다. 내 머릿속에는 그토록 꿈에 그리던 솜사탕들, 아니 구름들이 생겨나고 있었다.

반유하는 그렇게 시리도록 푸른 하늘 속으로, 목구멍이 아리도록 시원한 하늘 속으로 날아갔다. 솜사탕 향기를 맡으러 열일곱 시간의 여행을 떠났다. 솜사탕의 달달한 내음과 파아란 하늘 속에서 나는 잠시나마 너무나 행복했다. 한없이, 한없이 깊은 잠에 빠져 하늘 속을 날아다니다가 정신을 차리고 눈을 떠 보니 입원실 풍경.

'하아……. 반유하, 진짜 한심하다. 이제 쓰러지기까지 하냐? 도대체 왜 쓰러진 거야. 나린이 말대로 무슨 마법이야? 나는 그냥 평범한 학생이었을 뿐인데. 다른 친구들은 아직도 나를 미워할까? 반유하, 너 진짜 나쁜 아이였구나. 다른 아이들이 너를 미워하는지도 모르고 항상 네 생각만 했구나. 채령아 미안해, 경석아 미안해, 엄마 아빠 정말 죄송해요.'

이렇게 주저앉은 내가 한심해서 한쪽 손에 꽂혀 있는 링거 바늘을 보며 소리 없이 울고 있을 때 왼쪽 손 옆에 있던 핸드폰에서 진동 소리가 났다. 모르는 번호였다. 누군지는 몰랐지만 일단 전화를 받아 보았다.

"여보세요?"

"유하 맞지? 나 경석이야. 조경석. 너 아프다길래 전화해 봤어. 몸은 좀 괜찮아?"

"응? 응."

"음, 있잖아. 나는 네가 많이 힘들어 하지 않았으면 좋겠어. 사실 나도 6학년 때 너처럼 친구들과 관계가 나빠진 적이 있었어. 그런데 진심으로 화해하고 난 다음에는 그 일로 인해서 우정이 더 깊어지는 기분이 들더라고. 내 생각에는 이번 일은 네가 더 좋은 친구를 사귈 때 많은 도움이 될 것 같아. 뭐, 별다른 얘기는 아니고, 그냥 힘내서 빨리 학교로 오라고. 끊을게. 안녕!"

"여보세요? 경석아!"

전화는 허무하게 끊겼지만, 경석이와 처음으로 한 통화에 가슴이 설렜다. 방금 전까지만 해도 엉엉 울던 내가 전화 한 통에 기분이 좋아지는 모습을 보니 스스로도 우스웠다.

'그래, 반유하. 아직 좌절할 단계는 아닌 것 같아. 주변에 너를 아껴 주는 엄마 아빠도 있고, 무엇보다 경석이도 있잖아. 너는 다시 성장하는 문턱에 마주쳤을 뿐이다. 왜 이렇게 쓰러져야 하는데? 넘어져야만 하는데? 그럴 필요 없어. 그냥 많은 친구들에게 좋은 모습을 보여 주면서, 예전의 반유하가 아닌 새롭게 변신한 반유하의 모습으로 살아가면 되는 거야. 반유하, 힘내자! 당당하고 씩씩하게 달려 나가자! 곁에 있어 줄 엄마 아빠, 그리고 최고의 버팀목인 경석이, 마지막으로 끝까지 나를 포근히 감싸 준 구름들을 보며 다시 일어나자.'

입원실 오른쪽 커다란 창문 너머로 분홍색 자전거를 타고 달리는 한 꼬마 아이가 보였다. 어서 빨리 일어나 꼬마 아이와 함께 자전거를 타 보고 싶다는 생각이 들었다.

읽고 쓰고 톡톡!

1. 각 소설의 줄거리를 써 봅시다.

	줄거리
유령 친구	
빨간펜의 진실은 없다	
악몽	
솜사탕 향기 맡으러 간 길고 긴 여행	

2. 각 소설의 문학성을 평가하고, 그렇게 평가한 이유를 적어 봅시다.

	문학성	이유
유령 친구	☆☆☆☆☆	
빨간펜의 진실은 없다	☆☆☆☆☆	
악몽	☆☆☆☆☆	
솜사탕 향기 맡으러 간 길고 긴 여행	☆☆☆☆☆	

3. 여러분이 쓰고 싶은 판타지 소설의 줄거리를 만들어 봅시다.

김 선생님의 소설 톡톡!

〈유령 친구〉, 〈빨간 펜의 진실은 없다〉, 〈악몽〉, 〈솜사탕 향기 맡으러 간 길고 긴 여행〉은 상상력을 바탕으로 쓴 판타지풍의 소설입니다.

〈유령 친구〉는 지박령 캐스퍼라는 상상의 유령을 설정하여 '우정과 사랑, 정체성'을 동시에 그려 낸 깔끔한 판타지 소설입니다.
이 소설의 주인공은 영등포중학교에서 50년간 살아온 지박령 캐스퍼입니다. 원석이는 평범한 학생이지만, 캐스퍼를 알아보고 친구가 됩니다. 원석이는 전학 온 은혜라는 여학생을 좋아하지만 수줍음 때문에 가까워지지 못합니다. 소심한 원석이가 은혜와 가까워지도록 도와준 캐스퍼는, 원석이가 스스로 설 수 있게 되자 환생을 위해 학교를 떠납니다.
판타지 소설이 문학 작품으로 성공하려면, 상상력을 발휘하되 사실성이나 진실성을 살려 내야 합니다. 자칫하면 황당무계한 내용만이 남고 주제 의식이나 진실성이 결여되기 쉽기 때문입니다. 그런 면에서 이 작품은 두 가지 요소를 매우 적절하게 살린 수준 높은 소설입니다. 이 소설에서 설정한 지박령 캐스퍼는 상상의 존재지만, 원석이의 내면에 존재하는 또 하나의 자아라고 해석할 수도 있습니다. 자신감이 부족하고 소심한 원석이의 내면에는 모든 것을 다 꿰뚫는 능력을 가진 존재가 되고 싶은(또는 만나고 싶은) 환상이 있습니다. 그런 완벽한 능력을 가진 영적 존재의 갈망이 바로 지박령 캐스퍼로 표현된 것입니다. 이러한 설정은 원석이가 여자 친구를 사귀는 과정에서 분명하게 드러납니다. 캐스퍼의 도움을 받지만, 원석이가 자신감을 갖고 은혜를 사귀게 되자 더 이상 캐스퍼의 존재는 필요하지 않습니다. 그런 의미에서 유령은 주제를 구현하기 위한 상징적인 문학적 장치로 해석할 수 있습니다.

〈빨간 펜의 진실은 없다〉는 우리 전통문화에서 빨간색을 금기시하는 데서 힌트를 얻어 쓴 판타지 소설입니다.
'나' 한진아는 친구와 원만한 관계를 맺지 못합니다. 특히 같은 학급 친구 박은아의 행동에 예민해져, 자기를 배척하고 싫어한다고 느끼며 자살을 생각하기도 합니다. 진아는 은아에 대한 분노를 '빨간 펜의 저주'로 표현합니다. 빨간 펜으로 이름을 쓰자 박은아가 결석을 합니다. 우연일 거라고 애써 생각하지만, 다시 은아의 놀림을 받고 더 강렬한 저주를 담아 빨간 펜으로 이름을 씁니다. 그러자 진짜 불행한 일이 생깁니다. 은아가 며칠 동안 병원에 입원한 채 학교에 나오지 못하게 된 것입니다. 진아는 자신의 저주로 인해 은아에게 불행한 일이 닥쳤다고 생각하고는 미안한 마음으로 은아에게 친절하게 대합니다. 이 일을 계기로 은아와 가까워지고 나서 '빨간 펜의 저주'는 상상이었을 뿐 사실이 아님을 알게 됩니다.
이 소설은 빨간 펜을 '저주와 공포'의 정서로 설정한 점이 특이합니다. 판타지 소설의 생명은 호기심과 긴장감인데 이 소설에서는 그것을 잘 활용하고 있습니다. 결말 부분에서 제시하고 있는 '누구나에게 내가 먼저 마음의 문을 열고 다가가야 한다'는 주제도 매우 깔끔합니다.

〈악몽〉은 폭력을 겪은 사람에게 나타나는 정신적 장애를 그린 심리 소설입니다. 재민이는 늘 악몽에 시달립니다. 자신이 왜 악몽에 시달리는지를 추적하다가 사촌 형제들과 물건을 사러 갔다가 겪은 불량 학생들과의 싸움에서 원인을 찾습니다. 불량배들이 돈을 빼앗으려 싸움을 거는데 사촌인 강수 형이 한 대 얻어맞자 재민이는 극도의 공포에 질려 도망을 칩니다. 곧이어 아버지가 들어오시고 그 사건은 큰 문제없이 해결됩니다. 그러나 재민이에게는 '외상 후 스트레스'와 같은 잠재적 상처가 남습니다. 결국 자신의 나약한 마음 때문에 악몽을 꾼다는 사실을 발견하고 자신감을 갖기 위해 노력합니다.

이 소설은 악몽을 꾸는 원인을 찾아 거꾸로 과거를 더듬어 가는 연역적 구성을 취하고 있습니다. 주인공이 갖고 있는 내적인 갈등의 원인을 분석하는 과정으로 내용이 전개된다는 점이 매우 흥미롭습니다. 무의식의 세계는 의식의 세계와 긴밀하게 연결되어 있으며, 어린 시절에 겪은 상처는 성장 과정은 물론이요 성인이 된 후에도 두고두고 영향을 끼친다고 알려져 있습니다. 그래서 부정적인 어린 시절의 체험과 상처는 쉽게 사라지지 않고, 삶 전반을 지배하기도 합니다. 개인은 물론 사회 전체도 전쟁과 같은 극단적인 공포를 겪은 후에는 집단적 트라우마(상처)를 입습니다. 그래서 헛것이 보이거나, 누군가에게 쫓기는 악몽을 꾸며 비슷한 상황만 봐도 크게 고통을 겪습니다. 이를 '외상 후 스트레스(PTSD)'라고 합니다. 재민이의 악몽도 폭력 스트레스로 인한 고통이므로 넓은 범위의 판타지로 분류해 보았습니다.

〈솜사탕 향기 맡으러 간 길고 긴 여행〉은 이성에 대한 사랑과 질투를 소재로 삼고 판타지를 약간 가미한 소설입니다.

반유하는 감수성이 풍부하고 솔직한 소녀로, 경석을 좋아합니다. 복도에서 넘어진 자신에게 다가와 손을 내민 경석이를 보고 놀라 소리를 지르고 멋쩍어 하면서도 생각을 마구 쏟아 놓는 유하를 효재와 나린은 아니꼽게 바라봅니다. 이 일로 으슥한 학교 창고 근처로 불려 간 유하는 효재와 친구들에게 멸시를 받고, 나린이에게도 공격을 받습니다. 이 충격으로 유하는 쓰러져 병원에 갑니다. 그러나 경석의 전화를 받고 사랑의 힘으로 희망을 찾습니다.

이 소설의 판타지는 두 가지로 나타납니다. 하나는 아름답고 달콤한 사랑의 판타지이고, 또 하나는 상대방의 눈을 보면 그 마음을 읽을 줄 아는 유하의 마법입니다. 그러나 유하는 이 마법을 다른 사람을 지배하거나 이용하는 힘으로 사용하지 않습니다. 나린이 자신의 마음이나 읽어 보라고 비아냥거릴 때 유하는 나린이의 마음속에 있는 슬픔과 분노, 증오감을 읽습니다.

판타지란 기이하고 엽기적이고 엄청난 사건만을 의미하는 것은 아닙니다. 우리의 일상에는 환상과 상상에 기대고 싶은 상황이 끊임없이 일어납니다. 달콤하고 멋진 꿈과 사랑, 행복이야말로 가장 본능적인 판타지인지도 모릅니다.

4장

종합 예술로 확장하기

1 영상 소설 만들기

문자 매체보다 영상 매체가 대세인 시대입니다. 매체 언어도 소리, 문자, 그림, 동영상 등으로 확대되고, 누구나 쉽게 매체를 만들고 사용할 수 있는 환경이 형성되고 있습니다. 영상 소설은 문자로 쓴 소설에 그림, 사진, 동영상을 첨가한 입체적 소설입니다. 소설은 문자와 행, 문단 사이의 보이지 않는 부분을 상상하는 예술이므로 굳이 다른 자료를 활용할 필요가 없다고 볼 수도 있습니다. 그러나 소설의 이미지와 장면들을 더 풍부하게 보완해 줌으로써 소설에 대한 감동을 더 풍부하게 해 줄 수 있습니다.

영상 소설을 만드는 방법은, 소설을 완성한 후 소설의 분위기를 살려 줄 수 있는 그림이나 사진을 넣어 편집하고 음악을 넣으면 됩니다. 그림은 가능한 직접 그려서 사진 파일로 만들어 편집하는 것이 좋지만, 일반 사진 자료나 그림 자료를 빌려 오는 것도 괜찮습니다. 인터넷에서 다른 사람의 사진이나 그림을 가져오는 경우, 출처를 밝혀야 하며 영리를 목적으로 사용해서는 안 됩니다. 또 파워포인트 프로그램으로 영상 소설을 편집할 수도 있습니다.

영상 소설은 소설의 감상과 평가에도 매우 유용합니다. 책자로 만들어 감상할 때 드는 비용이나 시간을 단축할 수 있고, 인터넷에 올려 두면 언제나 열어 볼 수 있다는 장점이 있습니다. 또 소설 감상 때도 다 함께 화면을 보며 읽고 감상하고 토론도 할 수 있습니다.

영상 소설은 입체적이고 감성적이며 종합 예술적인 측면을 지닌다는 점에서 소설의 맛과 멋을 더 풍부하게 느낄 수 있게 해 줍니다.

네 편의 영상 소설을 읽고, 영상 소설을 만들어 봅시다.
불꽃 사건 | 벚꽃 가득한 등굣길 | 빨간 펜의 진실은 없다 | 2000원의 가치

불꽃 사건

정혜린

중학교 2학년 때 일이다. 즐거웠던 1학년 생활을 마치고 새로운 학기를 맞이하게 되었다. 우리 반에는 처음 보는 애들이 많았다. 담임 선생님은 우리 학교에서 가장 무섭다고 소문이 난 유태석 선생님이셨다.

우리 반에는 초등학교 때부터 친구들로부터 괴롭힘을 당하던 종완이가 있었다. 선생님은 종완이를 건드리지 말라는 얘기를 하셨다.

초등학교 때 처음 만났던 종완이는 겉으로 보기에는 정말 아무 문제도 없어 보였다. 하지만 그 아이는 지나치게 순수하고 여려서 남의 말을 잘 거절하지 못했고, 상황 판단 능력이 부족하여 수업 시간에도 집과 학교를 구분하지 못해 많은 실수를 했다. 그

럴 때마다 선생님은 종완이를 혼내셨다. 애들이 그런 종완이를 보며 비웃었지만, 종완이는 자신이 잘해서 그런 줄 알고 웃었다. 그런 일들이 점점 잦아지고, 애들은 종완이의 실수들을 보며 무시하고 놀리기 시작했다.

초등학교 때는 그 일이 그다지 중요한 문제가 되지 않았지만 중학생이 되면서부터 아이들의 장난은 점점 폭력적으로 변하기 시작했다.

중학생이 된 종완이는 초등학교 때보다 훨씬 키도 커졌고 얼굴도 아주 남자답게 보였다. 외모만 보면 보통 아이들보다 더 미남이었다. 그리고 우리가 흔히 말하는 '범생이' 스타일이었다. 어디로 보나 흠잡을 데 없이 말이다. 말없이 가만히 있는 종완이를 보고 있으면 매력적이기까지 해서 친해지고 싶을 정도였다.

하지만 겉만 그럴 뿐 종완이는 초등학교 때보다 더 이상해졌다. 수업 시간에 큰 소리로 웃으며 뭔가 혼잣말을 하기도 하고, 이상한 행동들을 했다. 예를 들면, 손을 씻고 와서 교실 바닥에 물기를 닦기도 했고, 애들이 하는 욕들을 배워서 그것을 아무 때나

하기도 했다. 욕이 다른 사람에 대한 관심 표현이라고 착각한 듯했다. 하루는 가운뎃손가락을 치켜들며 이렇게 말했다.

"이거 먹어."

거친 아이들이 하는 짓을 따라하는 것이 분명했다. 처음에는 종완이가 왜 그렇게 변했는지 알 수 없었다. 며칠 동안 그 애를 세심하게 관찰해 보니 변한 이유를 알 것 같았다. 많은 아이들이 종완이에게 이상한 짓들을 시키고 있었던 것이다. 자기들이 싫어하는 애들을 때리게 시킨다거나, 이상한 말을 가르치거나, 심지어 성적인 행동들을 시키기도 했다. 나는 종완이에게 그런 짓을 시키는 애들에게 소리치고 싶었다.

'그만해! 이 못된 자식들아!'

하지만 나는 그럴 수가 없었다. 나는 힘이 없었기 때문이다. 그래서 그 애들에게 소리칠 수 없었다. 다만 나의 손만 분노로 부르르 떨렸다.

다른 애들도 마찬가지였다. 아무도 종완이를 도울 수 없었다. 담임 선생님은 아직 그런 사실을 모르고 계셨다. 선생님은 자세한 내막을 알지 못한 채 종완이의 행동만을 보고 야단을 치실 뿐이었다.

새 학기를 시작한 지 한 달이 지났다. 그때 임우환이라는 애가 전학 을 왔다. 그 애는 아주 사나워 보였다. 인상이 매우 강했고 반항적인 느낌이 물씬 풍겼다. 그 애의 자리는 종완이 옆이었다. 그런데 그 애는 의외로 종완이와 잘 지냈다.

여전히 종완이에 대한 아이들의 괴롭힘은 줄어들지 않았다. 심지어 이제는 다른 반 애들까지 찾아와서 이상한 장난을 시키거나 때리기까지 했다. 그 가운데 종완이를 가장 심하게 괴롭히던 애는 최윤성이었다. 최윤성은 우리 학교 짱이다. 그 애는 키가 크고, 한쪽 머리를 붉은색으로 염색하고, 귀걸이를 머리 아래 감추고 있었다. 최윤성이 말했다.

"종완아! 쟤 좀 때리고 와. 쟤가 피하면 그땐 따라가면서 때려. 알았지?"

나는 종완이의 눈을 보았다. 그 눈은 나에게 마치 이렇게 말하는 것 같았다.

'나 좀 도와줘.'

하지만 나는 그 눈을 피했다.

그때였다. 퍽 소리와 함께 우리 학교 짱 최윤성의 뺨 한쪽이 빨개졌다. 그곳에 있던 모든 애들의 시선이 한곳으로 향했다. 바로

임. 우. 환. 임우환은 종완이에게 이상한 장난을 시키고 있는 최윤성을 보고, 그 애를 때린 것이었다.

  그 순간 나는 우환이의 용기가 부러웠다. 우환이의 용기를 나도 갖고 싶었다. 나는 최윤성의 일이 잘못된 것이라는 것을 알면서도 한마디 말도 하지 못했기 때문이다. 심지어는 내가 종완이를 걱정하고 있으니 말을 안 해도 괜찮을 것이라며 내 스스로 책임을 회피하고 있지 않았는가? 그런데 우환이가 그렇게 행동을 하니 나의 마음 한구석을 바늘로 찌른 듯 따끔하고 아팠다.

  우환이에게 한 대 맞은 최윤성이 일어나서 종완이를 보더니 소름 끼치는 미소를 짓고 나서 콧방귀를 뀌며 소리쳤다.

  "네가 뭔 상관이야. 애들 다 저렇게 가만히 앉아서 아무 말도 안 하고 선생들도 아무 말 안 하고 있는데, 네가 뭔 상관이냐구? 너는 가만히 앉아서 네가 할 일이나 해. 쟤는 그냥 내 말 잘 듣는 애야, 알겠어?"

최윤성의 말을 들은 우환이의 얼굴은 시드는 꽃처럼 확 일그러졌다.

우환이가 한숨을 쉬며 눈썹 한쪽을 치켜세우고 말했다.

"뭔 상관이냐고 말했냐? 내 자리에 가만히 앉아 있으라고? 너 같은 놈은 인간도 아니다, 이 새끼야."

최윤성의 얼굴이 굳어졌다. 우환이는 그 모습은 신경 쓰지도 않고 말을 이어 나갔다.

"아무리 차종완이 모자라고, 너희들이 힘이 있다 해도 이건 상식적으로 심한 거 아니냐? 너도 하나의 인격체고 차종완도 하나의 인격체야! 나는 덜떨어진 너 같은 것들이 제대로 된 하나의 인간을 망가뜨리고 장난감처럼 갖고 논다는 게 이해가 안 될 뿐이다. 나는 덜떨어진 너 같은 것들보다는 제대로 된 인간이라고 생각하니까 상관을 하는 거다. 알겠냐? 아, 내가 덜떨어진 놈들에게 너무 어렵게 말을 했나? 그렇다면 미안하게 됐군."

최윤성의 주먹이 파르르 떨렸다. 아마도 임우환을 한 대 치고 싶었을 것이다. 그러나 최윤성의 목소리가 한층 낮아졌다.

"훗. 너는 제대로 된 인간이라고? 참 멋진 말이군.

하지만 그 말들 다른 사람한테는 안 통해. 너 같은 놈은 참 보기 드문 인간인데, 남의 일에 신경 끄고 꺼져. 그렇게 네가 제대로 된 인격체님이시면 선생님 앞에서 공부나 해. 그리고 그렇게 네가 나를 가르치고 싶다면 차라리 입 다무는 게 좋을 거다. 내가 화나면 아주 무서워지걸랑."

그 말은 진심이었다. 우환이가 우리 학교에 전학 온 지 얼마 안 돼서 모르겠지만, 저놈은 싸움을 하다가 상대의 코뼈까지 부러뜨린 놈이다. 하지만 우환이는 자신감에 찬 얼굴로 말했다.

"그까짓 거 뭐. 핏."

그러고 나서 최윤성과 우환이의 주먹은 날아다니기 시작했다. 다른 애들은 싸움을 보며 말릴 생각은 하지 않았다. 오히려 싸움을 부추기기까지 했다. 그때 낯익은 목소리가 들렸다.

"이것들이! 뭐 하는 짓들이야! 차종완, 최윤성, 임우환! 다 따라 나와."

바로 유태석 선생님이셨다. 다른 애들은 깜짝 놀라서 재빨리 자리에 가서 앉았고, 안절부절 어쩔 줄 몰라 하는 종완이와 씩씩거리며 땀을 닦는 최윤성, 그리고 손을 흔들며 몸을 푸는 듯한 임우환은 선생님을 따라 교무실에 갔다.

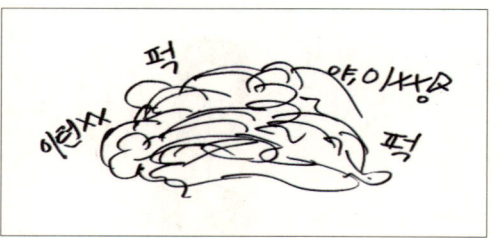

교무실에서 어떤 일이 있었는지는 확실히 알지 못한다. 소문에 따르면, 어머니들이 학교에 오셔서 서로  사과를 하며 일을 잘 마무리하고, 최윤성과 임우환은 사회봉사를 하게 됐다고 했다. 하지만 이것만은 확실히 알 수 있었다. 세 사람은 확실히 변해 있었다. 임우환은 종완이의 도우미가 되어 종완이를 깔보거나 종완이를 조금이라도 건드리는 애가 있으면 그 애를 혼내 주었다. 최윤성은 이제 종완이 주위에 가까이 가지 않았다. 이를 부득부득 갈면서도 종완이를 보면 휙 지나칠 뿐이었다.

나는 그때의 일을 '불꽃 사건'이라고 부른다. 모두가 힘 있는 애들 때문에 자신의 불꽃이 꺼질까 조심조심 가리고 피해 다닐 때, 임우환은 자신의 불꽃을 더 밝게 피워 내서 희미해져 가던 아이의 불꽃을 되살려 주었기 때문이다. 그 일은 내 마음의 작은 불꽃을 더 밝게 태우고 싶은 욕망을 일으켰다. 활활 타오르는 정의의 불꽃.

지금 종완이는 우환이의 도움을 받으며 점점 안정된 상태로 돌아가고 있는 중이다. 나는 항상 종완이와 우환이의 행복한 얼굴을 본다. 우환이가 처음 전학 왔을 땐 그 아이가 불량스럽게도 보였지만, 지금의 우환이를 보면 내가 왜 그런 생각을 했었나 싶을 정도로 우환이의 얼굴은 밝게만 보였다.

이로써 세 사람의 불똥같이 팟팟 튀었던 싸움도 끝났다. 진작 우환이 같은 애들이 한 명이라도 있었으면 어땠을까? 만약 그랬다면 종완이가 그렇게 심해지지는 않았을 것이다. 불꽃 사건이 생각날 때마다 나는 이런 생각을 한다.

'나도 잘못된 일에는 용기 있게 나서는 우환이 같은 사람이 되고 싶다.'

벚꽃 가득한 등굣길

한도우

4월이라……. 머리카락을 제외하고는 전부 평범함의 극을 달리는 나, 강희윤이 중학교에 입학한 지도 벌써 한 달이 지났다.
　지난 한 달간을 쭉 회상해 봤지만 재밌는 일은 없었던 것 같다.

생각해 보니 좋은 기억조차 없었다. 중학교에서의 첫 기억은 왼쪽 눈을 완전히 가린 머리를 입학식 날 교장 선생님에게 직접 잘릴 뻔했다는 거다.

입학할 때는 이팔청춘이 되는 중학교 3학년이 되기를 기대했지만, 3학년 선배들 얼굴의 검은 오오라(수심 깊은 얼굴)를 보고 '저게 어딜 봐서 청춘이야?'라는 생각이 들어 절망하고 말았다.

오늘은 7교시 수업에다 주번이다. 늦게야 청소를 끝내고 집으로 가고 있었다. 계단 난간을 내려갈 때 아래쪽에서 어떤 여자애가 앞서 가고 있었다. 그 애 옆을 지나갈 때 얼른 따라잡았다. 그리고 다시 천천히 뒤처져서 따라갔다.

얼핏 본 이름표 색으로 봐선 나랑 같은 1학년인 것 같았다. 그 여자아이는 운동장으로 내려가더니 천천히 조깅을 했다. 나는 멈춰 서서 홀린 듯 보고 있었다. 어느새 나는 운동장 벤치에 앉아서 이유 없이 그 아이를 보고 있었다. 마치 시간의 경과대로 흘러가는 다큐를 보는 것 같았다. 아무 변화도 없는 동작이 이어졌다. 하지만 재미없지는 않았다.

핸드폰을 봤더니 어느새 다섯 시였다. 의도한 건 아니지만 학원을 땡땡이치고 말았다. 어차피 지금 가면 매 맞고 밖에 나가 있어야 하니 수업은 듣지도 못한다. 그래서 그냥 집으로 가려고 일어나는데, 이게 웬일인가? 흙먼지를 일으키며 여자아이가 넘어졌다. 그냥 엎어져서 아무 움직임도 없다. 아무래도 우는 것 같았다.

"아, 이런……"

저절로 탄식이 나온다. 저 애는 중학생이나 돼서 운동장에서 넘어져 지금 뭐하는 짓인가? 그냥 외면하고 가려 했지만 양심이 갈등하고 있었다. 심지어 운동장에는 인적도 없고, 바람만 떠돌아다니고 있지 않은가?

"아이 젠장……."

되는 일 하나도 없다. 나는 여자애한테 뛰어갔다. 하필이면 내가 있는 반대편 쪽에서 넘어져 있다. 왼쪽 눈을 완전히 덮어 버리게 기른 머리카락이 흔들린다. 얼굴을 엄청 간질이는 것이 이럴 땐 정말 거슬린다. 이런 단순한 달리기에도 힘들어 하는 내 체력을 저주해 가며 겨우 도착했다.

"후……, 괜찮냐?"

속으로는 이렇게 말했다.

'제발 훌쩍거리다가 살려 달라는 표정으로 보지 말아 줘.'

"다리가……."

다리를 보았더니 왼쪽 다리가 심하게 다친 것 같았다. 그래서 주저하지 않고 업은 뒤 전력으로 아는 종합병원으로 뛰어갔다.

다섯 시의 거리는 오늘따라 사람이 더욱 많아 보인다. 사람을 업고 달려 본 기억이 있는가? 있다면 내 말에 공감할 것이다. 괴물 같은 체력이 아니고는 곧 지쳐 버리고 만다. 그러나 지친 와중에도 오기로 계속 달렸다. 걷는 게 더 빠르겠다. 아이들과 노는 일이 거의 없는 나에게 체력이란 단어는 먼 나라 얘기다. 사람들 사이로 지나가는데 사람들이 나를 자꾸 곁눈질했다. 굉장히 뭐가 팔린다.

"누구세요?"

힘든 와중에 생각했다. 이런 상황에서 이렇게 물을 수 있는 녀석을 바보라 해야 할지 순진하다 해야 할지…….

저기 멀리 종합병원 간판이 보인다. 너무 지친 나머지 간판 양 옆에 천사 미카엘의 가호가 보이는 것 같기도 하다.

병원에서 기진맥진한 채로 알아낸 여자애의 이름은 '신유화'. 물감 같은 이름이다. 유화의 아버지가 딸이 죽기 직전이라는 소식이라도 들은 듯 달려왔다. 고맙다는 인사를 받기 전에 나는 병원을 나왔다.

저녁 일곱 시. 집에 가니 문이 잠겨 있다. 옆에 메모가 있다.
'학원에 안 갈 거면 집에도 오지 마!'
짧지만 무서운 메모다. 안에는 아무도 없다.
'이건 좀 심하지 않은가!'
하루의 10분의 1이나 되는 시간을 쓰기는 하지만, 매일 맞기나 하고 배우는 건 쥐꼬리만큼도 안 되는 학원을 단 한 번 땡땡이쳤다고 지금 엄마가 나한테 이렇게 하다니! 난 정말 분개하지 않을 수 없다.
반에서 8등이면 그런대로 잘한다고 인정해 달라고 하고 싶다. 엄마는 아무래도 내가 전교 1등 되기를 바라는 것 같다. 성경에 나오는 표현을 빌리자면 그건 낙타가 바늘구멍 통과하기보다 어려운 일이다. 우리 반에는 최상위 성적의 녀석들이 둘이나 있기 때문이다. 나는 주저앉아 버렸다.
'최상위 성적 녀석들도 똑같이 24시간 생활하고, 학교에선 공부하는 것 같지도 않은데 어디 숨어서 공부하는 거야?'
잡념에 사로잡혀 한 시간쯤 지났을까? 엄마가 나타나서 잠시 주춤하더니 집으로 들어가자마자 빗자루를 가지고 나와 나를 사정없이 두드려 패기 시작했다. 피할까 맞을까 아니면 오늘 있었던 일을 말할까 고민했지만, 결론을 내리지 못했다.
'빌어먹을!'
나도 어떻게 해야 할지 모르겠다. 그래서 그냥 아무 행동도 안 하고 밤새도록 몽둥이찜질 '풀코스'를 충분히 즐겼다.

　다음 날 아침엔 정말 몇 분 동안 못 일어날 정도로 심하게 몸이 아팠다. 숙취가 이런 기분인가. 온몸의 뼈와 근육의 저질스런 하모니를 충분히 느끼며 일어난 나는 엄마와 아침밥이 동시에 행방불명된 것을 알았다. 가끔씩 이러는 거, '엄마…… 정말 싫다.' 밥통이 비어 있으므로 아침밥은 포기하고 교복을 입고 등굣길에 올랐다. 불행하다.
　그런데 학교로 올라가는 언덕 앞에 도착했을 때, 멀리서도 목발을 짚고 올라가는 낯익는 뒷모습이 보인다. 신유화다.
　"야!"
　그녀가 뒤를 돌아본다. 포니테일 머리가 조금 흔들린다.

"아, 안녕……하세요."

이 말을 하는 데 3초나 걸렸다. 은인을 그렇게 쉽게 잊은 건가. 그리고 또 하나의 생각.

'학년 같으니까 존댓말 쓸 필요는 없지 않나?'

"아, 네. 이름도 아직 모르네요. 실례지만 이름을 물어보고 싶은데……."

우리나라가 동방예의지국이라는 것에 자부심을 갖고 있는 건지, 어제 생각한 것처럼 그냥 바보인 건지……. 어쨌든 인연도 있는 것 같으니 이름 정도는 말해도 상관없을 것 같다.

"내 이름은 강회윤, 1학년 4반."

"제 이름은 신유화, 1학년 1반이에요. 잘 부탁드립니다."

"빨리 안 올라가면 지각할 거야."

이름보다도 다리 상태가 어떤지 물어보고 싶었지만, 정말로 엄마한테 맞은 데가 아팠지만, 아무 말도 하지 않고 계단을 걸어 올라갔다.

 유화가 올라가기 힘든 것 같아 업어 주고 싶었지만, 아무래도 어제와는 비교도 안 될 만큼 많은 학생들이 있다. 그래서 절룩거리는 그 애를 부축해 주었다.

 부축해 주느라 계단을 평소보다 천천히 올라가는 내내, 빠르게 지나가는 아이들 머리 사이로 벚꽃이 활짝 피어 있었다.

 '4월이라……'

 좋은 기억 하나 생긴 것 같다. 얼굴에 저절로 미소가 생겨난다.

빨간 펜의 진실은 없다

배수연

나의 책상에 놓인 빨간 펜 한 자루에는 잊지 못할 기억이 깃들어 있다. 우리나라에는 '빨간 펜으로 이름을 쓰면 저주를 받는다'는 이상한 풍습이 구전되어 오고 있다.

　나는 병설여자중학교 1학년에 재학 중인 한진아다. 내가 생각해도 내 성격에는 살짝 이상한 구석이 있다.
　'빨간 펜으로 이름 쓰기…….'
　왜 사람들은 빨간 색깔을 싫어하는 것일까?
　초등학교 4학년 때, 짝의 이름을 빨간 펜으로 써 주었더니 호들

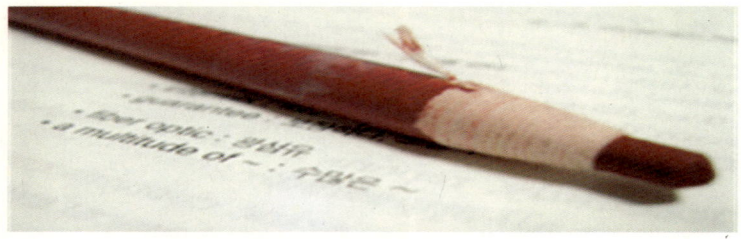

갑스럽게 치를 떨었다. 그 경험 이후로 궁금증을 품었지만 3년이 지난 지금도 난 해답을 찾지 못했다.

빨간 펜을 오래 연구해서 그런지 다른 아이들과 달리 나는 빨간 펜으로 이름 쓰는 게 좋았다. 빨간색은 분명 튀는 색이고 개성 있어 보인다. 그래서 빨간 펜으로 이름 쓰기를 즐겼다. 적어도 그 일이 일어나기 전까지는…….

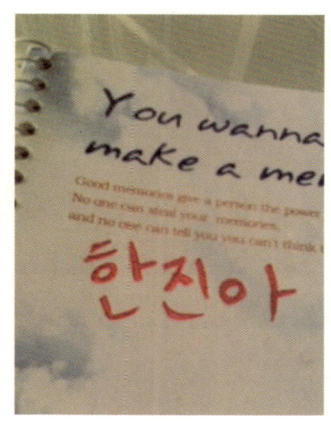

우리 반에는 내가 유일하게 싫어하는 여자아이가 있었다. 그 아이는 오랫동안 나를 집요하게 괴롭혀 왔다. 이름은 박은아. 그 애는 나를 싫어하는 게 분명하다. 내가 이름을 부르면, 마치 3년 전 내 짝처럼 불쾌해 했다. 그 애 때문에 나는 우리 반에서 왕따라고 소문이 났다.

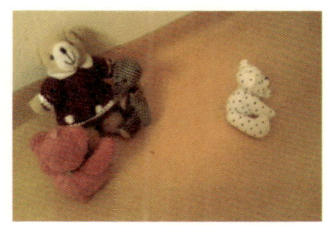

내 입으로 말하기 뭐하지만, 왕따라는 건 정말 괴로운 호칭이다. 나중에 학교를 졸업해서도 우리 학교를 나온 여자애들이 나를 왕따

로 기억하면 어쩌나. 나는 그것이 늘 두려웠다.

은아가 나를 냉정하게 대하는 것 때문에 나는 학교 옥상으로 올라간 적도 있었다. 아무도 나에게 관심을 가져 주지 않기 때문에 그렇게 난 아이들에게서 소외되어 갔다.

은아에게 내가 할 수 있는 유일한 일은 빨간 펜으로 이름을 쓰는 것뿐이었다. 빨간색으로 이름을 쓰면 그 사람이 '저주를 받는다'는 풍습. 물론 이런 풍습을 믿지 않았지만, 이뤄지기를 간절히 원했다. 은아가 날 여기까지 오도록 만들었다고 생각했으니까 말

이다. 하지만 이뤄지지 않아도 좋다. 그냥 분풀이를 할 곳이 필요했다. 학교가 끝난 후 문방구에서 무제 공책 하나를 샀다.

그날 밤 방에서 나는 무제 공책을 앞에 두고, 눈을 감고 생각했다. 그리고 마침내 은아의 이름을 제일 진한 빨간 펜으로 적었다.

'박은아, 박은아, 박은아'

이렇게 적고 있는 내가 한심스

럽기도 했다. 아무 일도 일어나지도 않는데 바보같이 기껏 빨간색으로 이름이나 쓰고 있다니…….

그렇게 매일 빨간색으로 은아의 이름을 쓰고 또 쓰던 나는, 공책을 오래된 서랍 맨 뒤쪽에다 넣어 두었다.

그런데 얼마 지나지 않아 이상한 일이 일어났다. 아무 이유도 없이 은아가 학교에 나오지 않았다. 은아에게 좋지 않은 일이 일어났다는 소문도 있었다. 하지만 아무도 그 정확한 이유를 아는 사람이 없었다. 나는 애써 '에이, 그냥 우연이겠지 뭐.' 하고 생각했다.

그러나 마음 한구석에서는 뭔가 이상한 느낌이 들었다.

'정말 빨간 펜의 저주가 일어난 것일까?'

사흘 뒤, 은아가 학교에 왔다. 은아는 나를 보자 다시 무시하는 듯했다. 아이들도 덩달아 나를 무시했다.

그러던 어느 날, 은아가 옆에 오더니 내가 읽고 있던 성적표를 뺏어서 큰 소리로 말했다.

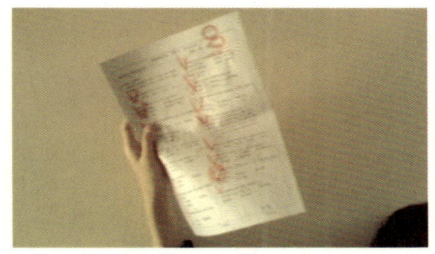

"얘들아, 진아 한문 점수 8점이다. 찍어도 이것보단

잘 맞겠다."

그 말을 들은 아이들은 재미있어 죽겠다는 듯이 웃었고, 내 얼굴은 홍당무처럼 빨개졌다.

학교가 끝난 뒤 집에 돌아와 나는 다시 그 공책을 꺼냈다. 그리고 빨간 펜으로 은아의 이름을 마구 썼다. 이를 악물고 쓰고 또 썼다.

그 다음 날, 온몸에 소름이 돋는 일이 생겼다. 은아가 병원에 있다는 이야기를 들었기 때문이다. 정말 빨간 펜의 저주가 실현된 것인가? 은아에 대한 분노는 어디로 가고, 나는 알 수 없는 두려움을 느끼고 있었다. 그것은 죄책감이었다. 그 후 은아는 나흘 동안이나 학교에 나오지 못했다.

나흘 후 돌아온 은아의 얼굴은 핼쑥했다. 은아가 돌아온 그날, 나는 집에 돌아오자마자 공책을 서둘러 꺼내 빨갛게 쓰인 은아의 이름을 검은 매직으로 지웠다. 은아에게 미안한 마음으로.

다음 날 아침, 학교에 도착하자마자 먼저 은아에게 다가갔다.
"저, 저기, 은아야. 많이 아팠니?"

따뜻한 위로의 말을 들은 은아는, 기분이 좋았는지 평소와는 다르게 내게 살짝 포근한 미소를 지어 주었다.

    그 뒤로 나는 은아에게 먼저 다가가서 말을 거는 습관이 생겼다. 그런데 이상하게도 그 후부터 은아는 나를 더 이상 놀리지 않았다. 내가 베푼 여유 있는 친절이 은아의 마음을 바꾼 것일까? 은아는 자기 친구들에게 나를 소개하기도 하고 음료수를 건네주기도 했다. 점점 난 은아와 가까운 친구가 되고 있었다.

    친해지고 나서, 은아는 왜 자신이 여러 날 결석했는지에 대해 들려주었다. 가족끼리 해외여행을 다녀왔다는데, 학교를 빠지고 가야 해서 아무에게도 말을 못 했다는 것이다. 그 여행의 피로 때문에 몸살이 나서 나흘을 더 빠졌다고 했다. 생각해 보니, 사실 그동안 은아가 나를 놀리고 왕따를 한 것도 은아에 대한 나의 거부감 때문이었다. 사람은 누구나 사

랑받지 못하면 미움을 품는 것이 아닌가? 그것도 모른 채 은아만 원망했던 내가 부끄러웠다.

이제는 은아가 먼저 자기 마음을 털어놓는 것이 아닌가?

"진아, 그동안 내가 미안했어. 네 입장에서 생각하지 못하고 항상 내 감정 중심으로만 생각했던 것 같아."

은아에게 미안하다는 말을 들을 줄은 상상도 못했다. 나도 진심으로 사과했다.

"아냐, 너를 잘 알지 못하고 행동했던 내가 더 미안해. 우리 서로 아껴 주는 진정한 친구가 되자."

우리는 두 손을 꼬옥 잡았다.

그 후 나는 빨간 펜의 저주 따위는 믿지 않고, 누구에게나 먼저 마음을 열고 다가가는 습관을 갖게 되었다. 이렇게 마음을 연 뒤, 우리는 서로를 더 잘 알게 되었고 단짝 친구가 되었다. 그러자 나를 보는 우리 반 아이들의 시선도 따뜻하게 바뀌었다.

그 뒤로 나는 빨간 펜으로 이름을 썼던 공책을 바라보았다. 한때 이 공책을 가지고 많은 고민을 한 것을 생각하니, 정말 바보 같아 '피식' 웃었다.
공책을 버리고 생각하였다. 빨간 펜은 나를 바보로 만든 것이 아니라 오히려 희망을 주는 헌혈 같은 존재였다고…….

2000원의 가치

박중현

"강대야! 일어나야지."
"음, 10분만요."
"엄마 이제 나가야 해. 빨리 일어나!"
"알았어요. 일어났어."
"그러고 또 눕지! 엄마 나가야 된다니까. 아침밥 먹고 이모 댁에 가야지!"
"네! 네! 진짜 일어났어요."
"일어났으면 빨리 이불 개고 나와."

 여느 때와 마찬가지로 강대네 집의 아침은 시끄럽다. 깨우려는 엄마와 1초라도 더 자고 싶어 하는 강대의 다툼 아닌 다툼으로 말이다. 강대는 이불을 돌돌 말고는 눈을 반만 뜬 채로 비틀비틀 방에서 나왔다. 그러고는 화장실로 향하며 엄마한테 말했다.
"엄마, 오늘 토요일이에요?"
"그래. 토요일이 무슨 날인지 알지?"
"그럼요. 엄마가 출근했다 집에 안 오시는 날. 그래서 이모 댁에 가야 하는 날."
강대는 힘없이 말했다. 엄마와 함께 토요일을 보내고 싶은 마음이 굴뚝같다는 듯이. 강대는 잠에서 완전히 깨려고 세수를 하고 밥상에 앉았다. 그러고는 숟가락을 들어 밥을 퍼 먹었다.
"강대야, 오늘은 학교 안 가는 토요일이지?"
"네."
"그럼 이모 댁에 좀 일찍 가라. 그리고 엄마 방 화장대에 2000원 넣어 놨으니까 비상금으로 써. 알았지? 그리고 차 조심하고. 이모 힘들게 하지 말고. 이모가 심부름시키면 '네' 하고. 알았지?"
엄마는 걱정스럽게 강대에게 잔소리를 늘어놓았다.
"걱정하지 마세요. 저도 이제 초등학교 2학년이에요. 하루 이틀 가는 것도 아니고 매주 토요일마다 가는 건데. 걱정하지 말아요, 엄마."
강대는 엄마를 안심시키려고 애써 말했다. 그제야 엄마는 안심이 되었는지 회사에 갔다. 강대는 엄마가 나가자 두 숟가락 정도 먹다가 밥통에 밥을 도로 넣었다. 일찍 일어나서 그런지 입맛이 없었다.

　강대는 매주 토요일마다 이모 댁에 가야 된다는 게 싫다. 이럴 때는 돌아가신 아빠가 너무 보고 싶다. 그러나 그런 걸 엄마 앞에서 말하면 엄마가 슬퍼할 게 뻔했다. 그래서 강대는 아무 말 없이 매주 이모 댁에 간다. 강대는 이모 댁에 가기 위해서 씻고 옷을 입었다. 채비를 모두 한 다음에 강대는 2000원을 가지고 가기 위해 안방으로 들어갔다.

　돈을 보자 강대는 신이 났다. 2000원이나 주시다니.

　'이 2000원으로 뭘 하지?'

　강대는 엄마가 놓고 간 2000원을 주머니 속에 꼭꼭 넣고는 집에서 나왔다. 아직 지하철을 타고 다니기에는 어린 나이지만, 어렸을 때부터 자주 갔던 이모 댁이라 강대는 전혀 무섭지 않다. 그냥 의무적으로 학교에 가는 것과 같이 이모 댁에 가는 것뿐이다. 강대는 지하철역을 향해 가면서 생각했다.

　'오늘은 이모 댁에서 뭘 하고 놀지? 오늘도 사촌 동생들이나 약 올리면서 놀까?'

사촌 동생들이 놀림을 당하고, 자기를 때리려고 쫓아다니는 귀여운 모습이 눈에 선했다. 그러다가 문득 2000원으로 뭘 할지 결정을 안 했다는 것이 생각났다.

'맞다. 2000원! 2000원으로 장난감이나 사 가지고 가서 사촌 동생들이랑 놀까?'

'아니야. 장난감은 사촌 동생들이 달라고 조르고, 가지고 놀다가 망가뜨리고 말 거야.'

그때 먹고 싶은 게 생각났다.

'그래. 그때 이모가 사 주신 맛있는 닭꼬치를 사 먹자.'

강대의 입에는 벌써부터 군침이 돌기 시작했다. 그때 먹은 닭꼬치의 맛은 한 달이 지난 지금도 군침을 돋우었다. 강대는 닭꼬치가 세상에서 가장 맛있었다. 엄마가 해 주신 케이크보다 더. 강대는 닭꼬치 먹을 생각에 신이 나서 노래를 부르면서 갔다.

"세상에서 제일 맛있는 닭꼬치~ 꿀보다 맛있는 닭꼬치~"

이렇게 노래를 부르며 걷고 있는데, 저 앞에서 누군가가 절뚝거리며 걸어오는 게 보였다. 그 사람이 강대 앞에 섰을 때, 그의 가슴에 붙어 있는 글씨가 보였다.

'휠체어를 사고 싶습니다. 도와주세요.'

몇몇 사람들이 그에게 1000원짜리, 500원짜리를 건네주고 갔다. 강대는 그것을 보면서 천천히 걸었다. 그 남자는 힘들게 절뚝

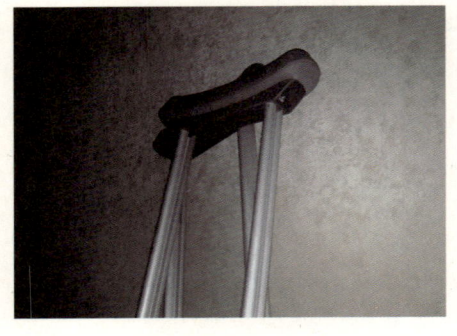
절뚝거리며 넘어질 듯 비틀비틀 걸어갔다. 금방이라도 넘어질 것만 같았다. 강대는 순간 주머니 속에 있는 2000원이 생각났다.

'아, 나도 돈이 있지. 근데…… 이 돈은 닭꼬치를 사 먹어야 하는 돈인데.'

순간 강대는 고민을 했다. 저 불쌍한 아저씨께 돈을 드려야 하나 아니면 맛있는 닭꼬치를 사 먹어야 하나. 갑자기 강대는 일주일 전의 바른생활 시간이 생각났다.

"여러분! 어려운 사람들을 보면 어떻게 해야 하죠?"

선생님이 이렇게 물었을 때 강대는 크고 자신 있게 대답했다.

"당연히 도와드려야 해요!"

강대는 그때가 생각나자 2000원을 드려야 한다고 생각했다. 2000원을 주머니에서 꺼내려는 순간, 닭꼬치의 꿀 같은 맛이 생각나면서 군침이 돌기 시작했다. 그러면서 강대는 자신도 모르게 이런 생각을 했다.

'에이, 2000원으로 휠체어를 살 수 있겠어? 2000원짜리 휠체어가 있다는 소리는 못 들었다. 그냥 닭꼬치나 먹자. 다른 사람들이 많이 도와주면 되겠지.'

이렇게 생각하니 왠지 모르게 마음이 편해졌다. 마치 무슨 죄를 씻기라도 한 것처럼. 강대는 다시 지하철역을 향해 갔다.

강대는 지하철역에 도착해서 계단을 내려갔다. 그런데 오늘따라 그동안에는 별로 보지 못했던 불쌍한 사람들이 자꾸 눈에 띈다. 계단 중간쯤에 쭈그려 앉아 있는 할머니가 눈에 들어왔다. 할머니는 이렇게 추운 날 목도리, 장갑도 없이 쭈그려 앉아 떨고 있었다. 너무나 불쌍했다.

'우리 외할머니는 돌아가시기 전까지 엄마가 보살펴 드렸는데. 저 할머니는 자식이 먼저 죽었나?'

이런 생각을 하니 그 할머니가 더 측은하게 느껴졌다. 그리고 갑자기 도와드리고 싶다는 생각이 들었다.

'주머니에 2000원이 있는데, 그거라도 드릴까?'

하지만 역시 아까처럼 망설이는 마음이 들었다.

'안 돼! 닭꼬치 사 먹으려고 했는데……'

강대는 또다시 고민 아닌 고민에 빠졌다.

'아…… 닭꼬치는 먹고 싶고, 할머니는 불쌍하고…….'

'닭꼬치냐 할머니냐 그것이 문제로다.'

강대는 생각에 잠겼다. 그때 지하철이 들어오는 소리가 들렸다. 순간 강대는 자신이 끼고 있던 장갑이 생각났다.

'그래, 장갑을 드리자. 지금은 먹는 것보다는 추운 게 더 힘들 거야. 집에 또 장갑이 있으니까, 이거 하나 드려도 엄마한테 혼나지 않을 거야.'

그렇게 생각을 하고 강대는 재빨리 장갑을 벗어서 할머니 옆에 놨다. 그러고는 지하철로 뛰어 들어갔다.

이모 댁에 도착하려면 20분 정도 가야 해서 강대는 지하철 안에서 잠을 자려고 했다. 눈을 감고 생각하니 장갑을 드린 것이 매우 뿌듯했다. 강대가 막 잠이 들려는 때였다. 역에서 문이 열리고 사람들이 내리고 타더니, 대학생 누나와 형이 들어왔다. 그들의 손에는 '모금함'이라고 적힌 상자가 들려 있었다. 대학생 누나와 형은 얼굴이 발그스름하게 달아올라 있었다. 대학생 형이 머뭇거리더니 연설을 시작했다.

"여러분! 잠시 집중해 주시기 바랍니다. 3분이면 됩니다. 잠시만 여기를 봐 주세요."

그 형은 처음에는 부끄러운 듯이 작게 말하더니 조금씩 목소리가 커지기 시작했다.

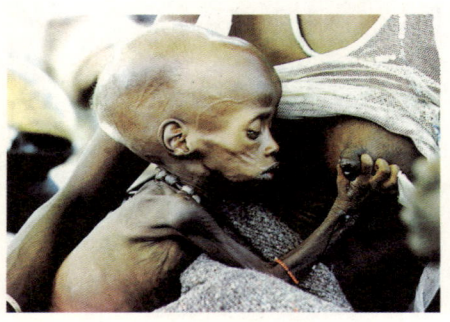

"여러분! 지금 아프리카에서는 밥을 못 먹어서 죽어 가고 있는 아이들이 수백만 명에 이르고 있다고 합니다. 지금 이 아이와 같은 또래들

이 말입니다."

 그 형은 강대를 가리켰다. 순간 강대는 얼굴이 빨개졌다. 사람들의 시선이 강대에게 잠시 집중되었기 때문이다.

 "여러분! 이들은 많은 돈을 필요로 하지 않습니다. 2000원이면 한 가족이 3일을 먹고살 수 있다고 합니다. 단돈 2000원으로 말입니다."

 이번엔 여대생 누나가 말했다. 누나는 사진 한 장을 보여 주었다. 사진에는 뼈밖에 없는 아이가 거의 죽을 듯한 얼굴을 하고 누워 있었다. 강대는 그 사진을 보고 생각했다.

 '아! 잔인해. 저건 사람이 아니라 완전 해골 뼈다귀잖아. 누가 저렇게 한 거지?'

 강대가 이런 생각을 하자 대학생 누나는 강대의 말을 듣기라도 한 것처럼 말했다.

 "여러분! 이 아이는 무슨 잘못이 있어서 이렇게 된 것이 아닙니다. 누가 이렇게 만든 것도 아닙니다. 먹을 것이 없어서 이렇게 죽어 가고 있습니다. 우리나라에서는 먹기 싫어서 남기는 밥을 이 아이들은 먹지 못해서 죽어 가고 있습니다."

 이 말을 듣자 강대는 밥을 남기지 말아야겠다고 생각했다. 그리고 다시 2000원이 생각났다.

 '이 돈이면 가족들이 사흘이나 먹을 수 있다고 했는데.'

 "여러분! 여러분은 2000원을 과자 사 먹는 데 씁니다. 그 과자 한 번 안 먹고 불쌍한 아이를 살릴 수 있다면 그것보다 쉬우면서도 뿌듯한 일은 없을 것입니다. 부탁드립니다. 자, 주저하지 마시고 이 모금함에 돈을 넣어 주세요."

대학생 형이 모금함을 가지고 다니자 여러 사람들이 돈을 넣기 시작했다. 그것을 보고 강대는 생각했다.

'다행이다. 내가 아니어도 많은 사람들이 돈을 넣네. 저 정도면 애들을 충분히 도울 수 있겠지? 그럼 난 내지 않아도 되겠다.'

강대는 안심을 하고는 다시 잠을 자기 위해 눈을 감았다.

지하철에서 내려 이모 댁으로 향했다. 10분쯤 걸어가 드디어 닭꼬치집에 도착했다. 강대는 신이 났다.

"아저씨! 닭꼬치 하나만 주세요."

강대는 굉장히 큰 목소리로 말했다. 돈부터 내고, 닭꼬치가 구워지는 냄새를 맡으며 살짝 웃음을 지었다.

"자! 다 됐다, 꼬마야."

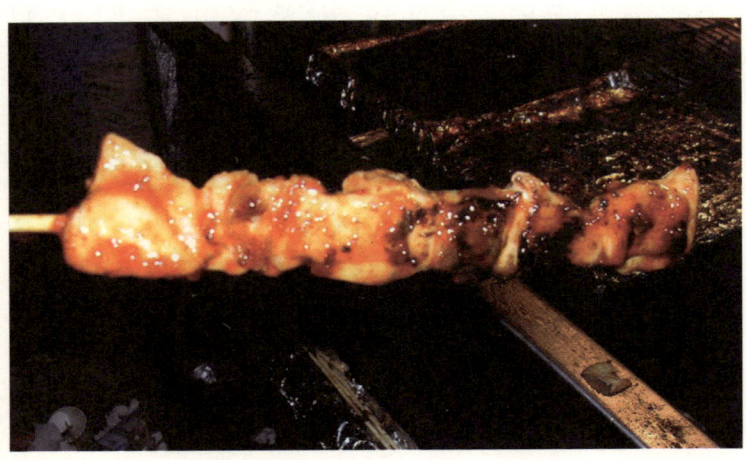

아저씨가 꼬치를 손에 쥐어 주었다.
"아! 먹는다! 드디어 먹는다!"
강대는 너무도 기쁜 나머지 침을 흘리며 닭꼬치를 내려다보고 중얼거렸다. 그리고 이모 댁을 향해 걸어가며 닭꼬치를 한 입 베어 물었다. 입에서 녹는 그 맛. 강대는 그 맛을 느끼기 위해 불쌍한 사람들을 제쳐 두고 2000원을 지켜 오지 않았는가! 닭꼬치는 달콤하면서도 매콤하게 입 안을 톡 쏘았다. 충분히 2000원의 가치가 있는 맛이었다.
'아! 진짜 맛있다.'
하지만 한 스무 걸음이나 걸었을까? 벌써 닭꼬치가 없다.
'어? 뭐야! 벌써 다 먹어 버렸잖아!'
'아 씨, 무슨 양이 이렇게 적어? 아껴 먹을걸!'
강대는 짜증이 났다. 아직 배가 차지도 않았는데……. 영원할 것만 같던 그 꿀 같은 닭꼬치의 맛이 몇 걸음 가지도 않아 금세 사라지다니. 강대는 2000원을 그냥 버린 것 같은 느낌이었다.
'아, 양이 조금만 더 많았으면 좋을 텐데.'
'도대체 내가 2000원으로 뭘 한 거지?'

그날 밤이었다. 강대가 집으로 돌아가는데 한 남자가 앉은 채로 낑낑거리며 강대에게 다가왔다. 그 남자는 강대에게 뭐라고 말을 하고 있었다. 강대는 무슨 말인지 듣기 위해 그 남자에게 다가갔다.

"네가 2000원만 줬더라면 난 휠체어를 살 수 있었어! 근데 난 2000원이 부족해서 이렇게 앉은뱅이가 돼 버렸다고! 다 너 때문이야!"

강대는 그 남자가 무서워서 마구 달아났다. 그렇게 마구 뛰어가다가 한 남자아이와 부딪혔다. 남자아이가 넘어져서 뒹굴고 있었다. 그 남자아이를 일으켜 주려다가 강대는 깜짝 놀라서 뒤로 자빠지고 말았다. 그 남자아이는 뼈밖에 없는 해골이었다. 낮에 대학생들이 보여 준 사진 속의 아이였다. 그 남자아이는 강대를 원망스러운 눈빛으로 쳐다보며 이렇게 말했다.

"네가 2000원을 주지 않아서 우리 형이 어제 죽었어! 아마 나도 곧 죽을 거야. 니가 2000원만 주었더라면 우리 둘 다 살 수 있었다고! 다 너 때문이야!"

강대는 눈물이 나왔다.

"난 닭꼬치가 너무 먹고 싶어서 그랬어. 정말 미안해."

그러자 남자아이가 말했다.

"넌 닭꼬치를 안 먹어도 죽지 않지만 우리는 2000원이 없어서 죽게 되었어."

강대는 그 아이를 더 이상 보고 싶지 않았다. 그래서 강대는 뒤를 돌아서 달려갔다. 강대가 마구 달려가는데 길 한가운데 누군가가 쓰러져 있다. 자세히 보니 할머니였다. 할머니는 이미 얼어 죽어 있었다. 강대는 그 할머니가 자신이 장갑을 주었던 할머니라는 것을 알았다. 그때 한 남자가 강대의 멱살을 잡았다. 강대는 너무 놀라서 아무 말도 못했다. 그 남자가 말했다.

"이 할머니는 네가 2000원을 주지 않아서 죽은 거야. 이 할머니는 장갑보다는 따뜻한 밥 한 끼를 먹을 수 있는 2000원이 더 필요했어. 이 할머니는 굶어 죽었어. 다 너 때문이야! 네가 2000원을 주지 않았기 때문이야!"

강대는 그의 손에 대롱대롱 매달려서 울면서 빌었다.

"미안해요! 미안해요! 정말 미안해요!"

그때 누군가가 강대를 흔들었다.

"강대야! 왜 그러니? 강대야! 일어나 봐. 어머 땀을 엄청 많이 흘리는데?"

강대는 어렴풋이 들리는 이모의 목소리를 들었다. 그러고는 눈을 떴다. 다행히도 모두 꿈이었다. 강대가 있는 곳은 이모 댁이었다. 강대는 식은땀을 흘리며 일어나 앉았다.

"강대야, 무서운 꿈 꿨나 보구나?"

"아니에요, 이모. 죄송한데, 저 집에 갈 때 2000원만 주시면 안 될까요?"

"왜?"

"저, 닭꼬치 좀 사 먹게요."

"그래. 이모가 2000원 줄 테니까 나쁜 꿈 꾸지 말고 편하게 자고 일어나서 가라."

다음 날 강대는 2000원을 받아 집으로 향했다. 강대는 지하철을 타고 어제 그 대학생 형과 누나가 타기를 목이 빠지게 기다렸

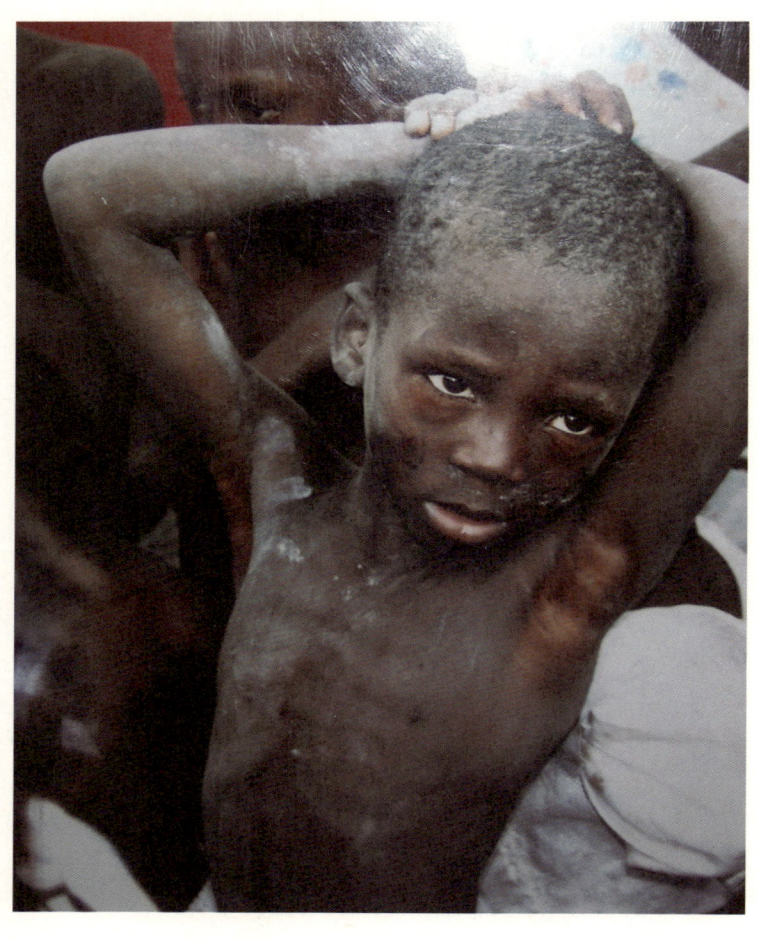

다. 그러나 강대가 집에 가는 동안 대학생 누나와 형은 타지 않았다. 강대는 어제 만난 할머니를 찾아갔다. 그러나 어제까지만 해도 지하철 계단에 앉아 계시던 할머니가 안 계셨다. 강대는 아쉬워하며, 절뚝거리고 길을 걷고 있을 아저씨를 찾기 위해 지하철역에서 나왔다. 그러나 5분을 넘게 뛰어다니며 찾아봐도 그 아저씨를 찾을 수가 없었다.

'왜 내가 돕고 싶을 때는 도움을 청하는 사람이 없을까? 모든 게 다 때가 있는 탓일까? 어제 그분들을 도와드렸어야 하는 건데. 사람을 살릴 수도 있었던 2000원이었는데…….'

강대는 그렇게 아쉬워하면서 죄를 지은 마음으로 힘없이 집으로 걸어갔다.

읽고 쓰고 톡톡!

1. 각 영상 소설의 특징을 써 봅시다.

	영상 소설의 특징
불꽃 사건	
벚꽃 가득한 등굣길	
빨간 펜의 진실은 없다	
2000원의 가치	

2. 각 영상 소설의 예술성을 평가하고, 그렇게 평가한 이유를 적어 봅시다.

	예술성	이유
불꽃 사건	☆☆☆☆☆	
벗꽃 가득한 등굣길	☆☆☆☆☆	
빨간 펜의 진실은 없다	☆☆☆☆☆	
2000원의 가치	☆☆☆☆☆	

3. 영상 소설을 만들기 위한 계획을 세워 봅시다.

김 선생님의 소설 톡톡!

〈불꽃 사건〉은 소설의 내용과 관련된 삽화를 그리고 색을 칠한 후 사진으로 찍어 편집했습니다. 소설의 중요 장면을 상상하며 직접 만화로 그렸습니다. 자폐증을 겪고 있는 종완이에게 이상한 짓을 시키는 나쁜 아이들을 보며 주먹을 부르르 떠는 그림이라든가, 도와 달라고 말하는 듯한 종완이의 눈빛을 소박하지만 진실하게 잘 잡아냈습니다. 비록 세련된 그림은 아니지만 소설의 내용을 풍부하게 해 주고 진실한 느낌을 더해 주는 영상 소설입니다.

〈벚꽃 가득한 등굣길〉은 이 소설의 서정적이고 문학적인 배경인 4월의 벚꽃을 강조하기 위해 벚꽃의 사진을 중복하여 집어넣었습니다. 만개한 벚꽃은 사랑의 감정으로 온통 벅차오르는 소년의 환한 마음을 상징적으로 보여 줍니다. 영상의 선택 역시 전적으로 글을 쓴 학생의 창의성에 달려 있습니다. 구체적인 장면을 제시할 수도 있지만, 이렇게 몇 장의 사진을 첨가하는 것만으로도 소설의 분위기와 주제를 더욱 아름답게 표현할 수 있다는 것이 놀랍습니다.

〈빨간 펜의 진실은 없다〉는 소설의 내용에 맞는 장면을 연출하여 사진으로 찍거나, 그림과 사진을 조합한 이미지를 만들어 넣었습니다. 원래는 파워포인트로 제작하여 소설의 내용과 이미지를 순서대로 떠오르도록 했는데, 그것에 비해 역동성과 긴장감은 떨어지지만 그림자 사진이나, 빨간 펜으로 쓴 이름을 찍은 사진 등을 통해 사진 자체의 예술성을 감상할 수 있어 즐겁습니다.

〈2000원의 가치〉는 어린이의 순수한 마음을 담은 소설입니다. 그러나 이 소설은 그저 사소한 일화에 그치지 않습니다. 소외된 사람들과 굶주림에 허덕이는 제3세계 국가 어린이에 대한 구호의 필요성을 동시에 제기하고 있는 사회적 성격을 담은 소설이기 때문입니다. 굶주림으로 죽어 가는 아프리카 아이들의 비참한 모습을 사진으로 보여 주어 주인공의 절실한 감정을 강조할 수 있고, 또 독자로 하여금 그 감정에 동의할 수 있도록 해 주고 있습니다. 사진과 영상을 어떻게 활용하는가에 따라 이렇게 소설을 더 풍부하게 느낄 수 있답니다.

2 연극 만들기

연극이나 영화 등 종합 예술을 창조하기 위해서는 '희곡'과 '시나리오'가 절대로 필요합니다. 드라마나 뮤지컬, 오페라 등도 마찬가지입니다. 탄탄한 희곡과 시나리오가 없다면 재미있고 감동적인 연극이나 영화는 존재할 수 없습니다.

희곡과 시나리오는 소설과 같은 이야기 구조를 갖고 있습니다. 갈등을 중심으로 인물과 사건과 배경이 구성되고, 갈등의 해소를 통해 주제를 표현합니다. 소설이 일어난 일을 과거형 문장으로 서술하고 있는 데 비해, 연극은 인물이 현재 일어나는 상황으로 이야기를 재현하며, 영화는 그것을 영상으로 찍어 편집한 필름 예술입니다.

학생 창작 소설 중 희곡이나 시나리오로 각색하기 좋은 작품을 선정합니다. 이는 직접 희곡을 쓰거나, 시나리오를 쓰는 것보다 훨씬 탄탄한 작품을 만들 수 있습니다. 원작 소설의 내용을 바꾸거나 더 첨가할 수도 있습니다. 물론 항상 원작이나 출처를 밝혀 두어야 합니다.

연극(영화)은 집단 예술성이 강하므로 협동이 중요합니다. 작가, 연출자, 음악, 영상, 조명, 무대장치, 소품, 의상, 분장, 배우 등 역할을 분담하여 공연을 준비합니다. 공연장은 교실의 운동장 쪽에 계단식 좌석을 만들고 복도 쪽에 무대를 설치하되, 교실 앞뒷문으로 배우들을 등퇴장시키고 복도를 무대 뒤로 사용할 수 있습니다.

또 영화를 만들 때는 카메라의 촬영 기법과 영상 편집 기술이 필요한데 요즘에는 쉬운 프로그램들이 대중화되어 있어 그다지 어렵지 않습니다. 만약 편집이 어렵다면 장면을 사진으로 찍어 슬라이드 쇼를 펼치는 방법을 써 볼 수 있습니다.

학생 창작 소설 가운데 적당한 소설을 골라 희곡으로 바꾸고 연극 공연을 해 봅시다.
2000원의 가치

2000원의 가치

원작 : 박중현
공연 : 얼짱두레(노민석, 권오탁, 류동윤, 유창우, 이병수, 이승준)

나오는 사람 박강대(초등학교 2학년 학생), 엄마, 이모, 장애인, 할머니, 자원봉사자, 아프리카 어린이, 닭꼬치 집 아저씨, 강대의 친구.
배경 집, 길거리, 지하철, 이모 댁.
사건 불쌍한 사람들을 도와주지 않은 것을 뒤늦게 후회한다.
줄거리 초등학교 2학년인 강대는 주말에 이모 댁에 간다. 강대는 어머니가 주신 2000원으로 장애인, 거지, 아프리카의 난민들을 돕지 않고 자신이 좋아하는 닭꼬치를 사 먹는다. 그런데 강대의 꿈에 이들이 나타나는데…….

#1. 강대의 일상.

엄마는 설거지를 하면서 강대를 깨운다.

엄마 : 강대야! 일어나야지.
강대 : (짜증 내면서) 음, 졸려, 10분만 더 자면 안 돼요?
엄마 : 엄마 이제 나가야 해, 빨리 일어나!
강대 : 알았어요, 일어났어요.
엄마 : 그러고는 또 눕지! 엄마 나가야 된다니까. 아침밥 먹고 이모 댁에 가야지!
강대 : 네! 네! 진짜 일어났어요.
엄마 : 일어났으면 빨리 이불 개고 나와.
강대 : 엄마, 오늘 토요일이에요?
엄마 : 그래, 토요일이 무슨 날인지 알지?
강대 : 그럼요, 엄마가 회사에서 집으로 안 돌아오는 날, 그래서 이모 댁에 가야 하는 날.
엄마 : 강대야, 오늘은 학교 안 가는 토요일이지?
강대 : 네.
엄마 : 그럼, 이모 댁에 일찍 가라. 엄마 방 화장대에 2000원 넣어 놨으니까, 비상금으로 써. 알았지? 그리고 차 조심하고, 이모 힘들게 하지 말고, 이모가 심부름시키면 뭐든 해 드리고. 알았지?

강대 : 네, 걱정하지 마세요. 하루 이틀 가는 것도 아니고, 매주 가는데, 걱정하지 마세요. (즐거운 상상을 하며) 오늘은 이모 댁에서 뭘 하고 놀지? 사촌 동생들 놀리는 거 너무 재미있어. 오늘도 사촌 동생들이나 약 올리면서 놀까? 맞다! 2000원. 2000원으로 장난감이나 사서 사촌 동생들이랑 놀까? 아냐, 장난감 사면 사촌 동생들이 망가뜨릴 게 뻔해. 먹을 거나 살까? 그래. 그때 이모가 사 주신 닭꼬치 사 먹어야지. 세상에서 제일 맛있는 닭꼬치~ 꿀보다 맛있는 닭꼬치.

#2. 길거리에서 장애인을 만남.

장애인 : (불쌍한 표정으로) 아……. 다리가 너무 불편하구나. 누가 나를 위해서 휠체어를 사 주면 얼마나 고마울까? 휠체어를 사고 싶습니다. 도와주세요.

강대 : (마음속으로 심하게 갈등하는 표정을 지으며) 아, 너무 불쌍한데 이 돈으로 도와줄까? 근데……, 이 돈은 닭꼬치를 먹어야 되는 돈인데……. (잠시 망설이다가) 에이, 2000원으로 도움이나 되겠어? 휠체어는 훨씬 더 비싼데……. 그냥 닭꼬치나 사 먹자. 다른 어른들이 많이 도와주겠지.

장애인 : 아, 저 아이에겐 2000원이 있는 것 같구나. 애야, 애야!

강대 : 네? 저요?
장애인 : (애원하며) 나 좀 도와주지 않겠니? 지금 다리가 불편해서 걸을 수가 없단다. 너의 작은 돈이 날 편하게 해 줄 수 있어. 날 좀 도와주렴.
강대 : 아, 그런데 저는 지금 지하철을 타러 가야 하거든요. 죄송합니다.
장애인 : (실망하며) 아! 아무도 날 도와주지 않는구나.

#3. 지하철 안, 거지 할머니를 만남.

할머니 : (배고프고, 추위에 벌벌 떨면서) 아! 너무 배고프구나.
강대 : 불쌍하다. 할머니에게 2000원을 드릴까? (잠시 망설이다가) 안 돼! 지금 닭꼬치가 너무 먹고 싶어. (고민에 빠져 중얼거린다.) 닭꼬치냐? 할머니냐? 그것이 문제로다. (좋은 생각이 떠오른 듯 미소를 띠며 장갑을 벗는다.) 그래, 이 장갑이라도 드리자. 그러면 한결 좋아지시겠지. 지금은 추운 것이 배고픈 것보다 더 힘드실 거야. 집에 또 장갑이 있으니까, 엄마한테 혼나지 않을 거야.
할머니 : (장갑을 보더니 약간 실망하는 말투로) 나에겐 허기를 달랠 돈이 더 필요한데…….

#4. 아프리카 난민 돕기 자원봉사자를 만남.

강대가 지하철에서 내리려던 순간, 아프리카 난민 돕기 모금을 하는 대학생 자원봉사자 형, 누나가 등장한다.

자원봉사자 형 : 여러분! 지금 아프리카에서는 밥을 못 먹어서 죽어 가고 있는 아이들이 수천, 수만 명에 이르고 있다고 합니다. (강대를 가리키며) 지금 이 아이와 같은 또래들이 말입니다. 여러분, 이들은 많은 돈을 필요로 하지 않습니다. 단돈 2000원이면, 한 가족이 3일을 먹고살 수 있다고 합니다. 단돈 2000원으로 말입니다.

강대 : (자원봉사자가 들고 있는 사진을 보고 놀라서) 아, 처참해. 저건 사람이 아니라, 완전 해골 뼈다귀잖아? 누가 저렇게 한 거지?

자원봉사자 누나 : 여러분 이 아이는 무슨 잘못이 있어서 이렇게 된 것이 아닙니다. 끊임없는 전쟁과 자연재해 등이 죄 없는 어린이들을 죽이고 있는 것입니다. 우리 아이들이 먹기 싫다고 남기는 밥이라도 있다면, 이들은 이렇게 굶어 죽지 않을 것입니다.

강대 : (깊은 고민에 빠진다.) 아, 나한테 있는 2000원이면 한 가족이 사흘이나 먹을 수 있다는데……

자원봉사자 : 여러분! 간식 먹을 것 한 번 참고, 불쌍한 아이들을

살릴 수 있다면, 그것보다 쉬우면서도 뿌듯한 일은 없을 것입니다. 부탁드립니다. 자! 주저하지 마시고 이 모금함에 돈을 넣어 주세요.

사람들이 모금함에 돈을 넣는다.

강대 : (안심하며) 아, 다행이다. 내가 아니어도 저렇게 사람들이 도와주니까 난 내지 않아도 되겠다. (만지작거리던 돈을 도로 주머니에 깊이 집어 넣는다.)

#5. 닭꼬치 집

강대 : 아저씨 닭꼬치 하나만 주세요.
아저씨 : 여기 있다. 꼬마야.
강대 : (기뻐하며) 아, 먹는다! 드디어 먹는다!
아저씨 : 얘, 꼬마야. 이거 받아야지. 맛있게 먹어라.
강대 : 네. (닭꼬치를 맛있게 먹는다.) 아, 진짜 맛있다. 나중에 또 엄마한테 돈 달라고 해서 사 먹어야지! 진짜 맛있다.
강대 : (금세 다 먹어 버리자 화가 난다.) 어? 뭐야. 벌써 다 먹어 버렸잖아! 아, 씨. 무슨 양이 이렇게 적어? 조금씩 천천히 먹을걸. 아, 진짜! (눈 깜짝할 새 다 먹은 것이 허탈한지 터덜거

리며 걸어가다가 문득 돌아서며 말한다.) 도대체 내가 2000원으로 뭘 한 거지?

#6. 이모 댁.

이모 집에서 사촌과 놀고 있는 강대. 엄마가 전화를 건다.

엄마 :   강대야.
강대 :   네, 엄마.
엄마 :   응. 잘 도착했나 해서.
강대 :   에이, 제가 무슨 어린애예요?
엄마 :   (의심스러운 말투로) 그럼 니가 어린애지. 어른이니? 저녁에 여섯 시 전에 집으로 와라. 엄마가 가 있을 테니까. 다른 데 들르지 말고 곧장 와라. 알았지?
강대 :   네. (전화를 놓고 하품을 한다.)

전화를 끊고 강대는 낮잠을 잔다. 꿈속.

장애인 : (큰 소리를 지르며) 니가 2000원을 주었더라면 휠체어를 살 수 있었어! 근데 니가 날 도와주지 않아서 이렇게 앉은뱅이가 되어 버렸다고! 다 너 때문이야.

강대 놀라서 도망친다. 돌아서니 다시 추위에 떨며 구걸하던 할머니가 나
타난다.

할머니 : (울면서 소리를 지른다.) 나는 니가 2000원을 주지 않아
서 죽었어. 장갑보다는 따뜻한 밥 한 끼를 먹을 수 있는
2000원이 필요했어. 난 굶어 죽었어. 다 너 때문이야!
니가 2000원을 주지 않았기 때문이야.

강대 더 놀라며 도망친다. 그러나 다시 그 앞에 해골 같은 아프리카 난민
어린이가 나타난다.

아프리카 어린이 : (울면서 소리친다.) 니가 2000원을 주지 않아서 우
리 형이 어제 죽었어. 나도 곧 죽을 거야. (울면서) 우리에
게 2000원은 한 가족이 사흘 동안 먹을 식량을 살 수 있
는 돈이야. (원망하며 운다.) 니가 2000원만 주었더라면,
우리 둘 다 살 수 있었다고! (화내며) 다 너 때문이야. 우
리 형 살려 내, 우리 형!

강대 : (울면서 괴로워한다.) 닭꼬치가 너무 먹고 싶어서 그랬어.
정말 미안해. 미안해. 잘못했어.

아프리카 어린이 : (화를 내며) 닭꼬치를 못 먹는다고 네가 죽진 않잖
아. 하지만 2000원이면 죽어 가는 우리 목숨을 살릴 수
있어! 근데, 다 틀렸어! 다 너 때문이라고!

모두들 : (강대를 향해 손가락질을 하며 소리친다.) 너 때문이야! 너 때문이라고!
강대 : (울면서 괴로워한다.) 미안해요. 미안해요. 정말 미안해요!

강대가 울면서 소리 지르는 것을 보고 이모가 강대를 깨운다.

이모 : 강대야. 왜 그러니? 강대야! 일어나 봐. 어머, 땀을 많이 흘렸네.
강대 : 어? 꿈이었네. 흐휴! (식은땀을 닦아 낸다.)
이모 : 무서운 꿈을 꿨나 보구나?
강대 : 저, 이모. 죄송한데 저 집에 갈 때 2000원만 주시면 안 돼요?
이모 : 왜?
강대 : 저, (망설이다가 둘러댄다.) 닭꼬치 좀 사 먹게요.
이모 : 그래. 이모가 줄게. 나쁜 꿈꾸지 말고, 편하게 자렴.
강대 : 네. 감사합니다.

#7. 집으로 가는 길.

집으로 돌아가는 길에 강대는 2000원을 들고 장애인, 할머니, 그리고 자원봉사자를 찾지만 그들은 어제 그 자리에 없다.

강대 :   (자기 자신을 부끄러워하며) 어제 도와줄걸. 정작 도우려고 하니 도움을 청하는 사람이 없구나! 그까짓 닭꼬치 때문에. 아, 소중한 사람의 목숨을 살릴 수 있었던 2000원이었는데.

막이 내린다.

연극 장면 1 - 지하철에서 모금함을 들고 연설하는 대학생, 뒤에 앉은 아이가 강대

연극 장면 2 - 닭꼬치를 사 먹고 있는 강대

연극(영화) 만들기

1. 연극(또는 영화)로 만들 작품을 선택하고, 선택한 이유를 말해 봅시다.

연극 또는 영화로 만들고 싶은 소설	이유

2. 연극(또는 영화)을 만들기 위해 역할을 분담하고, 할 일을 적어 봅시다.

역할	역할 분담자	할 일
연출(감독)		
희곡(각색)		
무대 장치		
조명		
의상		
분장		
소품		
음악		
배우		

3. 연극(또는 영화) 연습 일정과 공연 일정을 짜 봅시다.

국어시간에 소설쓰기 2
주제를 중심으로

1판 1쇄 발행일 2013년 3월 25일
1판 4쇄 발행일 2021년 2월 22일

지은이 김은형

발행인 김학원
발행처 (주)휴머니스트출판그룹
출판등록 제313-2007-000007호(2007년 1월 5일)
주소 (03991) 서울시 마포구 동교로23길 76(연남동)
전화 02-335-4422 **팩스** 02-334-3427
저자·독자 서비스 humanist@humanistbooks.com
홈페이지 www.humanistbooks.com
유튜브 youtube.com/user/humanistma **포스트** post.naver.com/hmcv
페이스북 facebook.com/hmcv2001 **인스타그램** @humanist_insta

편집책임 문성환 **편집** 김사라 **디자인** 반짝반짝 **일러스트** 배민기
용지 화인페이퍼 **인쇄** 청아디앤피 **제본** 정민문화사

ⓒ 김은형, 2013

ISBN 978-89-5862-599-5 44800

- 이 책은 저작권법에 따라 보호받는 저작물이므로 무단 전재와 무단 복제를 금합니다.
- 이 책의 전부 또는 일부를 이용하려면 반드시 저자와 (주)휴머니스트출판그룹의 동의를 받아야 합니다.